사랑하는 엄마가 치매였을 때

삶의 마지막을 행복하게 만드는 웰다잉 스토리

사랑하는 엄마가 치매였을 때

삶의 마지막을 행복하게 만드는 웰다잉 스토리

초 판 1쇄 2024년 05월 16일

지은이 박현주
펴낸이 류종렬

펴낸곳 미다스북스
본부장 임종익
편집장 이다경
책임진행 김가영, 윤가희, 이예나, 안채원, 김요섭, 임인영, 임윤정

등록 2001년 3월 21일 제2001-000040호
주소 서울시 마포구 양화로 133 서교타워 711호
전화 02) 322-7802~3
팩스 02) 6007-1845
블로그 http://blog.naver.com/midasbooks
전자주소 midasbooks@hanmail.net
페이스북 https://www.facebook.com/midasbooks425
인스타그램 https://www.instagram/midasbooks

ISBN 979-11-6910-647-4 03810

값 22,000원

미다스북스는 다음세대에게 필요한 지혜와 교양을 생각합니다.

삶의 마지막을 행복하게 만드는 웰다잉 스토리

사랑하는 엄마가
치매였을 때

박현주 지음

미다스북스

3장

우리 가족, 가슴속 박힌 아픔의 기억

4장

그녀를 떠나보내며, 마지막 인사

에필로그

낯선 이름, 치매 환자 가족의 삶이 시작되다

무언가 생각나지 않을 때 무심코 '치매인가 봐'라고 말할 때가 있다. 이 말이 아프게 들리기 시작했다. 많은 사람이 두려워하는 치매를 누구보다 건강한 줄 알았던 엄마가 진단받았기 때문이다. 우리 가족이 치매 환자 가족이 될 것이라 단 한 번도 생각해 본 적 없다. 그러나 10년째 치매 환자 가족으로 살고 있다. 하지만 이것도 얼마 남지 않았다. 의사로부터 엄마의 임종 예고를 들었다. 진단명을 들었을 때보다 엄마가 없는 세상을 떠올리면 더 가슴이 아프다.

상실의 아픔으로 상담자인 나를 찾아왔던 지난날, 내담자들의 모습이 파노라마처럼 지나갔다. 그들 대부분은 애도의 시간 이후에도 심리적 어려움이 남아서 상담했다. 첫 시간에 유난히 침묵하는 사람들이 있다. 침묵도 의사 표현의 하나이기에 상담자는 기다려야 한다. 이들의 경험을 통해 말할 수 없는 슬픔을 공감하고 이해했다.

엄마가 치매라는 것을 알았을 때 우리 가족도 한동안 침묵했다. 믿을 수 없어서 처음에는 부인하고 부정도 했다. 하지만 그동안 보였던 엄마의 이상 행동과 연관 짓자 수용할 수밖에 없었다. 이후 엄마 돌봄의 시간은 마치 상담의 여정과 같았다. 엄마가 병약해질수록 가족의 돌봄은 더 힘들었다. 그런데도 가족은 시간과 마음을 더 많이 내야 했다. 작은 것부터 큰 것에 이르기까지 가족 간 갈등도 생겼다. 하지만 10년의 세월을 통해 서로가 상대에게 어떤 존재인지 알아갔다. 그리고 엄마의 삶의 마지막까지 함께 돌보기로 약속했다. 가족이 있는 집에서 편안하게 떠나고 싶다는 엄마의 소원 때문이다. 그 길에 우리 가족은 지금 서 있다.

이 책은 엄마를 돌보면서 느낀 가족의 이야기다. 노인 인구 10명 중 1명이 치매 환자라는 통계가 있다. 누군가에게 치매는 아직 관심 밖의 주제일 수 있다. 그러나 초고령화로 가는 우리에게 더는 남의 이야기가 아니다. 지금 이 순간에도 자신의 의지와 상관없이 외로움과 싸우고, 고독사를 떠올리는 사람도 있다. 노인 치매 환자를 포함해 앞으로 사회적 돌봄이 필요한 대상자는 증가할 것이다. 돌봄의 마지막 순간이 될 수 있는 죽음에 이르기까지 우리 사회는 더 깊은 관심을 기울여야 한다. 사람의 고귀한 생명은 무엇과도 대체할 수 없기 때문이다. 성별, 나이, 인종, 종교, 빈부와 같이 어떤 조건에도 사람들은 공평하게 단 한 번의 죽음을 맞이해야 한다. 질병, 사고, 자살과 같은 어떤 상황에서도 인간의 죽음은 아픔과 고통만 남아서는 안 된다. 삶의 마지막 순간인 죽음 만큼은 인간으로 가져야 할 존엄함을 잃어버리지 않도록 해야 한다. 누구라도 사회가 함께 있음을 기대할 수 있어야 한다. 이러한 선한 기대를 치매 환자였던 엄마를 통해 깨닫고 성찰하게 되었다. 이제 웰빙을 넘어 웰다잉의 문화를 정착할 때라고 생각한다. 이 한 권의 책이 그 주제를 더 깊이 생각하는 계기가 되길 바란다.

이 책의 원고는 엄마의 임종 전인 2022년 7월부터 시작해 연말에 마무리했다. 다음 해 6월, 『치매 엄마 돌봄과 이별 이야기』라는 제목으로 출간했다. 하지만, 출판사 폐업으로 더는 출간할 수 없었다. 올봄, 새롭게 미다스북스 출판사와 재출간하게 되었다. 출판했던 내용을 토대로 새로운 목차를 구성하고 수정하였다. 그동안 수고해 준 미다스북스 출판사의 대표님과 편집부에 깊은 감사를 전한다. 특히, 한 땀 한 땀 수를 놓듯이 구체적인 피드백으로 함께한 김요섭 편집자에게 감사하다. 또한 아낌없이 격려로 후원해준 친구들과 동료 상담자에게도 고마움을 표한다. 끝으로 엄마를 함께 돌본 사랑하는 가족과 임종의 순간까지 엄마 곁을 지킨 친정아버지께 특별한 감사를 보낸다.

2024년 3월

저자 박현주

1장

이상 행동의 끝, 치매의 시작

*

행복했던 그 시절 엄마의 요리

둘째 딸은 일하는 동안 엄마에게 손자를 돌봐달라고 부탁했다. 초등학생 무렵부터 혼자 있어도 괜찮지 않느냐는 주변인도 있었다. 그러나 아동이 혼자 있는 건 바람직하지 않다. 특히, 장시간은 더 그렇다. 맞벌이 부부라면 이런 고민을 할 것이다. 어느 정도 자녀가 크면 방과 후에 혼자 지내도 된다고 생각하기에 십상이다. 혼자 보낼 수 있는 나이를 명명하긴 어렵다. 그러나 초등학생까지의 성장기 아동이라면 성인의 보호 속에 있는 것이 더 좋다. 아동은 스스로 시간을 관리하기 어렵기 때문이다. 또한 위험에 대처하기도 역부족이다. 만약, 긴급한 상황이 생기면 난처한 일과 맞닥뜨릴 수 있다. 이런 상황과 문제를 혼자 해결하기란 현실적으로 힘들다. 따라서 불가피한 선택이 아니라면 어른의 보살핌이 더 필요하다. 둘째 딸의 이런 생각을 이해한 엄마가 손자 돌봄을 허락했다.

아동은 법적으로도 돌봄의 대상이다. 집 안이 안전하다면 방과 후에 아동이 혼자 있기도 한다. 장시간 영상 시청이나 인터넷 게임, 놀이에 몰입할 가능성이 있다. 이런 활동 자체가 문제가 되진 않는다. 다만, 과몰입의 부작용은 생각해야 한다. 부정적으로 작용해 일상생활의 어려움을 초래할 수 있다. 성인과 비교해 아동은 상대적으로 미성숙한 부분이 많다. 혼자 식사, 학습, 운동을 규칙적으로 하려면 훈련이 필요하다. 간혹 돌보는 사람(babysitter) 대신 자녀에게 강아지나 고양이를 키우도록 허락하는 예가 있다. 정서적인 결핍을 동물들로 대체한 선택이다. 물론 애견이나 애묘는 아동에게 심리적인 안정감을 제공해 준다. 친밀감을 느끼는 대상과 같이 있으면 긍정적인 정서를 가진다. 아동 역시 동물과의 교감을 통해 비슷한 감정을 느낄 수 있다. 그래서 직접적으로 교감할 수 있는 개와 고양이를 더 많이 선택한다. 물고기와 같은 다른 동물을 키우기도 한다. 때때로 식물 키우기에 흥미를 보인다. 동식물을 돌보고 관리하는 일은 아동에게 책임감을 배우게 한다. 하지만 책임감 부족으로 의외의 문제를 초래하는 아동들도 있다. 동물을 파양하거나 식물이 시들거나 죽어 부모와 갈등을 겪을 가능성도 크다. 동식물은 제각각 습성에 따라 잘 돌봐야 한다. 생명이 있어서 돌봄에 따라 성장이 달라진다. 제때 돌봄 활동을 하지 않으면 생명을 다해 결국 소멸한다. 따라서 신중하게 접근해야 한다.

자율성과 조절 능력은 자라나는 아동이 반드시 익혀야 한다. 만약, 이것이 충분히 발달하지 않았다면 동식물을 책임지고 키우는 선택은 하지 않는 게 더 낫다.
처음과 달리 자녀의 무책임으로 부모가 대신 키워야 하는 곤경에 처하기도 한다. 아동도 이 문제로 부모에게 지적을 계속 받으면 자존감이 낮아진다. 처음에 자녀에게 허락해준 부모의 좋은 마음이 부정적으로 달라진다. 아동과 부모 모두 스트레스를 느낄 수 있다. 결과적으로 부모 자녀 관계에 문제가 생긴다. 그러므로 아동의 성격과 기질, 가정환경, 부모와의 관계 등을 고려해서 돌봄 여부를 결정하는 것이 바람직하다.

손자는 사람들과 이야기하는 것을 좋아하는 성격이다. 좋아하는 것에 집중할 때 종종 해야 할 일을 놓치는 특성이 있다. 그래서 누군가의 도움이 필요했다. 엄마가 손자를 돌보도록 한 가장 큰 이유였다. 여러 면에서 엄마와 있으면 손자가 더 안정적이라고 판단했다. 둘째 딸의 빈자리를 정서적으로 보충하는 역할도 할 것이라 믿었다. 특히, 손자의 식사를 누구보다 잘 챙기리라 생각했다. 성장하는 아이에게 먹는 것은 중요하다. 간과할 수 없는 이 일을 엄마는 성실하게 할 것이다. 이런저런 상황을 고려해서 둘째 딸은 엄마를 믿고 선택했다.

동식물을 기르는 것과 성인의 보호 속에 있는 것 중 무엇이 아동에게 더 좋은지 단순 비교할 수는 없다. 각각 도움을 주는 측면이 있다. 분명한 것은 새로운 것을 처음에만 좋아하고 싫증을 빨리 느끼는 아동이라면 이런 선택을 절대 하지 않는 편이 낫다. 또한 예민한 기질의 아동은 돌보는 성인의 성향도 중요하다. 성격이나 기질이 아동과 너무 다르면 동식물에 마음을 주는 것만 못하다. 도움을 줄 대상이 있다면 성인의 보호 속에서 아동이 동식물을 함께 돌보는 것을 해 보는 것도 괜찮다. 손자도 친구들을 부러워하며 둘째 딸에게 강아지를 키우고 싶다고 졸랐다. 하지만 함께 사는 가족의 입장도 고려해야 했다. 둘째 딸은 후각이 예민했다. 기관지염도 있어 호흡기 질환에 영향을 주는 것을 피해야 했다. 그래서 미안했지만, 아들에게 거절의 의사를 분명히 밝혔다. 왜냐하면, 동물의 털이 날리거나 냄새를 맡는 게 불편했기 때문이다.

엄마에게 부탁한 또 다른 이유는 음식에 대한 진심과 성실함이다. 매사 자기 일에 부지런하게 살아온 엄마였다. 그래서 대식구의 식사뿐 아니라 어려운 집안일을 잘 감당했다. 사람들이 먹는 음식에도 꽤 정성을 들였다. 다니는 교회에서 오랫동안 식사 봉사를 했다. 이런 엄마에게 둘째 딸의 세 식구 밥을 차리는 건 식은 죽 먹기라고 생각했다. 엄마는 허세를 부리거나 불필요한 말을 하지 않았다. 특히, 사치하지 않았다. 이런 엄마 덕분에 둘째 딸은 상담자로 일하면서 아들을 맡기고 마음 편하게 일했다.

누군가의 식사를 챙기는 것은 애정의 표현이다. 그래서 우린 식사에 마음을 담길 원한다. 산모가 신생아에게 가장 먼저 하는 일도 젖을 물리는 것이다. 동물 역시 마찬가지다. 종족 보존을 위해서라고도 한다. 하지만 식사는 생존 이상의 의미가 있다.

식욕은 인간의 본능 중 하나다. 불교에서는 삼욕 중 하나로 식욕을 언급한다. 수면과 더불어 인간에게 없어서는 안 된다. 생존과 가장 밀접한 욕구는 먹는 것이다. 식욕 부진과 과욕은 모두 인간의 정서에 영향을 준다. 특히, 충분하지 못했을 때 생존뿐 아니라 불행감마저 느낀다. 그만큼 식사는 인간의 행복과 관련이 높다. 세계사를 봐도 그렇다. 식량 문제로 치열한 전쟁이 일어난 예가 많다. 기근이 있을 때 침략이 일어났고, 수탈의 역사가 만들어졌다. 우연히 발견한 맛을 찾아 여행을 떠났다. 새로운 맛을 위해선 무역을 했다. 커피와 후추의 역사를 봐도 알 수 있다. 세계인의 식문화를 살펴보면 정치, 경제, 사회를 이해할 수 있다. 그만큼 인간에게 식사는 의미가 있다. 단순히 허기를 채우는 것이 아니다. 그래서 함께 식사하는 대상도 중요하다.
일반적으로 좋은 사람과 식사할 때 사람들은 더 행복하다. 맛있는 음식을 먹을 때 그렇지 않은 경우보다 더 행복을 느낀다. 배고플 때보다 포만감이 들 때 사람들의 성품도 너그러워진다. 인간관계의 다양한 측면이 식사와 무관하지 않다. 식사 약속을 하고 싶은 사람을 고려하는 이유도 여기에 있다. 좋은 사람과는 무엇을 해도 좋다. 그 중 함께 식사하고 시간을 보내는 일은 최고의 기쁨이다. 대표적인 것이 신혼여행이다. 떠나기 전부터 설레기 마련이다. 사랑하는 사람과 온종일 같이 있고, 함께 먹을 수 있다. 공유할 추억을 만들어 더 행복해진다. 여행의 묘미 또한 식도락이다. 여행 계획을 세워 본 사람이라면 알 것이다. 여행 후기를 참고할 때 여행지의 풍경과 더불어 맛집에 대한 정보가 많다.

성인에게 어린 시절 행복했던 순간을 떠올려보게 하면 가족과의 식사 시간을 말하는 예가 많다. 할머니나 어머니처럼 친밀했던 대상이 해 준 음식을 언급한다. 오죽하면 조미료 광고에서조차 고향의 맛이란 표현을 썼을까 싶다. 실제 고향의 맛이란 존재하지 않는다. 그런데도 이런 표현을 쓰는 것은 사람들의 기억 속 이미지 때문이다. 친밀한 옛사람들과 함께 나눈 식사가 고향과 어우러져 맛으로 표현된 것이다. 다시 말해, 식사를 통해 받았던 돌봄이나 섬김, 정서적 만족을 경험했던 것으로 봐야 한다.

둘째 딸도 어린 시절 엄마가 해 준 다양한 음식을 기억하고 있다. 가족들이 다 같이 만들었던 만두와 송편은 추억과 함께 좋은 시간으로 저장되어 있다. 이런 까닭에 둘째 딸은 일하는 동안의 빈자리를 엄마에게 맡기기로 한 것이다. 할머니로서 손자에게 음식과 더불어 좋은 정서를 줄 것이라고 확신했다. 손자에게 이야기 상대가 되어 주는 것도 마음에 들었다. 자라나는 손자의 정서 발달을 위해 엄마가 어떻게 할 것인지 둘째 딸은 자신의 경험을 통해 이미 알고 있었다. 아직도 둘째 딸은 엄마와의 좋은 추억을 많이 떠올린다.

　초등학교 시절, 겨울 방학이면 둘째 딸은 가족과 함께 만두를 자주 만들었다. 만두를 만드는 날이라고 엄마가 이야기하면 그날 저녁은 가족들이 자연스럽게 모두 모였다. 제일 먼저 엄마가 만두피와 속을 준비한다. 그러면 나머지 식구들은 분업했다. 커다란 상을 아버지가 펼치면 자식네 명이 그 곁에 둘러앉았다. 힘이 센 아버지가 반죽을 국수 기계로 넣는다. 그러면 큰아들이 국수 기계의 숫자를 바꾸어 적당한 두께의 만두피를 만들도록 도왔다. 바닥에 길게 놓인 반죽 위에 둘째 딸과 막냇동생이 번갈아 노란 양은 주전자 뚜껑을 힘주어 눌렀다. 동그랗게 떼어내면 적당한 크기의 만두피가 된다. 간혹 엄마가 공병으로 혼자서 재빨리 만두피를 만들기도 했다. 밀가루 반죽을 길쭉하게 늘려 먼저 칼로 적당한 크기로 자른다. 적당히 힘을 주어 사방으로 반죽을 골고루 밀면 거의 둥근 형태의 피가 된다. 다른 가족은 하지 못하지만, 엄마는 기계가 아니더라도 만두피를 완성했다. 이어서 첫째 딸과 엄마는 만두를 빚는다. 엄마가 미리 만들어 놓은 소를 한 바가지씩 가져온다. 속은 두부, 돼지고기, 부추, 김치, 당면을 주로 넣었다. 속을 꽉 채운 만두가 어느 정도 쌓이면 시식을 위해 엄마가 찜통에 쪘다. 간장과 식초를 일대일의 비율로 넣은 초간장에 만두를 찍어 온 가족이 먹었다. 아버지와 큰아들은 초간장에 고춧가루를 더 넣어 먹기도 했다. 모락모락 올라오는 김을 식혀가며 먹었던 만두는 추억의 맛이다. 엄마는 만두를 찌는 동안 동치미 국물을 항아리에서 큰 대접에 떠왔다. 그리고 자식들 앞에 작은 그릇에 덜어주었다.

천연 사이다라는 엄마의 말에 둘째 딸은 숟가락으로 만두와 함께 삼켰다. 엄마는 동치미 맛을 '쨍하는 맛'이라고 표현했다. 이런 기억을 수십 년이 지난 지금까지 기억하고 있는 이유는 긍정적인 정서 때문이다. 그 정서 안에는 자식을 사랑하는 엄마의 마음이 있었다. 추석 때 빚은 송편에 대한 기억도 비슷하다.

　엄마는 손자를 돌보면서 둘째 딸을 키울 때처럼 정성을 들였다. 또한 둘째 딸을 위해 퇴근 시간에 맞춰 따뜻한 음식을 해 놓았다. 주로 둘째 딸이 좋아하는 나물과 생선 반찬이었다. 살찌겠다고 하면서도 엄마의 밥 한 그릇을 달게 비웠다. 엄마 덕분에 둘째 딸과 손자는 음식과 관련된 좋은 정서를 가지고 있다. 그 정서는 둘째 딸에게는 엄마와의 추억이고, 손자에게는 할머니의 애정으로 남아 있다. 치매 전까지 엄마는 그렇게 딸과 손자를 챙겼다.

엄마의 치매 전 모습

"엄마는 자식들을 기다리며 마당에 핀 꽃들을 자주 쳐다봤다.

즐거운 마음으로 가족의 식사를 준비하고

옥상으로 날아든 새들만 봐도 웃는 평범한 일상을 보낸 시절이 있었다."

사랑하는 엄마가 치매였을 때

전주 전동성당

"엄마는 치매 전이나 후 삶의 모든 순간에 그리스도를 떠올렸다.

어린 시절부터 동네 작은 교회를 다니기 시작했고

임종까지 교회의 돌봄을 받았다. 엄마 역시 교회 안에서 헌신하며

당신의 삶을 나누었다. 한국 기독교 복음의 출발지 중 하나인

오래된 성당을 보면 엄마가 살아온 모습이 떠오른다."

*

매번 음식에 진심인 그녀

많은 양의 찹쌀이 불고 있었다. 아버지에게 둘째 딸이 놀라 물었다.

"이게 다 뭐예요?"

"엄마가 시켜서…."

찹쌀뿐 아니라 밤, 대추, 건포도까지 가득했다. 축하할 일이나 가족 모임이 있을 때 엄마가 자주 만들었던 약밥 재료였다.

"이걸 다 만든다고?"

엄마는 고개만 끄덕였다. 불어나는 찹쌀 양에 심란해하는 아버지와 달리 엄마는 소파에 누워서 태평했다. 아버지에게 만드는 방법을 입으로만 전하면서.

"이렇게나 많이…. 그냥 떡집에서 몇 개만 사 먹지 그래요."

둘째 딸의 말에 엄마가 고개를 홱 돌리고 대꾸했다.

"맛없어."

"먹어보지도 않고 어떻게 알아요? 이 동네 잘하는 떡집 있는데."

엄마는 대답하지 않았다.

"아버지, 이거 어떻게 다 만드시려고요?"

엄마가 대신 말을 받았다.

"내가 찹쌀 다 담그라고 하지 않았어."

아버지가 새로 사 온 3kg 찹쌀을 한꺼번에 뜯었다. 당신도 큰일이 났다며 둘째 딸을 쳐다봤다. 먹어만 봤지, 약식을 만들어 본 적이 없는 건 아버지나 둘째 딸 모두 같았다. 아버진 급한 대로 불린 찹쌀부터 건졌다. 엄마는 여전히 일어날 기미가 없었다. 찹쌀이 부는 동안 아버지가 부재료도 많은 양을 손질해 두었다. 아버지는 조리법을 반복 재생하는 엄마에게 계속 물었다. 어쩔 수 없이 둘째 딸도 거들었다. 우선 간단하게 만드는 법을 검색했다. 엄마에게 몇 가지 추가 질문을 했다. 시간 절약을 위해 압력밥솥을 이용하기로 했다. 아버지와 늦은 시간까지 주방에 있었다. 완성한 약밥을 한 김 식혀 엄마에게 시식하라고 가져갔다. 둘째 딸이 어릴 때 엄마도 그랬다. 부재료까지 골고루 있는 약밥 부위였다.

"엄마, 아~."

한 덩어리를 엄마의 입속에 넣어주었다.

"어때?"

한 입 베어 문 엄마가 인상을 썼다.

"약간 덜 익었네. 찜통에 푹 쪄야지."

압력밥솥에 만든 것이 마음에 안 드는 모양이었다. 옛날 방식으로 하지 않아서 거듭 맛이 없다고 했다.

"요즘엔 압력밥솥에 많이 해."

둘째 딸의 말에도 엄마는 당신이 했던 그대로 해야 맛있다고 주장했다.

"냉동실에 보관했다가 먹을 때마다 전자레인지에 돌려먹으면 괜찮아."

다시 한 번 엄마는 아니라고 했다.

"처음에 맛없으면 나중에도 맛없는 거야."

틀린 말은 아니었다. 또다시 요즘 사람들은 이렇게 해 먹는다고 했지만, 엄마는 손사래를 쳤다. 떡집을 했던 엄마에게 둘째 딸의 말이 먹힐 리가 없었다.

시중에서 파는 약밥은 더 맛있게 보이도록 주로 캐러멜색소를 많이 넣는다. 하지만 엄마는 흑설탕만 넣고 약밥을 만들었다. 그래서 색이 흐리다. 찹쌀의 양에 따라 대추와 밤의 양이 정해진다. 적당한 양을 맞추지 못하면 제맛이 나지 않는다. 너무 달거나 싱거워질 수 있어 비율이 중요하다. 쉬울 것 같지만 의외로 어려운 게 약밥이다. 최적의 맛을 내야 해서 실력이 중요하다. 이런 약밥을 엄마는 맛있게 만들었다. 어렸을 때 많이 먹고 자랐다. 엄마는 빨리 먹고 싶은 둘째 딸에게 조금만 더 기다리라고 했다. 찹쌀 성분 때문에 반드시 한 김 식혀서 주었다. 너무 뜨거우면 오히려 맛이 없다며.

"엄마가 해 준 약밥 먹고 싶다. 얼른 일어나서 해 줘요."

가까이 다가간 둘째 딸이 엄마에게 다시 한 번 더 먹어보라고 했다. 엄마는 고개를 좌우로 흔들었다.

"그래도, 먹어봐요. 한 번 주면 정 없다니까."

엄마는 둘째 딸의 손을 밀어냈다. 손바닥을 펴서 입까지 막고 눈까지 감았다. 맛이 없어서 안 먹겠다는 뜻이다.

엄마표 약밥은 자식뿐 아니라 손자녀들에게 인기가 좋다. 바쁜 중에도 가족 모임이 있으면 자주 만들었다. 약밥뿐 아니라 자식들을 위해 다른 간식도 꼭 직접 만들었다. 봄철에는 쑥개떡, 여름엔 막걸리 넣고 발효한 강낭콩 술빵이 대표적이었다.

엄마의 음식은 먹는 사람을 위해 늘 진심이 담겨 있다. 그 때문에 잔치를 앞둔 이웃이나 교회분들은 엄마에게 음식을 부탁했다. 큰삼촌 결혼식 준비도 생각난다. 예식장에 가져갈 떡과 음식을 엄마는 직접 만들었다. 엄마를 따라 서울 경동시장에 간 기억이 있다. 직접 삭힌 홍어를 파는 가게를 찾아 산 후 집으로 가져왔다. 새콤달콤 홍어회를 만들어 축하객들 상에 올렸다. 더 어릴 때 기억 중 하나는 진달래 화전이다. 산에서 따온 진달래를 살짝 씻어 물기를 제거한다. 약간 물게 한 반죽을 프라이팬에 두르고 적당히 익으면 꽃잎을 하나씩 올렸다. 그땐 왜 꽃을 먹는지 몰랐다. 진달래 색깔이 그대로 살아 있어 손가락으로 꽃잎을 눌렀던 기억도 있다. 엄마는 음식을 하면 꼭 이웃들과 나눠 먹었다.

쑥개떡은 지금까지 둘째 딸이 좋아하는 간식 중 하나다. 쑥을 봄철에 많이 캐서 소금만 넣고 살짝 삶은 후 소분해서 냉동실에 얼렸다. 다른 계절에도 쑥개떡이 먹고 싶다면 만들어 주었다. 가끔은 쑥버무리로 먹었다. 엄마의 개떡은 진한 초록이었다. 쑥을 많이 넣어서 그렇다는 것을 나중에 알았다. 쌀가루와 섞으면 더 쫄깃하고 밀가루도 괜찮다. 멥쌀과 찹쌀의 비율을 적당히 섞으면 찰기가 생겨 더 맛있다. 엄마 곁에서 떡이 나오길 기다렸던 어린 시절을 둘째 딸은 자주 추억했다. 그래서 요즘도 떡집에 가면 종종 쑥개떡을 찾는다.

술빵도 엄마표 으뜸 간식이다. 쌀막걸리를 넣고 반죽을 발효시켰다. 주로 한여름에 만들었다. 아마도 제철 강낭콩을 넣어야 제맛이어서 그런 것 같다. 발효한 반죽에 호랑이 강낭콩을 듬성듬성 넣고 찜통에 쪘다. 전날부터 반죽 발효를 위해 여름에도 두꺼운 이불을 꺼냈다. 반죽이 반쯤 담긴 찜통을 여러 겹의 이불로 푹 뒤집어씌웠다. 온 방에 막걸리 냄새가 진동했다. 묘한 냄새에 이끌려 이불을 걷어 보았다. 빵빵하게 부푼 반죽의 배가 신기했다. 쇠젓가락으로 배를 쿡쿡 쑤셨다. 구멍이 숭숭 뚫렸다. 놀이처럼 아주 신이 났다. 엄마가 보기 전에 뚜껑을 제자리에 놓으면 감쪽같다. 이불만 덮으면 반죽의 구멍이 다시 꿰매어지듯 제 모습이었다. 엄마는 술빵의 맛은 부들부들함이라고 표현했다.

"딱 좋아. 아, 해봐."

엄마가 찜통에서 막 꺼낸 술빵을 손으로 떼어 둘째 딸의 입속에 넣어 주었다. 맛있다며 연신 더 달라고 했던 기억도 난다.

시골 장터에 가면 삼각형 모양의 비슷한 빵이 있다. 엄마가 해 준 맛은 아니지만 가끔은 사서 먹는다. 커다란 강낭콩이 들어 있으면 그 시절처럼 손가락으로 파먹기도 한다.

간식이 넘쳐나는 시대지만 엄마와의 추억 때문에 둘째 딸은 이런 맛을 찾는다. 잔심부름의 대가로 제일 먼저 시식했다. 일부러 맛을 잘 모르겠다고 했다. 그러면 엄마는 둘째 딸의 입에 연신 넣어주었다. 엄마 옆에서 심부름하며 익힌 손맛 때문인지 둘째 딸은 음식을 잘한다는 이야길 종종 듣는다. 첫째 딸은 엄마와 보낸 세월이 더 길어서인지 훨씬 음식 솜씨가 좋다. 음식 재료만 있으면 엄마처럼 첫째 딸과 둘째 딸 모두 엄마와 비슷한 맛을 낸다. 간편식이라도 두 딸은 대충 만들지 않는다. 사람이 먹는 것이기 때문이다. 엄마에게 배운 음식을 만드는 사람의 태도다. 행복까지 주는 이런 태도는 대물림되고 있다.

엄마가 자식들을 위해 만들었던 쑥개떡

"엄마를 대신해 가족들을 위해 직접 쑥을 뜯고

일일이 만든 첫째 딸의 쑥개떡이 찜통에 들어가기만을 기다리고 있다."

엄마를 생각나게 하는 쑥개떡

"둘째 딸은 거칠지만 직접 캔 쑥으로
대충 만든 것 같은 엄마표 쑥개떡을 여전히 좋아한다.
엄마 생각이 난다고 하자 둘째 딸의 친구 숙자씨가
직접 만든 떡이라며 보냈다."

사랑하는 엄마가 치매였을 때

*
손자도 느낀 할머니의 이상 행동

둘째 딸에 대한 엄마의 사랑은 손자를 돌보는 일에서도 나타났다. 엄마는 자식 넷 중 둘째 딸의 아들인 손자만 유일하게 돌봤다. 자식은 가능한 한 엄마가 직접 키워야 한다고 딸들의 아이를 맡지 않았다. 물론 일 때문에 며칠씩 맡기는 것은 허락했다. 그래서 둘째 딸은 아들을 두 살까진 직접 키웠다. 세 살부터 어린이집 종일반에 보내고 일을 다시 시작했다. 그러다 아들이 초등학교 입학하던 해, 상담센터를 직접 운영했다. 대학과 여러 기관의 강의까지 하면서 바빠졌다.

초등학교는 어린이집처럼 종일반이 없다. 방과 후에 학원으로 돌리는 것은 바람직하지 않다고 생각한 둘째 딸은 처음으로 엄마에게 도움을 요청했다. 자식 중 허약하게 태어난 둘째 딸의 부탁이라 엄마는 고민했지만 허락했다. 엄마가 돌보기 전엔 첫째 딸이 조카를 돌봤다. 둘째 딸이 일을 계속했기 때문이다. 때마침 첫째 딸도 큰아이 대학 입학 때문에 근처로 이사를 오게 되었다. 여섯 살부터 초등학교 2학년까지 첫째 딸이, 이어 엄마가 둘째 딸의 살림과 손자를 돌봤다. 엄마는 정성껏 손자를 돌봤다. 특히, 둘째 딸의 가족 식사에 신경을 많이 썼다. 둘째 딸이 없는 시간에 손자의 식사를 챙기는 것은 더 정성을 들였다. 귀찮을 법도 한데 매번 새 밥을 지었다. 반찬도 가능한 한 즉시 조리했다.

엄마는 자라면서 세 끼 식사만 제때 해도 호사라고 했다. 배불리 먹지 못한 시절을 살았다. 소박한 이런 소원은 형편이 나아지면서 해결되었다. 풍요로운 시대가 되었다. 엄마는 원하면 세 끼 이상도 먹을 수 있다. 음식 재료도 원하면 즉시 살 수 있다. 그래서인지 엄마는 누가 오면 음식 만들기를 자처했다. 엄마의 음식을 좋아하는 사람들도 많았다. 손자도 그중 한 명이다. 엄마는 자랄 때 충분히 먹지 못해 체형이 작다. 혹시라도 당신의 작은 키가 유전될까 봐 자식들 먹는 것에 매우 신경을 썼다. 넉넉하지 않은 시절에도 밥과 반찬은 늘 푸짐하게 차렸다. 비싸지 않은 반찬을 많이 준비했다.

"고기반찬은 못 해줬어도 잘 먹였지."

엄마가 키운 남동생과 자식 넷은 종종 이런 말을 했다. 둘째 딸도 맞는 말이라고 생각했다. 엄마는 자녀들 도시락 반찬에도 신경을 썼다. 반찬보다 밥이 많은 친구는 둘째 딸을 부러워했다. 아니 엄마표 도시락 반찬을 먹을 수 있어서 좋아한 것이다. 집에서 먹는 것처럼 밥보다 반찬을 넉넉하게 싸 주었다. 콩나물 무침, 어묵 볶음, 달걀말이, 감자볶음, 오징어채 무침, 제철 김치나 깍두기로 매번 바뀐다. 종종 손이 가는 호박전과 동그랑땡도 싸주었다. 여름방학 전 푸성귀가 많이 나올 때면 오이, 상추, 고추도 별도의 통에 싸주기도 했다. 겨울철엔 직접 들기름을 바르고 소금 뿌려 구운 재래 김도 은박지에 곱게 접어 넣어주었다. 그래서 둘째 딸의 도시락은 인기가 높았다. 점심시간마다 둘째 딸과 도시락을 먹고 싶어 하는 친구들이 많았다. 엄마 덕분에 둘째 딸은 그 시절부터 사교성이 좋다는 말을 듣고 성장했다. 음식을 매개로 어울리는 법을 배운 것이다. 반찬과 더불어 밥도 다양하게 지었다. 한동안은 정부미라고 부르는 값

싼 것으로 혼식을 했다. 요즘엔 품종에 따라 쌀의 맛과 가격도 천차만별이다. 하지만 엄마는 식구들이 많아서 풍미는 적지만 저렴한 그 쌀을 선택했다. 낮은 품질을 여러 가지 잡곡으로 보완했다. 혼식을 장려하던 시절이라 엄마표 도시락을 가져간 자식들은 오히려 칭찬을 받았다. 하지만 첫째 딸과 큰아들은 그때 너무 많이 먹어선지 콩밥이 싫다고 한다. 둘째 딸은 흰밥보다 풍미가 좋아 여전히 혼식이 좋다. 이후 나아진 살림 덕에 엄마는 쌀만큼은 제일 좋은 것으로 구매했다. 아버지에게도 재료를 선택할 줄 모르면 돈을 많이 주고 사 오라고 했다. 비싼 게 꼭 좋은 건 아니지만 그럴 가능성은 크다.

엄마와 다른 시대에 태어나고 자라는 손자는 할머니의 선택을 잘 이해하지 못했다. 특히, 식사는 한식 위주여야 한다는 생각이 그랬다. 손자는 하교 후 종종 친구네 집에서 놀다가 왔다. 친구 엄마가 시켜준 치킨, 피자, 햄버거를 맘껏 먹고 왔다. 귀가해서 밥이 먹기 싫다고 말했다. 그러면 엄마는 그런 게 무슨 요기가 되냐고 했다. 사람은 밥을 먹어야 한다며 밥상을 차렸다. 안 먹어도 된다는 손자에게 한 숟가락이라도 먹으라고 했다.

"한 술이라도 먹어야지. 그런 밀가루가 무슨 밥이야."

배부르다고 해도 다시 상을 차리는 엄마가 이상한 손자는 짜증을 부리기도 했다. 식사를 꼭 밥으로 해야 할 이유를 손자는 알지 못했다. 엄마는 자신이 살던 시절이 기준이었다. 손자는 거절해도 밥을 먹으라고 하는 엄마가 답답했다.

"할머니, 배부르다고요. 안 먹어도 된다니까요."

이런 말에 상을 물리지만 엄마도 손자가 이상한 건 마찬가지다. 퇴근해서 둘째 딸은 두 사람의 입장을 헤아려야 했다.

식성이 무던하지 않은 손자를 챙기는 엄마를 이해하는 둘째 딸이었다. 둘째 딸이 만든 음식도 맛없으면 바로 퇴짜를 놓았다. 맛의 기준이 높은 손자의 입맛을 엄마는 비교적 잘 맞추고 있었다. 타고난 미각으로 품평의 달인이라고 해도 손색이 없었다.

"국물 맛이 좀 이상한데…."

육수 내기 귀찮아서 맹물로 끓인 날이면 둘째 딸에게 가감 없이 전달했다. 그래서 둘째 딸은 엄마와 가끔 있는 아들의 실랑이 정도는 봐줄 만했다. 배부를 때만 먹으라고 하지 않으면 엄마의 음식을 좋아했다. 그러던 어느 날, 손자가 강한 불만을 드러냈다.

"할머니가 이상해. 소리를 갑자기 막 지르고 나한테…."

지나칠 정도라고 했지만 둘째 딸은 이해하기 어려웠다.

"괜히 소리 지를 리가 없잖아. 할머니가 너한테…."

그러면 둘째 딸에게 서운해하며 손자는 상황을 더 구체적으로 설명했다.

"할머니, 치매 아냐?"

둘째 딸이 어이없어 하며 흥분까지 했다. 손자가 말을 이었다.

"아무래도 치매 같아."

"그걸 말이라고 해. 다른 사람은 몰라도 외할머닌 절대 치매에 안 걸려."

둘째 딸은 아들에게 되레 목소리를 높였다. 다시는 그런 말을 하지 말라고 주의까지 주면서.

알츠하이머성 치매 환자에 대한 뉴스가 나와도 둘째 딸은 언제나 엄마와는 무관한 일이라 여겼다. 일흔을 넘기고도 단 한 번도 흐트러지지 않게 행동했던 엄마였기 때문이다. 치매를 의심한 적이 없다. 할머니를 향해 던지는 손자의 말에 둘째 딸은 오히려 기분이 상했다. 엄마가 마음 상했을까 봐 신경이 쓰였다. 돌이켜보니 그 당시 손자는 직감적으로 엄마의 낯선 감정의 변화를 알아챘던 모양이다.

아주 사소한 변화라도 이전과 다른 행동을 보이는 노인이라면 치매를 한 번쯤 의심해보는 게 좋다. 노년기로 갈수록 신체 노화로 생긴 변화뿐 아니라 치매와 같은 노인성 질병이 생길 가능성이 크다. 65세 이상 노인은 이전보다 노화가 더 빨리 진행된다. 노화는 치매와 연관성이 높다. 따라서 어제와 다른 특이한 행동이 나타난다면 주의를 기울여야 한다. 가랑비에 옷 젖는 줄 모른다고 엄마는 조금씩 이상한 행동을 보이기 시작했다. 이상한 행동은 새로운 변화의 징후라고 할 수 있다.

둘째 딸은 상담 장면에서 만나는 부모들에게 자녀의 이상 행동에 대해 자주 언급했다. 사소해 보여도 이전과 다른 이상 행동이 나타나는지 살펴보라고 강조한다. 심리적 문제는 드러나는 행동과 연관성이 높기 때문이다. 이상 행동은 질병이나 심리적 문제를 진단하는 수단이 된다. 예를 들면, 이런 것이다. 평소 밥을 잘 먹던 딸이 갑자기 다이어트를 선언하면 변화된 행동이다. 또는 평소보다 과하게 용돈을 달라는 아들이 있다면 이것도 변화다. 드러난 변화는 행동이지만 그 원인은 제각각이다. 대인 관계의 문제로 해석하면 이런 추론을 해 볼 수 있다. 전자의 아이가 만약 체형이 조금 뚱뚱하거나 크다고 생각해 보자. 다이어트 결심 직전 놀림을 받았을 가능성이 있다. 정말로 친구들에게 '뚱보', '돼지'와 같이 듣기 싫은 말을 들었다면 다이어트는 일상적인 행동이 아니다. 후자도 더 많은 용돈으로 사야 할 무엇이 생겼다면 일상적인 행동이다. 그러나 돈이 갑자기 더 필요한 이유가 따로 있을 수도 있다. 전례가 없다면 반드시 이유를 물어봐야 한다. 혹시라도 누군가로부터 갈취를 당할 수도 있어 개입이 필요하다.

심리상담자로 오래 일한 둘째 딸은 이런 아동과 청소년들의 심리 문제를 다룬 적이 많다. 또래 관계의 괴롭힘을 혼자서 해결하려다 어려움에 부닥친 내담자들이 있다. 예시처럼 평소와 다른 행동은 문제상황에서 비롯된 것이다. 둘째 딸은 이상 행동의 역동을 상담 장면에선 잘 파악했지만, 엄마에겐 적용하지 못했다.

손자에겐 엄마의 행동이 달라 보였을 것이다. 나중에 엄마가 치매 진단을 받자 손자도 매우 놀랐다. 둘째 딸의 이야기를 들은 손자는 크게 울었다.

"서울에 사실 땐 괜찮았는데 우리 집에 와서 그렇게 된 것 같아요. 내가 자꾸만 속 썩여서 치매에 걸리셨나 봐요."

둘째 딸이 손자에게 상관없는 일이라고 했지만, 많이 슬퍼했다. 그런 마음을 둘째 딸도 알기에 치매는 그런 병이 아니라고 달랬다. 하지만 손자는 여러 번 자기 책임도 있는 듯 말했다. 엄마의 변화에 대해 손자는 치매 초기 둘째 딸만큼 안타까워했다. 그렇게 엄마의 이상 행동은 치매 초기 증상 때문에 나타났다. 이후 가족들의 생활 속으로 엄마의 치매 증상은 조금씩 더 파고들고 있었다.

서서히 이전과 달라지는 엄마의 얼굴

"치매 초기, 엄마의 표정은 짜증, 화, 무덤덤 등

가족들이 이해하기 어려운 모습으로 나타났다."

흐린 가을날 오후의 양평 두물머리

"먹구름처럼 엄마의 이상 행동은 차츰 다가오고 있었다.

아픈 엄마를 돌보는 대학 동기와 떠난 양평에서

서로의 엄마 이야기를 나누었다.

두 사람이 바라본 하늘이 각자의 엄마처럼 점점 어두웠다."

*

처음 들은 장모님의 낯선 큰 소리

엄마의 변화를 낯설게 느낀 사람은 또 있었다. 퇴근한 둘째 사위의 얼굴이 붉으락푸르락했다.

"장모님이 분명히 큰 소리로 싸웠다니까."

"말도 안 돼."

둘째 딸은 어이없다며 남편에게 잘못 들은 거 아니냐고 물었다. 퇴근길에 싸우는 소리가 너무 크게 들려 누구네 집인가 싶었다며. 설마 했는데 우리 집이었다며 목격담을 전했다. 자식 넷을 키울 때조차 큰 소리를 낸 적 없는 엄마였다. 화가 나면 오히려 더 조용해지는 편에 가까웠다. 손자의 반찬 투정에 잠시 목소리가 높아진 정도라고 둘째 딸은 생각했다. 둘째 사위는 평상시 소리에 민감했다. 엄마의 목소리를 충분히 오해할 만하다고 생각해 믿지 않았다. 둘째 딸은 이전에 남편이 보여 준 행동 때문에 더 그렇게 생각했다.

휴일 어느 날, 자꾸만 골프공 맞추는 소리가 들린다며 둘째 사위가 화를 냈다. 참다가 도저히 안 되겠다며 문밖으로 나갔다. 한참 만에 들어온 둘째 사위의 표정이 밝았다.

"내 말이 맞았다고."

의기양양하게 집 안으로 들어왔다.

"뭐가?"

둘째 딸이 무슨 뜻인지 물었다. 설마 했는데 정말 아파트 베란다에서 골프 퍼팅 연습을 하는 사람이 있었다. 화단 쪽으로 나간 둘째 사위는 불이 켜진 층마다 일일이 살폈다. 연습 중인 세대를 기어이 밝혀내고야 만 것이다. 그렇다고 해도 엄마를 오해하는 것은 아닌 것 같아 둘째 딸은 의심의 눈초리로 남편을 바라보았다. 엄마는 떠들거나 말이 많은 사람을 질색했다. 이런 엄마가 각별한 손자와 싸웠다니 믿을 수 없었다. 그것도 이웃에 들릴 정도로 큰 소리로. 둘째 딸은 믿고 싶지 않았다. 그래서 남편의 말이 신경 쓰였지만, 부인하고 싶었다.

"설마?"

아내가 믿지 않는 눈치를 계속 보이자 둘째 사위가 인상을 찌푸렸다.

"하도 큰 소리로 말해서 내가 베란다 창문부터 닫았다고."

고개를 갸우뚱하는 둘째 딸을 더 이상하게 쳐다보는 둘째 사위는 목소리를 높였다.

"내가 참…."

"뭐라고 싸운 건데?"

여전히 믿지 않는 아내를 향해 둘째 사위가 재차 강조했다.

"자세히는 모르겠지만 현준이한테 막 소리를 지르더라고."

"엄마가 정말 그랬다고?"

그 정도의 소리라면 분명히 다른 집까지 들렸을 것이다. 손자와 가끔 식사 때문에 실랑이를 벌이는 것은 둘째 딸도 익히 알고 있었다. 손자와 그 과정에서 언쟁하다가 생긴 일쯤이라고 생각했다. 둘째 딸은 대수롭지 않은 일에 남편이 날카로이 반응한 것이라고 여겼다. 지나고 보니, 손자가 '할머니 치매 아냐?'라고 했던 시기와 일치했다. 둘째 사위와 손자는 둘째 딸보다 더 빨리 엄마의 이상 행동을 느낀 셈이다.

치매의 의학적 정의는 "퇴행성 뇌 질환 또는 뇌혈관계 질환 등에 의한 후천적인 다발성 장애"라 한다. 주로 기억력, 언어능력, 지남력, 판단력 및 수행 능력 등의 인지기능 저하로 일상생활에 지장을 준다. 예방하면 좋겠지만 쉽지 않다. 조기 발견 후 치료를 시작하는 게 중요하다.

노인성 치매를 노화에 의한 변화로 인식해 초기에 의심하지 못하는 예가 많다. 뇌 질환이기에 손상 부위에 따라 행동도 각기 다르게 나타난다. 엄마도 가족들이 치매라고 의심하지 못했다. 그래서 치매 초기 증상을 간과할 수밖에 없었다. 진단을 늦춘 이유도 여기에 있다.

정상적인 행동에서 벗어났다면 의심해보자. 의심이 깊어지면 가능한 한 빨리 전문의에게 진찰을 받아보는 것이 최선이다.

둘째 딸은 평소 치매에 대한 상식이 있었다. 그러나 엄마의 치매 가능성은 철저히 배제했다.

감정의 변화도 치매 환자의 초기 증상 중 하나이다. 둘째 딸은 훗날 아들과 남편의 이야기를 종합해 봤다. 당시에는 엄마의 행동을 치매 환자의 증상과 연결하지 못했다. 하지만 엄마는 자신도 모르게 치매 환자의 삶으로 들어가고 있었다.

하루하루 낯설어지는 그녀의 행동

아무리 피곤해도 자식이 온다면 손부터 바쁘게 움직이는 엄마였다. 반색하던 엄마가 인사를 받는 둥 마는 둥 시큰둥한 기색이었다. 그 무렵, 엄마의 음식 간이 달라졌다. 어떤 날은 맛이 없는 게 아니라 왜 저러지 싶을 정도로 이상했다. 또한 평생 해 온 집안일을 귀찮아했다. 자식들은 그동안 엄마가 일을 오래 했으니 당연히 그럴 만하다고 생각했다. 아버지랑 단둘이 지내다 보니 외로워서 그런가 싶기도 했다.

"하기 싫으면 하지 마요."

둘째 딸은 엄마에게 진심으로 편하게 말했다. 이유가 있다면 뒤늦게 찾아온 빈둥지 증후군이라고 생각했다.

빈둥지 증후군이란, 마지막 자녀까지 모두 독립했을 때 부모가 느끼는 슬픈 정서를 의미한다. 자녀를 주로 양육했던 어머니들에게서 나타나기 쉽다. 어머니 역할을 통해 강한 존재감을 느끼다가 할 일이 사라진 것 같을 때 허탈감을 느낀다.

둘째 딸처럼 다른 자식들도 대수롭지 않게 생각했다.

"그래. 엄마, 아버지랑 둘이 사는데 할 일이 뭐가 있어."

"엄마도 이제 늙나 봐."

"늙으면 원래 간이 세진다잖아."

하지만 엄마는 점점 감정적으로 대했다.

"엄마, 어디 아파?"

둘째 딸의 말에 아버지가 최근 일을 말했다.

"엄마가 요즘 골다공증 주사를 맞잖아."

젊어서 힘든 일을 많이 한 탓이라고 생각했다. 어깨와 허리 근육통으로 물리치료를 받고 있었다. 근육통이 심해지는 날이면 더 힘들 수 있다고 여겼다. 통증이 감정까지 영향을 준 것이라고 믿었다. 또한 나이가 들면서 자연스럽게 우울한 감정 변화도 생기니까 딱 그 정도라고 생각했다.

"잠을 못 자."

"엄마가?"

아버지의 말에 둘째 딸은 물었다. 엄마는 주로 초저녁에 잤다. 머리만 대면 잔다고 할 정도인 엄마가 불면을 호소하고 있었다.

"왜 무슨 걱정 있어요?"

아버지도 골다공증을 의심하며 약을 먹는다고 했다.

노화로 수면 시간이 줄어드는 것은 자연스러운 현상이다. 부족해진 운동 습관으로 근육량이 감소하는 것도 당연하다. 젊을 때보다 기억력 감퇴도 일반적이다. 70대인 엄마의 나이를 고려해 보면 이런 변화는 지극히 당연한 것이다.

막내아들에게 엄마는 애틋하였다. 그런 엄마가 퉁명스레 말했다. 그러나 가족들은 처음에 누구도 엄마를 치매 환자로 여기지 않았다. 근육통이 생겼으니 물리치료를 받으면 곧 나을 것이라 생각했다. 오로지 컨디

션의 문제라고 여겼다. 불면증 때문에 일시적으로 감정의 변화가 나타날 수 있다. 모든 변화는 노화 때문이라고 이해했다. 아버지도 엄마에게서 다른 변화는 알지 못했다. 자식들은 엄마를 더 자주 찾아가는 것으로 하고, 심각한 문제로 삼지 않았다.

"엄마도 이제 늙는구나!"

간을 너무 짜게 한 날이었다.

"뭐야? 소금을 들이부었어?"

둘째 딸이 엄마를 힐끗 쳐다봤다.

질병이나 노화로 입맛이 변할 수 있다. 나이가 들면 후각의 기능이 떨어져 미각도 감소할 수 있다. 노화로 생길 수 있는 변화는 다양하다.

엄마는 요리에 있어서는 베테랑급이었다. 이런 엄마가 간을 잘 맞추지 못했으니 노화가 분명했다.

'엄마가 치매는 아니겠지?'

혹시 몰라 아주 잠깐 떠올렸지만, 곧 사라졌다. 엄마는 교회에서 식당 봉사를 했다. 간을 잘 맞추기 때문이다. 특히, 국과 밥을 전담했다. 엄마가 식사 당번일 때 일부러 식당을 찾는 교인이 있을 정도였다. 손맛으로 이름난 권사였다. 비슷한 연배의 L과도 봉사를 같이했다. L과 엄마는 신앙뿐 아니라 서로 맛있는 음식을 자주 나누는 가까운 사이였다.

"엄마, L권사님은 잘 지내셔?"

결혼 전에 둘째 딸은 엄마와 같은 교회를 다녔다. 그래서 L을 둘째 딸도 잘 알았다.

"요즘 교회 안 와."

엄마가 시무룩했다.

"왜 무슨 일 있으셔?"

경남에 사는 큰아들이 L을 모시고 갔다며 엄마는 몹시 서운한 눈치였다.

"이거 좋아하는데."

평소처럼 엄마는 L을 생각했다.

"언제 오신데?"

"나도 몰라."

엄마는 L이 어쩌면 못 올 수 있다고 했다.

"왜 못 와?"

막내아들과 생활했던 L을 큰아들 부부가 모셔갔다고 전했다. 얼마 지나지 않아 정확한 이유를 알았다. L이 경도 치매 증상을 보이자 요양원 원장인 큰아들이 왔다. L도 입소 대상자로 여긴 모양이다. 엄마는 L과 통화한 이야기를 둘째 딸에게 전했다.

"보고 싶은데…."

큰아들이 데려다주지 않으면 교회에 올 수도 만날 수도 없다고 했다. 엄마는 살짝 충격을 받은 모양이었다. 어느 날, 더는 L이 연락이 닿지 않는다며 엄마가 몹시 걱정했다.

"죽었나?"

불쑥 혼잣말을 내뱉은 엄마는 L을 한동안 그리워했다. 엄마에게 L은 친정 언니 같은 존재였다. L과의 이별이 엄마의 감정에 영향을 준 것 같다. 특히, 둘째 딸은 L의 요양원 입소 사실이 엄마를 우울하게 한 것이리라 생각했다. 가족들이 인지하지 못하는 순간에도 엄마의 감정 변화는 차곡차곡 쌓이고 있었다.

*
다시는 엄마랑 여행 안 간다는 첫째 딸

첫째 딸과 엄마는 벚꽃 여행을 떠났다. 일흔 살이 넘어서까지 성실하게 일했던 아버지와 엄마를 위해 자식들이 준비했다. 경남 하동의 벚꽃길 명소로 일찌감치 장소를 정했다. 아름다운 길로 선정된 만큼 축제 기간에는 사람들이 북적였다. 그래도 개화 시기에 맞춰서 떠나야 했다. 붐빌 것을 예상해 첫째 딸이 기차 승차권 예매를 했다. 엄마는 꽃을 유난히 좋아했다. 그래서 더할 나위 없이 좋을 것이라고 자식들은 생각했다. 부분적으로 걸음을 옮기기가 힘들었다. 인파 속 불편은 감수해야 했다. 힘들지만, 사람들은 전국에서 그곳의 벚꽃길을 보러 왔다. 첫째 딸도 자식 대표로 부모와 기꺼이 함께 가 주었다. 하지만 엄마는 첫째 딸의 심기를 상하게 했다.

"다시는 엄마랑 여행 안 가."

다녀와서 첫째 딸이 동생들에게 제일 먼저 한 말이다.

"무슨 일 있었어?"

둘째 딸이 물었다. 여행지에서 엄마가 다른 사람 같다며 첫째 딸은 당시 상황을 설명했다. 지역 축제장이 그러하듯이 사람은 많았다. 벚꽃이 활짝 핀 곳도 그렇지 않은 곳도 있었다. 그래도 일 년에 딱 한 번 가는 벚꽃 놀이였다. 그곳에서의 즐거움이 컸다. 너도나도 앞다투어 예매하는 이유가 있었다. 축제장의 일부 상인들이 바가지 요금을 씌웠다. 이것 역시 한철 장사라 그러려니 한다. 그러나 엄마는 사사건건 트집 잡는 사람처럼 행동했다. 첫째 딸이 괜히 쓸데없는 여행을 계획한 것 같다고 후회했다. 엄마가 그렇게까지 화를 내는 이유를 첫째 딸은 도무지 알 수 없었다. 계속 엄마의 마음을 살피며 다녔다. 알 수 없지만 엄마가 심기가 불편한 이유가 있을 거라 여겼다. 인파를 피해 사진도 찍었다. 이름난 매화 농원도 일부러 방문했다. 경사면에 자리 잡은 곳이라 걷기가 수월하지 않았지만. 첫째 딸이 나름 애썼음에도 엄마는 마음을 좀처럼 풀지 않았다.

"엄마가 이상했다니까."

"언니가 애썼네."

낯선 엄마의 행동을 첫째 딸도 치매와 연결하지 못했다.

"아버진 어땠는데?"

둘째 딸은 엄마와 함께 간 아버지의 행동도 궁금해 물었다.

"아버지야 잘 드시고 괜찮았지."

아버지와 달리 엄마만 유별나게 굴었다.

"내가 오죽했으면 안 가겠다고 했을까?"

무던한 첫째 딸이 힘들었다면 엄마가 그날 달랐던 게 맞다.

"언니가 고생 많았겠다."

첫째 딸은 엄마를 겨우 달래 사진을 찍었다. 그날 찍은 한 장의 사진이 TV 옆에 놓였다. 엄마는 웃고 있었지만 어색했다. 그나마 아내 곁에 선 아버지의 모습은 괜찮았다. 아버진 외향적인 성격이다. 엄마가 아버지와 사뭇 대조적인 표정을 지은 이유를 첫째 딸은 알지 못했다.

엄마의 변화를 가족들은 감지하지 못했다. 하지만 엄마는 장소, 시간,

대상을 막론하고 서서히 치매 환자의 모습을 드러내고 있었다.

치매 조기 진단을 위해 초기에 나타나는 몇 가지 행동을 이해하는 게 바람직하다.

첫째, 음식 맛이 변한다. 엄마처럼 예전과 같은 음식을 하더라도 간을 못 맞춘다. 전과 달리 엄마의 음식이 짜진 이유도 치매 때문이었다.

둘째, 감정의 변화를 보인다. 뇌 기능 이상으로 나타나는 현상이다. 엄마도 감정 변화로 막내아들을 반기지 않았다. 또한 첫째 딸과 떠난 벚꽃 여행에서 상한 기분을 풀지 않았다. 다른 사람의 말을 듣지 않는 모습도 나타날 수 있다. 성격이 변한 것처럼 보였던 이유 역시 치매로 인한 것이다.

셋째, 수면 문제를 보인다. 평소보다 낮잠을 많이 잘 수 있다. 반대로 엄마처럼 불면증이 올 수 있다. 둘 다 수면의 이상이다. 수면은 컨디션 조절에 많은 영향을 주기 때문에 이런 현상이 나타나면 치매를 의심해봐야 한다.

넷째, 기억력 저하다. 치매 환자의 대표적인 증상이다. 갑자기 말을 못 알아듣거나 똑같은 말을 반복한다. 엄마도 자식들에게 자신의 이야기만 반복해서 치매 초기에 대화가 잘 안 된 적이 있었다.

그 외 보폭이 느려지거나 잘 걷지 못한다. 전체적으로 행동이 이전보다 느리다. 이는 몸의 균형 감각을 담당하는 소뇌의 이상 때문이다. 그래서 간혹 치매 초기부터 길을 잘 찾지 못하여 배회할 수 있다. 시공간 능력의 저하로 방향 감각이 둔해져서 나타난다. 알츠하이머병 치매 환자들이 많이 보이는 현상이다.

가족 누구도 엄마가 치매 환자가 될 줄 몰랐다. 하지만 첫째 딸과 다녀온 벚꽃 여행 이후, 엄마의 치매 가능성을 의심하기 시작했다.

첫째 딸과 떠난 벚꽃 여행에서 엄마와 아버지

"엄마는 어색하게 웃고,

아버지는 평소와 달리 지친 얼굴이다.

아마도 엄마의 치매 초기 증상으로 아버지도 힘들었던 것 같다."

만개한 제주 벚꽃길

"엄마가 좋아했던 벚꽃이다.

치매 전 엄마는 만개한 벚꽃처럼 활짝 웃었다.

딸들과 떠난 제주 여행에서도 환하게 웃었던 엄마가 그립다."

*

선생님, 혹시 치매 가능성은 없나요

여러 날 잠을 자지 못하는 엄마 때문에 아버지가 자식들에게 연락했다. 둘째 딸은 그 연락을 더 자주 받았다. 불면증이 생긴 거냐고 물었더니 잘 모르겠다고 했다. 우선 가까운 병원을 찾아 주었다. 며칠 동안 처방 약을 먹었지만, 차도가 없었다. 걱정 가득한 목소리로 아버지가 둘째 딸에게 전화했다.

"네가 엄마랑 다른 병원에 가 봐. 여기 약은 안 들어."

급한 대로 가까이 사는 막내아들에게 대학병원 예약을 부탁했다. 예약 전 다른 개인병원 몇 곳을 더 다녔다. 똑같이 불면증으로 진단받고 약을 받아 왔다. 그러나 차이가 없었다. 가는 병원마다 '노인성 우울'이라고 진단했다. 약도 크게 다르지 않았다. 하지만 엄마는 잠을 계속 자지 못했다. 수면 문제로 엄마는 짜증이 심해졌다. 아버지가 엄마 때문에 괴로워했다. 두 딸에게 아버지의 전화도 빈번해졌다.

"큰 병원에 모시고 가 봐."

대학병원 정신과는 초진 예약을 해도 몇 달을 기다리는 게 일반적이다. 엄마도 어쩔 수 없이 그랬다. 진료 전, 엄마의 생일이 다가왔다. 가족들이 한자리에 모였다. 코스로 나오는 한정식집을 둘째 딸이 예약했다.

엄마를 위해 갈비찜을 추가로 주문했다. 메뉴가 나오자 가족들은 맛있게 먹었다. 뒤늦게 나온 갈비찜에 엄마가 젓가락을 올렸다.

"왜 이렇게 질겨."

엄마가 버럭 소리를 질렀다. 자식들이 깜짝 놀랐다. 당신 자식은 몰라도 사위와 며느리 앞에서 그런 적은 없었다. 둘째 딸이 예약과 주문을 맡은 탓에 엄마한테 사과했다. 하지만 엄마의 시선은 차가웠다. 첫째 딸이 벚꽃 여행에서 말한 것처럼 다른 사람 같았다. 일그러진 엄마의 표정으로 다른 자식들도 눈치를 봤다. 다들 엄마의 생일이라 꾹 참는 눈치였다.

"울 엄마 입맛엔 안 맞나 보네."

둘째 딸이 너스레를 떨었다. 그런데도 엄마의 기분 변화는 없었다. 평소 워낙 음식을 잘하는 엄마여서 그런가 싶었다. 이전에도 와 본 곳이라 둘째 딸은 크게 염려하지 않았다. 다른 가족들도 갈비가 조금 덜 숙성된 맛이 난다고 했다. 그렇더라도 못 먹을 정도는 아니었다. 엄마가 유난히 짜증스러워해 불편한 식사를 마쳤다. 둘째 딸은 엄마가 아무래도 치아가 약하니 그럴 수 있겠다 싶었다. 서둘러 자리를 뜨는 게 상책이다 싶어 형제들끼리 눈짓했다. 아버지의 이야기대로 엄마는 여전히 불면증을 호소했다. 잠을 못 자서 생긴 날카로움이라고 여겼다. 인상을 찌푸린 엄마에게 둘째 딸도 마음이 상했다. 하지만 계속 참았다. 큰아들 집으로 옮겨 축하 케이크를 나누었다. 특별히 주문한 떡 케이크였다. 식당에서보단 엄마의 기분이 조금은 나아졌다. 하지만 확실히 엄마의 행동은 전과 달랐다.

'혹시 엄마가 치매?'

S 대학병원의 진료일이 되었다. 초진 의사 역시 노인성 우울증이라고

했다. 다행이라고 생각하면서도 석연치 않았다. 항우울제를 처방받았다. 그러나 자식들은 돌아가면서 아버지의 하소연을 들었다. 하루하루가 힘든 아버지도 짜증을 냈다.

두 번째 진료일이 다가왔다. 둘째 딸이 의사에게 먼저 물었다.

"우울증약을 드셔도 차도가 없으세요. 선생님, 혹시 치매 가능성은 없나요?"

의사는 노인이기 때문에 치매 가능성이 없는 건 아니라고 했다. 하지만 진료실에서 보이는 모습만으로 단정하는 건 무리라고 했다.

"그럼, 어떻게 해야 할까요?"

엄마는 의사의 질문에 대부분 조용히 대답했다. 의사도 잠시 고민하는 듯했다. 진료실에서 엄마는 70대의 평범한 노인이었다. 둘째 딸이 최근에 있었던 에피소드 몇 가지를 의사에게 전했다.

"치매 검사를 받을 수 있을까요?"

둘째 딸이 또 물었다. 의사는 최소 2주 이상 입원해야 진단할 수 있다고 했다. 치매 여부를 확실히 알기 위해선 입원이 필수였다.

정신과 폐쇄병동에서 생활하는 것이 입원이었다. 24시간 보호자 상주가 의무라는 말에 잠시 머뭇거릴 수밖에 없었다. 엄마보다 연장자인 아버지를 보호자로 있게 할 수는 없었다. 자식 넷도 모두 일하고 있었다. 당장 입원 결정을 내리지 못했다. 하지만 정확한 진단을 위해선 입원을 고려해야 했다.

'어떻게 해야 하지?'

동행한 첫째 딸과 둘째 딸은 상의했다. 이리저리 생각해 봐도 입원 말고 뾰족한 수는 없어 보였다.

"입원해야겠지."

첫째 딸이 말했다.

"24시간 보호자가 문제네."

둘째 딸이 현실적 고민을 내뱉었다.

"그럼, 언니랑 내가 갈 수 있는 병원으로 옮겨야지. 내가 찾아볼게."

그렇게 해서 둘째 딸은 노인성 치매 환자 전문 의사를 찾았다. 다음 진료일에 의사를 다시 만났다.

"선생님, 그럼 경기도에 있는 B 병원으로 가고 싶은데 도와주실 수 있을까요? 제가 그쪽에 살아서….."

의사는 무슨 뜻인지 알겠다고 했다. 앞서 진료한 내용을 토대로 소견서를 써 주겠다고 했다. 둘째 딸이 새로운 병원에 초진을 예약했다.

*

그녀의 첫 배회, 깊어지는 고민

아버지로부터 둘째 딸에게 다급하게 전화가 왔다.

"큰일 났어. 자다 보니까 엄마가 없어졌어."

동네를 살펴봐도 없다며 아버지는 거의 우는 목소리였다.

'이 시간에 어디를 가신 거지?'

찾아 나서야 하나 생각하고 있을 무렵 다시 전화벨이 울렸다. 경찰 순찰차를 타고 엄마가 귀가했다고. 아버지에게 자초지종을 들었다. 엄마는 오랜 습관대로 혼자 새벽예배를 가기 위해 집을 나섰다. 집 근처 작은 교회였는데, 예배 시간에 맞춰 문을 열었다. 엄마가 시간을 확인하지 않고 나가서 생긴 일이었다. 너무 일찍 일어나 간 탓에 예배 시간이 아니었다. 당연히 문은 잠겨 있었다. 다시 집으로 오다 그만 넘어졌다. 혼자 몸을 추스르지 못한 채 넘어져 있는 엄마를 행인이 발견했다. 다행히 엄마를 이상하게 여겨 바로 경찰에 신고했다. 가족들은 한겨울이 아닌 것에 감사했다.

치매 증상 중 하나는 배회다. 엄마의 치매 가능성을 높인 사건이었다. 이상 행동에도 둘째 딸은 설마설마했었다. 가족들은 결국 엄마의 치매 가능성을 확신했다.

"앞으로 잘 때 혼자 나가면 어떻게 해?"

그날 이후 아버지의 걱정이 대단했다. 자식들도 아버지처럼 염려하는 것은 매한가지이다. 치매 환자가 있는 가정이라면 비슷한 경험을 하기 쉽다. 엄마에게 왜 나갔냐고 이유를 물어봐도 소용없다.

우리는 뉴스를 통해 종종 치매 노인의 실종 사건을 접한다. 가족은 다급한데 정작 치매 노인은 집에 돌아갈 생각을 못 한다. 그게 현실이다. 24시간 감시하듯 돌볼 수도 없는 노릇이다.

배회 가능성이 있다면 서둘러 실종 방지 서비스를 미리 신청하는 게 좋다. 치매 노인의 증가만큼 실종 사고도 경찰이나 소방서에 잇따라 접수되고 있다. 누구라도 배회하는 치매 노인을 보면 즉시 도움을 주자. 가족들도 노인의 신원을 확인할 수 있는 배회 인식표나 안심귀가 팔찌를 미리 준비하는 게 좋다. 위치추적이 가능한 배회감지기를 노인이 착용하는 것도 바람직하다. 경찰서 등에 치매 노인의 지문을 사전에 등록하는 것은 아주 유용하다. 최근에는 지자체마다 생긴 치매안심센터에서 치매 관련 도움을 받을 수 있다. 치매 환자 등록을 위한 서류는 주민등록등본, 가족관계증명서, 신분증, 치매 진단서 등이 필요하다. 관련 웹 사이트에서 더 자세한 정보를 찾을 수 있다.

엄마는 치매 진단 전이었지만 서둘러 대책을 세워야 했다. 당장 엄마를 자식들 집으로 옮길 수는 없었다. 급한 대로 요양 시설을 알아보기로 했다. 엄마 집 근처에도 이미 많은 요양 시설이 있었다. 평상시 관심을 기울이지 않았었다. 엄마의 치매 가능성을 의심하자 그동안 부쩍 늘어난 시설들이 새롭게 보였다. 우선 둘째 딸이 전화로 요양원 입소 상담을 했다.

고령화로 접어들면서 노인 관련 시설이 증가하는 것은 자연스럽다. 요즘 급격하게 줄어드는 출생아 수에 반해 노인 인구의 증가 속도는 매우 빠르다. 그래서 동네 유치원과 어린이집이 요양원으로 바뀌는 현상도 보게 된다. 얼마 전, 출산으로 제법 유명했던 산부인과가 리모델링 후 요양병원으로 간판을 교체했다. 동네 구석구석 재가 요양 서비스를 지원하는 센터도 우후죽순으로 생겨나고 있다. 너무 많아 이용자들이 오히려 선택의 어려움이 있을 정도다.

요양 시설도 경쟁적으로 운영해야만 살아남는 시대가 될 것이다. 둘째 딸은 전화로 문의한 몇몇 기관을 통해 예감했다. 대면 상담을 갔을 때 시설장들이 노인 유치를 위해 애쓰는 것 같았다. 별도의 상담실에서 반갑게 맞이하고 차 대접까지 했다. 홍보물부터 내놓고 이용 서비스를 강조했다. 둘째 딸은 아들을 위해 유치원을 알아보던 때와 비슷한 느낌을 받았다. 어떤 기관은 상담실장이란 별도의 직책을 가진 사람이 안내를 전담하고 있었다. 명함에는 사회복지사라고 적혀 있었으나 둘째 딸은 영업 사원 같다고 느꼈다. 저마다 차별화를 강조하며 기관 설명을 이어갔다. 이용 서비스를 추가할 때마다 비급여 항목이 잡혔다. 끝으로 매월 내야 하는 이용금액을 알려주었다. 요양원은 평균 70~80만 원, 요양병원은 120~150만 원 정도였다. 엄마를 위한 일이었지만 선뜻 결정할 수 없었다. 왜냐하면 이용 기간의 정함이 없어서였다. 꼬박꼬박 매월 이 금액을 내야 한다면 누가 얼마씩 낼 것인지부터 상의해야 했다.

치매 노인에 관한 관심과 돌봄은 가족뿐 아니라 사회적으로 접근할 필요가 있다. 돌봄 문제를 사회적으로 접근하지 못하면 비용 부담을 느끼는 가족은 자칫 노인 방임으로 이어질 수도 있다. 그래서 우리 사회는 노인장기요양보험을 운영하고 있다.

노인장기요양보험이란 고령이나 노인성 질병 등의 사유로 일상생활을 혼자서 수행하기 어려운 노인 등에게 시행하는 사회보험제도이다. 신체활동 또는 가사활동지원 등을 제공하여 노후의 건강증진 및 생활 안정을 도모한다. 가족의 부담을 덜어줌으로써 삶의 질을 향상하기 위한 목적이 크다.

친구 K와 치매 부모에 대해 이야기한 적이 있다. K의 친정아버지는 딸 셋과 생활하다 모두 출가하자 혼자 살았다. 치매 전까진 별 문제가 없었다. 딸들은 아버지를 직접 모실 수 있는 상황이 아니었다. 혼자 사는 아버지가 큰일 나겠다며 K가 집 근처로 아버지를 이사시켰다. 맞벌이였던 터라 K는 매일 출퇴근길에 아버지한테 들렀다. 한번은 아버지가 정신이 없어 하는 모습이라 이상하게 여겼다. 나중에 보니 치매 약을 매번 챙겨주는 사람이 없어 일이 난 것이다. 약봉지를 라면인 줄 알고 여러 개를 뜯어 냄비에 넣고 끓였다. 이후 K는 동생들과 상의하여 아버지를 요양원으로 모셨다. K의 아버지처럼 혼자 사는 치매 노인은 어떤 식으로든 타인의 돌봄이 꼭 필요하다.

최근에는 자식에게 부담을 주고 싶지 않아서 노인 스스로 노후를 준비하는 예가 많다. 여러 형태의 노인주거복지시설이 생겨나고 있다. 이것도 현실적 대안 중 하나다.

긴 병에 효자 없다고 아픈 부모 부양이 때때로 가정불화의 요인이 되기도 한다. 그래서 이젠 노인이 스스로 요양 시설을 찾는 것도 이상하지 않다. 하지만 비용을 낼 수 없다면 시설 이용이 어렵다. 저소득 독거 노인이나 치매 환자는 적극적 돌봄이 필요하지만 어려움이 있다.

얼마 전, 둘째 딸은 이웃한테서 들은 이야기가 생각났다. 홀로 살던 70대 할머니 C는 집을 팔아 요양원 비용만 남기고 재산을 자식들에게 나눠 줬다. 당신 생각엔 길어야 80대 중반까지 살 것이라고 예상하고 한 일이다. 매달 75만 원 정도면 충분할 줄 알았다. 본인이 정한 기대 수명에 맞춰 재산을 정리했다. 하지만 C는 올해 요양원에서 20년째 생활하고 있다. 돈은 이미 바닥났다.

치매 환자뿐 아니라 고령 노인의 돌봄은 더는 남의 일이 아니다. 사회적 돌봄은 다양한 측면에서 논의가 필요하다.

돌봄의 사회화는 이전까지 아동을 중심으로 이루어졌다. 그러나 특정 대상에게만 국한할 수 없는 시대가 되고 있다. 중증 환자와 고령 노인처럼 스스로 돌볼 수 없는 사람조차 돌봄 서비스가 필요하지만 현재는 충분하지 않다. 약자를 돌보는 행위는 개인과 가족을 넘어 지역사회와 국가도 함께 참여해야 한다. 우리 사회는 베이비붐 세대가 곧 대거 노인 인구로 흡수된다. 이 중 상당수는 건강한 노인일 것이다. 베이비붐 세대는 산업화와 함께 성장해 자금력을 가진 경우도 많다. 따라서 건강하고 경제력이 있는 노인이 그렇지 않은 노인을 돌보면 좋을 것이다. 치매 노인을 포함하여 사회적 돌봄을 이들과 함께 논의하는 것은 의미가 있다. 돌봄의 대상자와 주체자가 한 세대 안에 있기 때문에 효율적이다. 사회적 돌봄은 앞으로 우리가 더 많이 이야기할 주제가 될 것이다.

가족들이 예상하지 못했던 엄마의 첫 배회 사건 이후 가족들은 치매
환자 돌봄에 대한 고민이 깊어졌다.

*

이 순간이 꿈이길 바라는 마음

"장모님이 자꾸 날 불러."

둘째 딸을 깨운 건 남편이었다. 엄마가 부른다며 나가보라고 재촉했다. 눈을 비비며 둘째 딸이 안방 문을 열었다. 아무도 없었다.

"당신, 꿈꾼 거 아냐?"

둘째 사위가 다시 누웠다. 얼마나 잠들었을까? 이번엔 둘째 딸이 먼저 깼다. 정말 누군가 남편 이름을 부르고 있었다. 다시 안방 문을 열자 엄마가 안절부절못하며 서성였다.

"수호야, 집에 데려다줘. 빨리."

엄마가 둘째 사위의 이름을 부르고 있었다. 그런 적이 없는 엄마였다. 그것도 아주 이른 새벽에 둘째 딸 부부가 자는 안방 문 앞에서.

"나 집에 데려다줘."

엄마는 당신 말만 반복했다.

"이 시간에? 나중에. 지금은 새벽이야."

둘째 딸이 엄마가 자던 방을 가리키며 들어가자고 했다.

"아니야, 지금 가. 빨리."

엄마는 계속 졸랐다. 보채는 아기처럼 굴어 둘째 딸은 겨우겨우 달래서 방으로 들어왔다.

"얼른 누워요. 아침에 가고 싶으면 그때 모셔다드릴게요."

모녀의 말소리에 아버지가 깼다. 흐트러진 엄마의 베개와 이불을 바로 놓았다.

"왜 깼어? 얼른 자."

누우라는 아버지의 손짓에 엄마가 엉거주춤 몸을 낮췄다.

"여기 누워."

아버지가 가리킨 이부자리에 모로 자세를 튼 엄마가 둘째 딸을 쳐다봤다.

"얼른 주무셔야죠."

엄마의 등을 둘째 딸이 토닥였다. 물끄러미 엄마가 둘째 딸을 쳐다보다 눈을 감았다. 엄마가 다시 잠든 것 같아 둘째 딸은 일어났다. 그 순간 엄마가 갑자기 눈을 번쩍 떴다.

"엄마 안 잤어?"

"넌 왜 안 자?"

둘째 딸에게 오히려 엄마가 물었다.

'엄마 때문인데….'

엄마가 다시 눈을 똑바로 치켜뜨고 둘째 딸을 빤히 쳐다봤다.

"엄마가 주무셔야 나도 가서 자죠."

그러자 엄마는 오른손을 뻗어 둘째 딸에게 얼른 나가란 손짓을 했다.

"가라고?"

고개를 끄덕인 엄마가 다시 눈을 감았다.

"그럼, 나 이제 가서 잔다."

한 번 더 고개를 끄덕인 엄마를 이번엔 아버지가 토닥였다.

"주무셔요. 엄마, 집에 데려다 달라고 또 나오면 안 돼."

엄마의 대답은 없었다. 아침까지 둘째 딸은 엄마의 목소리를 듣지 않았다. 최근 일어난 일이 차라리 꿈이길 바랐다. 하지만 현실은 달랐다. 새로 예약한 B병원 정신과 예약이 코앞으로 다가왔다.

S병원과 마찬가지로 B병원 의사도 엄마에게 입원을 권했다. 일주일이 늘어난 3주 동안. 늘어난 시간만큼 자식들은 새로운 시간표를 짜야 했다. 직장과 각자의 가족 때문에 채울 수 없는 시간이 생겼다. 3주간 엄마의 보호자로 병원에 있는 것은 자식들 모두 현실적으로 무리였다. 시간을 낼 수 없는 자식은 돈을 내겠다고 했다. 어쩔 수 없는 상황이라 새로운 해법을 찾기로 했다. 누구 하나 불편한 마음을 가지면 어려운 일이었다. 주말만 가족이 엄마와 있고, 평일엔 간병인을 두기로 했다. 비용을 나눠 내기로 하고 계획을 바꿨다. 정신과 폐쇄병동의 입원이라 가족도 쉽지 않을 뿐 아니라 간병인을 찾기도 어려웠다.

24시간 엄마와 꼬박 병원에 있는다고 생각하자 둘째 딸도 자신이 없었다. 서둘러 간병인을 구하는 게 최선이었다. 다행히 병원에 상주하다시피 하는 간병인이 있다는 말을 다른 보호자한테서 들었다. 소개 업체를 통해 엄마보다 두 살 아래인 간병인 D를 구했다. 간병인 D는 간병인치고 나이가 많은 편에 속했다. 스스로 챙겨야 할 가족이 없어서 24시간 병간호를 할 수 있다고 말했다. 우리 가족에겐 이런 상황이 좋았다. 그 자리에서 간병인 D와 3주간 계약을 했다. 치매 가능성이 있는 엄마를 봐주는 것만으로 가족은 무조건 감사했다. 가족들은 간병인에게 엄마의 치매 환자 가능성을 거듭 강조했다. 진단을 목적으로 입원한 사실도 설명했다.

간병인 D는 나이만큼 엄마를 이해하려고 애썼다. 오히려 엄마한테 '언니'라고 불러도 되는지 둘째 딸에게 물었다. 둘째 딸은 이것 역시 무조건 좋다고 허락했다. 엄마에게 여동생이 있으니 언니라는 호칭이 더 익숙할 것이라고 설명하면서.

정신과 병동에선 간병인도 마음대로 외출할 수 없었다. 의료진의 허락 없이 외부로 나가지 못한다. 가족들이 오는 주말을 제외하면 꼼짝없이 엄마만 돌봐야 했다. 엄마가 제발 간병인 D를 뿌리치지 않길 바라면서 자식들은 일상으로 잠시 돌아갔다.

*

폐쇄병동이 어색한 김여사

엘리베이터에서 정신과 병동이 있는 층에 내렸다. 여기까진 일반 병동과 차이가 없다. 병동에 들어가려면 호출을 해 관계자가 안에서 문을 열어주어야만 가능했다. 외부인은 허락 없이 드나들 수 없는 구조였다. 입원 첫날, 안내에 따라 둘째 딸은 엄마와 병동으로 들어섰다. 뒤에서 철문 닫는 소리가 들려 엄마와 둘째 딸은 동시에 놀랐다. 폐쇄병동이라 몇 가지 특징이 있었다. 각 병실로 가기 전, 간호사실을 반드시 거쳐야 했다. 반입 가능한 것을 제외하고 모두 간호사실에 두고 들어가는 것도 달랐다. 특히, 유리 제품은 절대 반입할 수 없었다. 간호사실을 통과하면 좌우로 두 개의 병동이 구분되어 있었다. 잠금 문을 한 번 더 설치한 곳과 개방형 병동이다. 개방형은 복도를 따라 병실이 일반 병동처럼 좌우에 있었다. 잠금 문 안쪽은 내부 구조를 전혀 알 수 없었다. 엄마가 개방형 병실을 배정받았기 때문이다. 중앙에 제법 넓은 휴게실 공간이 있었다. 간호사실에서 그곳은 아주 잘 보였다. 간호사실과 환자들이 생활하는 병실 사이에 휴게실이 있는 형태였다. 간호사실은 커다란 유리창과 출입문으로 막혀 있었다. 일반 병동과 달리 외부로의 자유로운 출입을 제한하고 있었다. 대신 병실과 복도에선 자유롭게 돌아다닐 수 있었다.

입원 첫날과 주말 동안 둘째 딸은 엄마의 보호자로 폐쇄병동에 있었다. 엄마뿐 아니라 정신과 환자들의 낯선 행동이 눈에 들어왔다. 혼자 돌아다니는 젊은 여성이 유독 눈에 띄었다. 휴게실 안쪽에 있는 피아노에 자주 앉았다. 그녀는 마음대로 연주했다. 제법 잘 치는 듯했다. 하지만 매번 같은 구간에서 연주를 멈췄다. 휴게실 맞은편에는 공용 화장실이 있었다. 겉으로 보면 여느 화장실과 다름이 없었다. 그러나 개별 출입문 하단이 넓게 뚫려 있었다. 변기에 앉으면 안에 있는 사람의 발이 모두 보였다. 사각지대를 비추는 CCTV도 눈에 들어왔다.

엄마는 첫날부터 주변을 바짝 경계했다. 간호사실 통유리 창을 자주 두드렸다. 내보내 달라고 요구하는 행동이었다. 하지만 간호사들은 엄마에게 별 반응을 보이지 않았다. 간병인 D가 엄마를 따라 다녔고 심하게 두들기면 병실로 데리고 갔다. 엄마의 이런 행동을 간호사가 관찰 후 기록했을 것이다.

둘째 딸의 눈에도 입원한 환자들의 모습은 특이했다. 복도의 안전 손잡이를 밀면서 쉴 새 없이 오가는 사람, 천장과 바닥을 번갈아 보며 헛웃음을 짓는 사람, 멍하니 앉아 있다가 갑자기 혼잣말하는 사람, 시선을 누구하고도 마주치지 않은 채 온종일 책만 보는 사람 등등.

그곳에 머무는 동안 엄마도 첫날과 달리 치매 증상을 드러냈다. 엄마는 딸들이 주말에 번갈아 오면 서둘러 병동에서 **빠져나가라**며 등을 떠밀었다. 길게만 느껴졌던 3주가 그렇게 지났다. 퇴원 직전, 둘째 딸은 주치의를 만났다.

"치매입니다. 공격성이 나타난 이유는….”

입원 중 엄마가 받았던 검사 결과에 대해 들었다. 의사는 정확한 엄마의 진단명을 알려주었다. 알츠하이머성 치매와 달랐지만, 치매란 사실은 분명했다. 진단서 위에 또렷하게 치매란 글씨가 적혀 있었다. 퇴원하면 아버지에게 지난 3주간의 입원 경과와 진단 결과를 둘째 딸은 설명해야 했다. 어느 정도 엄마가 치매일 것이라고 짐작했다. 그러나 막상 의사로부터 엄마가 치매 환자라고 들으니 막막했다. 아예 생각하지 못한 것은 아니지만 당황스러웠다. 끝내 둘째 딸은 왈칵 눈물을 쏟았다.

진단 받은 날은 크리스마스이브여서 마음이 더 아팠다. 둘째 딸은 앞으로 고난이 엄습해 올 것이라 예상했다. 그래서 한동안 멍하니 앉아 있었다.

퇴원 절차를 위해 원무과로 가는 길이 둘째 딸은 멀게만 느껴졌다. 그렇게 무거운 발걸음이 또 있었을까? 연신 고개를 떨구었다. 저절로 눈물이 흘렀다. 마지막 절차로 엄마의 약을 받는 일만 남았다. 원내 약국에서 제일 가까운 대기실 의자에 엄마를 앉혔다. 엄마도 낯선지 자주 두리번거렸다. 둘째 딸이 서류를 발급받기 위해 기다리는 중간중간 엄마의 모습을 살폈다. 뒤돌아본 엄마와 둘째 딸은 눈이 딱 마주쳤다.

'앞으로 어떻게 해?'

그날부터 둘째 딸을 비롯해 가족들은 치매 환자 보호자의 삶을 시작했다.

*

엄마는 전두측두엽 치매 환자

　엄마는 뇌 중에서 전두측두엽이 손상된 치매였다. 의사가 그동안 엄마가 보인 이상 행동의 원인을 중심으로 치매에 관해 설명했다. 그리고 앞으로 가족들이 보게 될 엄마의 이상 행동을 미리 말해주었다. 복용할 약에 관해서도 자세히 알려주었다.

　전두엽은 대뇌의 앞부분으로 주로 기억력이나 사고력을 주관하는 곳이다. 이 부분이 제대로 기능하지 못하면 행동 및 감정 조절 문제가 나타난다. 전두엽의 손상이 일상에서 어떤 행동을 보이는지 둘째 딸은 익히 알고 있었다. 비슷한 아동들을 상담자로 일할 때 자주 만났기 때문이다.

　주의력 결핍 및 과잉행동 장애(ADHD:Attention Deficit Hyperactivity Disorder) 진단을 받은 아동도 전두엽의 기능 저하가 원인이다. 뇌 안에서 주의 집중 능력을 조절하는 신경전달 물질인 도파민, 노르에피네프린 등이 불균형하여 발생한다. 주로 행동 조절을 못 하고 충동적으로 반응한다. 지속해서 주의력이 부족하고 산만하다. 그래서 대부분의 아동이 지시를 잘 따르지 못한다. 충동성과 과다한 활동으로 함께 지내는 사람이 힘들다. 아동기 장애 중 하나인 이 증상은 부모여도 버겁다. 이런 아동은 학교에서 교사에게 자주 지적을 받는다. 주의 집중의 어려움으로 학습 문제를 보인다. ADHD 원인을 한마디로 단정하기 어렵다. 뇌 손상이나 뇌의 후천적 질병일 때 나타날 수 있다. 가끔 미숙아로 태어난 아동도 ADHD 가능성이 있다. 유전과 뇌 발달의 결함으로 보는 견해가 가장 일반적이다.

엄마가 느닷없이 소리를 지르거나 감정 조절을 못한 것도 전두엽의 손상 때문이었다. 엄마가 그동안 보였던 공격적인 말과 행동에 대해 이해할 수 있었다.

"왜 그 부위가 손상된 건데?"

둘째 딸은 가족들의 이 질문에 답을 해 주지 못했다. 간혹 전두엽의 이상은 알코올에 의한 손상이 원인이라고 한다. 하지만 엄마는 평생 술을 마시지 않았다. 원인이 무엇이든 중요한 것은 엄마가 치매 환자가 된 사실이다.

사람들이 치매를 두려워하는 이유는 뇌 손상에 의한 인지 문제 때문일 것이다. 치매 환자 연구를 보면, 수면 부족과의 연관성을 자주 이야기한다. 지난 봄부터 아버지가 자식들에게 엄마의 불면증을 호소한 것이 둘째 딸도 생각났다.

'혹시 새벽에 자주 일어나고 수면이 부족해서 그런 것일까?'

엄마는 새벽 예배를 거의 빠지지 않았다. 누구보다 일찍 일어나는 습관 때문에 가족 중 가장 먼저 잠들었다. 엄마의 수면 습관과 치매가 직접적인 관련성이 있는지 확인할 수 없었다. 설령, 연관성이 있다고 할지라도 어쩔 수 없는 일이었다.

'그러면 새벽 예배를 인도하는 목사님들 대부분도 치매에 걸리게?'

이런 생각에 이르자 둘째 딸은 고개를 저었다. 이후 ADHD 아동처럼 엄마는 가족들을 당황하게 했다. 본인이 의도하지 않았지만, ADHD 아동처럼 사소한 일에도 불쑥 화를 냈다. ADHD 아동들도 학교에서 감정 조절 문제로 싸움닭이라고 불릴 정도다. 일부 아동은 먼저 잘못하고 사과하지 않아서 또래 관계가 어렵다. 보통 아이보다 훨씬 성가시다. 키우기 어려워 이런 아동들을 시한폭탄에 비유하기도 한다. 예측 불가능한 행동을 강조한 표현이다.

　엄마도 한동안 불쑥 아무 말이나 내뱉었다. 하지만 엄마를 나무랄 가족은 없었다. ADHD 아동은 분위기를 잘 파악하지 못한다. 그래서 가끔 이상한 아이로 취급을 받는다. 비난이나 야단을 자주 맞으면 상처를 입는다. 이런 아동들에 대한 치료적 접근은 여러 가지가 있다. 그중 대표적인 것은 약물 치료다. 엄마 역시 치매 진단 후 약물 치료를 시작했다.

　엄마는 처음엔 2주, 이후 3주 간격으로 약을 처방받았다. 증상에 맞는 약과 용량을 찾을 때까지 의사는 더 자주 진료할 것이라 말했다. 의사의 지시를 따랐다. 한두 달은 약을 먹더라도 변화를 느낄 수 없다고 했는데 정말 그랬다. 그러나 약을 꾸준히 먹으면서 조금씩 차도를 보였다. 서서히 공격적인 말과 행동은 줄어들었다. 갑자기 소리를 지르거나 물건을 던지는 행동은 거의 사라졌다. 하지만 새로운 숙제가 생겼다. 매일 약을 챙겨 먹는 것이다.

　약물 치료가 치매 환자의 증상을 완화하는 데 도움이 되지만 근본적인 치료책은 아직 없다. 그래서 치매 진단을 받으면 환자나 가족이 절망할지도 모르겠다. 둘째 딸도 가족과 진단서를 보며 치매 초기에 그런 마음이

들었다. 엄마도 초기에 당신은 치매 환자가 아니라고 했다. 그래서 의사가 처방해 준 약을 거부했다. 아무리 약을 꼭 먹어야 한다고 해도 말이다.

"내가 왜 치매야? 누가 그래?"

엄마는 스스로 치매를 인정하기까지 약에 대한 거부감을 보였다. 자주 먹지 않겠다고 버티었다. 약 복용이 습관이 될 때까지 시간이 필요했다. 아버지가 달래서 약을 주었다. 자주 거부했지만, 이래저래 달래면 엄마가 느리게 삼켰다. 복용 후 일정 시간 동안 엄마는 이상 행동을 보이지 않고 잠잠했다. 주로 기운 없이 축 늘어져 있었다. 어떤 날은 오랫동안 잠을 잤다. 엄마도 약만 먹으면 졸린다고 말했다. 너무 오래 낮잠을 자는 날엔 깨우기도 했다. 진단 전 보였던 돌발적이고 충동적인 행동은 사라졌다. 그러나 잠만 자며 보내는 하루도 가족들이 보기엔 마음에 들진 않았다. 엄마는 약을 먹으면 활력 수준이 낮았다. 별다른 활동 없이 긴 시간 소파에 누워 있었다. 잠들어 있는 엄마의 모습 역시 안타깝긴 마찬가지였다.

엄마에게 보내는 못다 한 이야기, 하나

"낳으실 제 괴로움 다 잊으시고, 기르실 제 밤낮으로 애쓰는 마음…"

5월 어버이 주일이면 엄마가 다니던 교회의 곽 목사님은 교인들에게 꼭 이 노래를 부르게 했었죠. 엄마가 되기 전부터 이 노래만 부르면 왜 그렇게 울컥했는지 모르겠어요. 특히, 손발이 다 닳도록 고생하신다는 가사는 유난히 목이 멥니다.

곧 5월입니다. 어버이날에 이젠 엄마를 볼 수가 없네요. 벚꽃은 이미 졌고, 장미가 만개하면 엄마 생각이 더 날 것 같습니다. 미국의 시인 엘리엇이 「황무지」란 시에서 4월을 잔인하다고 표현했다죠. 전쟁터와 같은 황무지 속에서도 꽃은 피어나듯 엄마도 어려운 살림 속에서도 자식 넷을 사랑으로 길러내셨습니다. 그런 엄마였기에 이번 어버이날은 더 그리울 것 같습니다. 엄마의 치매 진단이 저에겐 선전포고처럼 위기일발의 상황으로 다가왔습니다. 그래도 엄마는 잘 견디셨습니다. 점점 더 많은 꽃이 피어날 겁니다. 잔인한 4월을 뒤로하고 화려한 계절의 여왕 5월에 엄마 보러 또 갈게요. 그리워할 엄마가 있어서 행복합니다.

벚꽃이 핀 엄마가 살았던 아파트 단지

"꽃이 피는 봄이면 엄마는 소풍을 기다리는 아이 같았다."

사랑하는 엄마가 치매였을 때

엄마가 살았던 꽃피는 동네

"엄마가 이사 온 아파트 주변 동네에 봄꽃이 한창이다."

2장

어린아이가 된 엄마, 걱정의 나날들

*

폐쇄병동 후유증으로 숨어버린 그녀

엄마는 정신과 3주 입원을 마치고 집으로 왔다. 이전에 없던 행동이 나타났다. 특히, 승용차를 타면 심했다. 뒷좌석에서 갑자기 소리치거나 문을 열려고 했다. 퇴원하는 날도 그랬다. 동승한 첫째 딸이 엄마를 뒷좌석에서 꽉 붙잡지 않았다면 문을 열고 나갔을지도 모르겠다.

"여기 있으면 못 나가. 얼른 가. 다시 오면 안 돼."

딸들이 주말에 정신과 폐쇄병동에 오면 엄마는 어김없이 말했다. 입원 기간 자주 간호사실 창문을 두드리며 내보내 달라고 했다. 둘째 딸이 병실에 도착하면 앉기도 전에 빨리 집에 가라고 성화였다. 그때의 기억 때문인지 엄마는 공간에 갇혔다고 느껴지면 나가려 했다. 둘째 딸의 승객이 된 엄마는 승용차 뒷좌석 유리창을 손으로 세게 두들겼다. 하지 말라고 하면 더했다. 손잡이를 잡고 안간힘을 썼다. 이후 승차 전부터 엄마를 담당할 사람이 있어야 했다. 하지만 엄마 옆에 타면 누구라도 애를 먹었다.

첫 외래 진료일에 첫째 딸 대신 큰손녀가 동행했다. 엄마는 퇴원하는 날처럼 둘째 딸의 자가용에 오르자마자 답답하다며 소리를 질렀다. 이어 손잡이를 잡았다. 큰손녀가 옆자리에 앉아서 엄마에게 내리면 안 된다고 했다. 엄마는 큰손녀의 말을 무시하고 앞좌석 시트를 발로 찼다. 뒷거

올로 둘째 딸은 엄마를 살폈다. 엄마가 뜻대로 되지 않자 발버둥을 쳤다. 조마조마한 마음으로 둘째 딸이 가끔 뒤돌아봤다.

"엄마, 안 돼. 그러면 다쳐."

엄마가 또 뒷좌석 문을 열려고 해 큰손녀가 말렸다. 둘째 딸이 거들자 주먹을 들어 보였다.

"이모 말이 맞아, 할머니 그러지 마세요. 위험해요."

엄마는 큰손녀에게도 기분이 상했는지 주먹을 쥐고 때리려는 시늉을 했다. 그러나 때리지는 않았다.

"엄마, 왜 그래? 나가고 싶어. 조금만 더 가면 돼."

둘째 딸은 곧 병원에 도착한다고 했다. 그러나 엄마는 기분이 안 풀렸는지 옆자리에 놓인 500㎖ 생수통 하나를 운전석으로 던졌다. 다행히 둘째 딸의 몸에 닿기 전에 바닥으로 굴러떨어졌다.

"할머니, 그러면 안 돼. 이모가 운전 못 한다고요."

놀란 큰손녀가 엄마의 손을 꽉 움켜잡았다. 엄마가 화를 더 내면서 안전띠까지 풀려고 했다. 진땀을 흘리는 큰손녀의 모습이 거울 속에 그대로 비췄다.

병원 근처 사거리에 다다르자 신호 대기에 걸렸다. 엄마가 갑자기 더 크게 소리를 질렀다.

"아이고, 저기 병원이다."

좌석 아래로 몸을 바짝 웅크렸다. 점점 더 낮은 자세로 미끄러져 내려갔다.

"엄마, 왜 그래?"

둘째 딸의 물음에 대답 대신 손사래만 쳤다.

"안 가, 나 안 가."

계속 같은 말을 반복했다. 병원 지하 주차장으로 둘째 딸의 차가 들어서자 엄마는 뒷좌석 손잡이를 세게 당겼다. 탈출하려는 듯 거칠게 행동했다. 엄마의 손을 다시 꽉 잡은 큰손녀가 몸을 돌려 문을 가로막았다. 물론 둘째 딸이 안에선 열리지 않게 장치를 해 두었다. 그런데도 엄마는 힘을 주고 문손잡이를 흔들었다. 원하는 대로 되지 않자 엄마가 또다시 앞좌석 시트를 발길질했다. 엄마의 이상한 행동에도 큰손녀는 꾹 참았다. 엄마의 저항이 세지자 큰손녀는 아기에게 하듯이 이번엔 토닥였다. 그렇게 큰손녀가 엄마를 보호해서 진료실에 도착할 수 있었다.

큰손녀는 엄마에게 첫 손녀였다. 둘째 딸에겐 양가를 통틀어 첫 번째 조카였다. 어려서부터 엄마와 둘째 딸이 더 많은 관심을 기울인 편이다. 대학 입학 후엔 엄마의 집에서 통학했다. 치매 전이었다. 자식 넷이 떠나간 집에 큰손녀가 와서 엄마는 한동안 즐거워했다. 집에 누군가 오면 엄마는 넉넉한 식사를 준비했다. 하물며, 큰손녀였으니 더 잘 챙겼을 것이다. 큰손녀 역시 용돈을 아껴 집에 올 때 종종 엄마가 좋아하는 것을 사 왔다. 엄마가 치매 진단을 받은 후 급한 일이 생기면 자식들 다음으로 도왔다.

엄마는 이후에도 비슷한 행동을 보여 진료를 할 때 둘째 딸 말고도 다른 보호자가 동행해야 했다. 운전 중엔 혼자서 엄마를 직접 돌볼 수 없기 때문이다. 처음엔 주로 첫째 딸이 따라갔다. 이후 아버지나 요양보호사가 같이 갔다.

둘째 딸은 엄마의 또다른 낯선 행동이 폐쇄병동 후유증 때문이라고 생각했다. 치매 초기 진료일에 병원 근처만 가면 저항이 심했다. 의사에게 상황을 이야기했다. 몇 차례 다른 약을 처방받았다. 차츰 엄마의 이상 행동은 보이지 않았다.

후유증이란, 어떤 일을 치르고 난 뒤에 생긴 부작용을 말한다. 의학에선 "어떤 병을 앓고 난 뒤에도 남아 있는 병적인 증상"이라고 정의한다. 엄마는 치매 진단을 목적으로 입원했지만, 일정 기간 자유롭지 못했다. 물론 신체의 자유까지 억압당한 건 아니었다. 하지만 난생처음 제한된 공간에서만 생활했다. 그 안에선 자유롭게 활동할 수 있었지만, 입원 첫 날 뒤에서 닫힌 철문으로 갇힌 느낌을 받은 것 같다. 보호자로 있던 딸들은 간호사실을 거쳐 외부로 나갔지만, 엄마는 그 안에 꼼짝없이 있었다. 자신이 치매 환자라고 인지하지 못했다. 입원 이유를 말했지만, 도무지 이해하기 어려웠을 것이다. 당연히 3주간 불안했을 게 분명하다. 일반 병동에 입원한 적은 이전에도 있었다. 그러나 정신과 병동의 낯섦은 엄마의 또 다른 이상 행동을 초래했다. 입원했던 병원 건물이 가까워지면 엄마는 심하게 불안해했다. 승용차 안에서 불안이 가중되면 심리적 저항 행동을 보였던 것 같다. 둘째 딸도 엄마와 머물렀던 며칠간의 정신과 병동에서의 시간이 지금까지 잊히지 않을 정도다. 심리치료를 전공한 둘째 딸도 낯선 환경이었다. 하물며 70세 넘도록 정신과에 대한 이해가 많지 않았던 엄마였다. 정신과 의사의 권고로 입원은 했지만 둘째 딸은 과연 그것이 최선이었는지 지금도 의문이다. 입원하지 않고 진단할 수는 없었을까?

요양원과 집 사이, 쌓이는 한숨

가족들이 모였다. 엄마를 어떻게 돌봐야 할지 상의하기로 했다. 아버지와 단둘이 있는 건 무리였다. 이미 아버진 지친 얼굴이었다. 아버지는 엄마보다 나이가 더 많았다. 아직은 건강한 편이지만 치매 환자를 홀로 전담하며 돌볼 수는 없었다. 언젠가 아버지도 돌봄이 필요할 것이다. 하지만 자식들은 한동안 침묵했다. 당장 자식들이 손을 내밀지 않으면 꼼짝없이 아버지 혼자 엄마를 돌보는 상황이 되고 만다. 아버지는 서둘러 자식 중 누구라도 먼저 말을 꺼내주기를 바라는 눈치였다. 그러나 자식들도 서로 눈치만 살폈다. 뾰족한 대책은 없어 보였다.

치매 진단 전부터 엄마를 병원에 모시고 다녔던 일로 자식들도 조금은 지쳐 있었다. 각자의 생활이 있었기에 선뜻 나서지 못했다. 그동안도 아버지의 호출에 자식들은 수시로 움직였다. 이심전심으로 공감하는 분위기였다.

'앞으로 어떻게 하지?'

둘째 딸은 3주간의 정신과 입원 기간 동안 확연히 달라진 엄마의 모습을 떠올렸다. 그래서 입안에서 걱정의 말만 맴돌 뿐 어떤 소리도 내지 못했다. 정말로 엄마가 치매 진단을 받자 어떻게 할지 떠오르지 않았다. 새로 받아 온 처방전과 엄마가 먹어야 할 2주치 약을 꺼냈다. 방바닥에 길게 늘어진 약봉지를 펼쳤다. 약사가 전한 복용법을 둘째 딸이 말했다. 침묵을 깬 건 아버지였다.

"어떻게 먹는 거냐?"

조금 전 둘째 딸의 설명을 못 들은 사람처럼 물었다.

"아버지, 이건….”

주의사항을 기억해야 할 약들이 있었다. 둘째 딸은 천천히 다시 설명했다. 긴 한숨을 쉰 아버지가 걱정의 말을 늘어놨다.

"어휴~. 뭐가 이렇게 많아.”

엄마는 매일 아침저녁으로 약을 먹어야 했다. 색깔과 크기가 다른 여러 개의 알약이었다. 콕 집어 아버지를 향해서 말한 것은 아니었다. 하지만 아버지는 약봉지를 자기 앞으로 당겼다. 2주치가 한꺼번에 이어진 약봉지 비닐을 낱개로 분리하기 시작했다. 아버지가 잘라 놓은 약을 둘째 딸이 하나하나 다시 주워 한곳으로 추렸다.

엄마는 이미 이불을 펴고 누웠다. 당신 걱정에 자식들이 모인 것을 아는지 거실 쪽 방문은 열려 있었다. 급한 대로 다음 병원에 모시고 갈 사람부터 정해야 했다. 이후 어떻게 해야 할지도 정해야 했다. 자식들이 돌아가면서 병원에 모시고 가자고 했다.

"그럼, 다음번엔 내가 갈게.”

둘째 딸이 먼저 말을 꺼냈다. 아버지는 앞으로가 더 걱정이라고 했다. 치매는 완치가 없다. 몇 년간 더 엄마가 이런 생활을 이어갈지 몰랐다. 엄마를 사랑했지만, 누구 한 사람 전담하겠다고 대답하지 못했다. 치매는 그런 질병이었다. 침묵했던 의미도 이해했다. 엄마 돌봄에 대한 숙제를 바로 풀지 못했다. 어쩔 수 없이 그동안 생활해 온 것처럼 아버지와 있기로 했다. 자식 넷은 모두 미안한 마음이었다. 각자 귀가하면서 아버지한테 무슨 일이 생기면 연락하라고만 했다.

"전화할게요."

둘째 딸도 아버지에게 이렇게밖에 전하지 못했다. 80세 아버지가 살림과 더불어 치매 환자를 돌봐야 한다. 무리인 줄 알면서 당장 대안을 찾지 못했다. 집으로 오는 발걸음이 내내 무거웠다.

시간은 빠르게 흘렀다. 아버지는 자식들에게 수시로 전화했다. 아버지의 전화 내용을 자식들끼리 공유했다. 주로 엄마가 보인 새로운 행동에 대한 것이었다. 상식으로 접했던 치매 환자의 모습을 엄마가 드러냈다. 익숙하게 해오던 집안일에서 엄마는 손을 떼기 시작했다. 결과적으로 아버지는 그동안 엄마가 한 가사일을 해야 했다. 수화기 너머 아버지의 목소리는 걱정과 짜증이 섞여 있었다. 전에 없이 얼굴에도 수심이 가득 차 있었다. 아버지가 다시 지쳐갈 무렵, 자식들 입에서 요양원이란 말이 나왔다. 아버지는 즉시 반대했다.

"그럼, 누가 모실 건데?"

둘째 딸의 질문에 바로 대답하는 자식은 없었다. 안타깝지만 요양원을 선택할 수밖에 없지 않냐고 막내아들이 말했다. 현실적 대안으로 떠올리기 쉬운 대답이었다. 매스컴에서 본 부정적인 요양원 모습을 아버지가 먼저 꺼냈다. 영 내키지 않아 하는 눈치였다. 그렇다고 계속 아버지에게 엄마를 돌보라고 할 수도 없는 노릇이었다. 자식 넷도 엄마를 걱정했다. 그러나 이런 상황이 올 것이라 전혀 예상하지 못했다. 한 번도 상상하지 못한 일이 가족 앞에 닥친 것이다. 모일 때마다 침묵이 이어졌다. 이번에 침묵을 깬 건 첫째 딸이었다.

"우리 집으로 가는 걸로 해."

"언니네로?"

둘째 딸이 물었다.

"그럼 어떻게 해."

첫째 딸이 자진했다. 아버지처럼 요양원이 썩 내키진 않아서 하는 말 같았다. 첫째 딸의 집엔 식구가 여섯이다. 안사돈, 큰사위, 딸 둘에 아들 하나까지. 첫째 딸은 식구가 많은 게 엄마를 모시는 이유라고 했다.

"우리 집은 애들도 있고 어머니도 계시니까 엄마 혼자 있을 일은 없잖아."

"그렇긴 한데 누나…."

막내아들이 말을 이었다. 첫째 딸이 가장 먼저 책임지려는 모양이었다. 맏이가 갖는 책임감으로 먼저 손을 든 것 같았다. 다른 자식들은 잠시 시름을 덜었다. 아버지 역시 별말을 하지 않았다. 첫째 딸의 결정에 동의하는 분위기였다.

"네가 잘 모셔."

아버지가 첫째 딸에게 당부했다.

"우린 고마운데. 사돈어른이 괜찮으실까?"

둘째 딸의 말에 그런 걱정은 안 해도 된다고 첫째 딸이 말했다. 이어 오랜 시간 시어머니를 모신 상황을 강조했다.

"엄마 몇 달 모신다고 아무 일도 안 일어나."

첫째 딸이 결혼했을 때 시아버진 이미 사망 후였다. 장남이었던 큰사위가 귀향을 선택하자 첫째 딸은 계속 시어머니와 같이 살았다. 그 세월이 10년이 넘었다. 그러나 엄마는 일반 노인과 달랐다. 엄마를 모시는 일은 훨씬 힘들 것이다. 그걸 알면서 첫째 딸은 결정했다. 그렇게 엄마의 임시 거처가 정해졌다. 간단한 짐을 챙겨 엄마는 첫째 사위의 차에 올랐다. 엄마가 창문 밖을 두리번거렸다. 첫째 딸은 아버지한테 전화한다는 말을 남기고 출발했다.

엄마는 첫째 딸 집에서 새로운 생활을 시작했다. 다행히 손자녀 셋도 싫은 내색 없이 엄마를 맞이했다. 엄마보다 나이 많은 안사돈도 편하게 지내라고 했다.

"괜찮아요."

아버지와 나머지 자식들에게 강원도 억양으로 오히려 정겹게 말했다. 그렇게 첫째 딸의 집으로 엄마가 떠난 뒤 아버지는 잠시 여유를 가졌다. 엄마는 어려운 사돈 관계를 의식하는 듯 보였다. 한동안 이상 행동을 보이지 않았다. 그러나 그 시간은 오래가지 못했다.

치매 초기, 막내아들 거실 소파에서 엄마와 아버지

"엄마는 스스로 치매 환자라고 생각하지 않았다.

아버지는 이해할 수 없는 아내의 낯선 행동으로 힘들어했다.

두 사람의 눈엔 슬픔이 고여 있다."

사랑하는 엄마가 치매였을 때

치매 약을 먹고 무기력하게 누워 있는 엄마

"치매 초기 아버지는 엄마를 위해 집 근처 공원으로 산책하러 나갔다.

그러면 엄마는 약 기운인지 돗자리를 펴고 누워 있었다.

그래도 집 안에만 있는 것보다 낫다고 아버진 애썼다.

아버지 표정이 어둡다."

*

그녀가 자꾸 반찬통을 싸는 이유

　첫째 딸이 외출하면 엄마는 보자기를 꺼냈다. 보자기로 보따리를 만들었다. 가슴에 보따리를 안고 문밖으로 나가려 했다. 엄마를 발견한 누군가 못 나가게 하면 소리쳤다. 보따리를 손에서 뺏으면 엄마가 다시 거실로 들어오는 식이었다.

　보따리 속엔 반찬통이 들어 있었다. 냉장고에서 꺼낸 반찬을 담았다. 반찬이 상할 수 있다고 하자 몰래 감추었다. 인기척이 없으면 고양이 걸음으로 움직였다.

　"엄마, 어디 가려고?"

　첫째 딸에게 딱 걸렸다. 엄마는 보따리를 가슴으로 바짝 더 움켜잡았다.

　"보따리는 왜 자꾸 싸?"

　첫째 딸도 궁금했다. 하지만 엄마는 이유 대신 주먹을 쥐었다.

　"이년이."

　들어오라는 첫째 딸의 말이 싫은 것 같았다. 엄마가 한 번 더 주먹을 불끈 쥐었다. 첫째 딸이 있는 허공을 향해 그 주먹을 날렸다. 크면서 엄마에게 욕을 들어본 적이 없었던 첫째 딸은 헛웃음이 나왔다.

　"우리 엄마 이제 욕도 하네."

　분위기를 눈치 챈 손녀들도 한마디씩 했다.

"할머니, 얼른 들어와요."

"그래요. 거긴 춥잖아."

그러면 엄마는 첫째 딸에게 했듯이 주먹을 맥없이 올렸다.

"이년들이."

손녀들에게도 비슷한 욕을 날렸다. 딱 그 수준밖에 하지 못하는 엄마를 보고 손녀들도 허허허 웃었다. 세 모녀는 엄마의 욕에도 대수롭지 않게 반응했다. 그러면 엄마는 중문 앞을 서성이다 결국 거실로 되돌아왔다.

엄마는 낮 동안엔 안사돈과 단둘이 있었다.

"여기 앉아요."

주로 거실에서 TV를 보는 안사돈이 먼저 말을 걸었다. 보따리를 들고 배회하는 엄마를 자주 불렀다. 가끔은 엄마가 안사돈 옆에 조용히 앉았다. 하지만 보따리를 내려놓진 않았다. 다시 일어나 돌아다녔다. 종종 TV 화면을 가렸지만, 안사돈은 조용히 웃기만 했다.

"어디 가시려고요?"

일찍 귀가한 첫째 사위가 물었다. 엄마는 대답하지 않았다. 당신도 목적지를 알지 못했으니까. 보따리 안에 반찬통 말고 다른 것도 종종 넣었다. 물끄러미 쳐다보던 첫째 사위가 말했다.

"쌀은 저기도 많아요."

20kg 쌀 포대가 있는 주방 베란다를 손짓했다. 엄마는 여전히 대꾸하지 않았다. 보자기를 묶었다 풀었다만 할 뿐. 쌀이 담긴 불투명 반찬통이 보였다. 사각 유리 반찬통보다 큰 것이었다. 쌀이 든 반찬통을 흔들 때마다 소리가 났다.

첫째 딸의 가족은 엄마의 이상한 행동에 크게 반응하지 않았다. 매일 저녁 첫째 딸에게 아버지는 전화했다.

"오늘도 막 소리를 질렀나?"

"그렇죠, 뭐. 괜찮아요. 걱정하지 마세요."

첫째 딸은 아버지에게 염려할 만한 일을 전하지 않았다.

"진지는 잡수셨어요?"

첫째 딸은 혼자 있는 아버지를 걱정했다. 통화 끝에 꼭 혼자 있어도 식사를 잘 챙기라고 당부했다.

첫째 딸은 시어머니와 엄마를 똑같이 대했다. 밥상도 그렇게 차렸다. 식탁이 좁아 원형 상을 거실 바닥에 펼쳤다. 안사돈은 꼭 엄마한테 자리를 권했다. 엄마의 수저를 먼저 올려 두기도 했다.

"얼른 와요."

첫째 딸보다 엄마를 앞서 불렀다. 엄마는 주로 첫째 딸과 안사돈 사이에 앉았다. 어릴 때 엄마가 했던 것처럼 첫째 딸은 식사 시중을 들었다. 그래서 다른 식구보다 늦게 밥을 먹었다.

"엄마도 얼른 와."

작은손녀가 첫째 딸을 불렀다. 엄마를 위해 첫째 딸은 나물 반찬을 자주 상에 올렸다. 엄마는 첫째 사위의 고향인 강원도 인제에서 온 고비나물을 유난히 좋아했다. 말린 고사리보다 훨씬 부드럽다며 치매 전에도 자주 먹었다. 나물 반찬을 하면 입맛이 없던 엄마가 밥 한 그릇을 빠르게 비웠다. 다 같이 삼겹살을 구워 먹는 날에도 엄마는 달게 먹었다. 살가운 작은손녀가 쌈을 싸서 엄마 입에 넣어주기도 했다.

"할머니, 맛있죠?"

애교스러운 말투였다. 엄마는 치매 전 손녀를 자식처럼 예뻐했다.

"많이 드세요."

첫째 사위 역시 엄마를 챙겼다. 적당히 잘 익은 고기 여러 점을 엄마 접시 위에 먼저 내려놓았다.

"엄마, 뭐 해요?"

영상통화로 둘째 딸이 엄마를 불렀다. 엄마는 대답 대신 혼자 하고 싶은 행동을 했다.

"엄마, 어디 가시려고?"

둘째 딸이 보따리를 들고 거니는 엄마에게 물었다.

"엄마, 거기 뭐 들었어요?"

다시 둘째 딸이 물었다. 엄마는 대답하지 않았다. 당신의 마음이 가는 대로 움직였다. 화면 속에서 엄마의 모습이 들어왔다 나갔다 했다.

"엄마, 계속 저러셔?"

첫째 딸에게 둘째 딸이 물었다. 가끔 현관 밖으로 나가려고 해 저지한다고 말했다.

"엄마, 대답 좀 해봐요. 엄마!"

휴대전화기 너머 들리는 둘째 딸의 목소리에 엄마는 여전히 반응하지 않았다. 손녀들이 엄마를 아기처럼 어르고 달래고 있었다.

"할머니 여기 봐요."

작은손녀는 엄마를 꼭 안았다. 눈을 맞추기도 했다. 엄마의 모습을 가족 중 한 명이 카메라에 담았다. 가끔은 엄마의 새로운 얼굴 사진이 첫째 딸을 통해 형제 단톡방에 올라왔다. 가끔 고양이나 토끼의 귀와 수염을 단 엄마는 웃음을 주었다. 손녀들의 작품이었다.

"어머, 하하하, 귀엽네."

"우리 엄마 토끼 됐네."

"역시 딸이 있어야 해."

엄마의 사진을 본 자식들이 저마다 한 마디씩 올렸다. 때때로 '좋아요'나 '우와!' 같은 이모티콘도 남겼다. 첫째 딸의 말처럼 가족이 많아서 엄마도 이런저런 재미를 보고 있었다. 보따리를 싸서 배회하듯 돌아다녔지만 비교적 잘 지냈다. 여러 사람의 관심 속에서 엄마가 지내는 것이 좋아 보였다. 첫째 딸이 챙겨주는 식사와 약을 엄마는 빠트리지 않고 잘 먹었다. 허물없이 다가오는 손녀들에게도 당신이 하고 싶은 대로 행동했다. 그러면 손녀들도 엄마에게 하고 싶은 말을 했다.

"할머니, 거기다 두면 상해서 못 먹어."

"맞아요. 냉장고에 얼른 넣어요."

반찬이 든 통을 보따리에 싸서 여전히 들고 다녔다. 엄마는 청개구리 같았다.

"아니야. 먹을 수 있어."

반찬통을 넣은 보따리를 엄마는 싸고 풀었다 반복했다. 종종 당신 기분이 나쁘면 누구에게라도 주먹을 쥐어 보였을 뿐 문제 행동은 하지 않았다. 보따리를 싸는 것 자체는 큰 문제가 아니었다. 다들 '하다 말겠지' 하는 생각으로 엄마의 행동을 이해했다. 현관 밖으로만 나가지 않으면 첫째 딸 가족들은 문제 삼지 않았다. 첫째 딸도 엄마의 행동을 지켜만 봤다. 대신 엄마가 잠들면 반찬통을 냉장실에 도로 넣었다. 빈 통은 제자리에 두었다. 엄마는 가끔 반찬이 없는 빈 통을 보따리 안에 넣었다. 그런 날이면 따로 보따리를 치우지 않았다. 다행히 엄마는 냉장실에 넣은 반찬통을 더 찾지 않았다. 엄마에게 자유로운 선택을 준 것이 효과가 있었다. 얼마 지나지 않아 반찬통을 싸며 돌아다녔던 행동은 사라졌다.

   엄마가 첫째 딸의 집에 머무는 시간이 길어지자 혼자 지내던 아버지마저 병이 났다. 제때 식사를 챙겨 먹지 못한 게 탈이 난 모양이다. 엄마가 없는 며칠간은 고단한 몸을 쉬게 했다. 친구를 다시 만나고 산책하며 잠시 편하게 지냈다. 하지만 엄마가 없는 빈자리는 표가 났다. 혼자 매 끼니를 챙겨 먹는 것도 일이었다. 입맛을 잃은 아버지 얼굴이 핼쑥했다. 결국 아버지까지 첫째 딸네로 오고 말았다. 미안해하는 아버지에게 안사돈처럼 첫째 사위가 괜찮다고 했다. 오히려 환영하는 분위기로 말했다.
  "어서 오세요."
  아버지와 엄마는 평소 다른 자식들에게 첫째 사위에 대해 말했다.
  "소탈한 게 사람이 좋아."
  둘째 딸도 형부를 그렇게 느꼈다. 아버지까지 첫째 딸의 집으로 가자 둘째 딸은 언니에게 더 자주 전화했다. 한동안 아버지와 엄마 모두 첫째 딸네에서 잘 지냈다. 첫째 딸이 여덟 식구를 챙기는 것을 생각만 해도 버거워 보였다. 다른 자식들도 돌아가면서 엄마를 모시자고 했다. 하지만 엄마를 이 집 저 집 고아처럼 돌아다니게 하는 게 싫다며 첫째 딸이 거절했다. 그래서 첫째 딸 집에서 조금 더 지냈다.
  아프기 전 엄마는 늙어도 자식 집에서 살지 않겠다고 했다. 이런 엄마가 자식들과 살 수밖에 없는 처지가 되었다. 첫째 딸은 괜찮다고 했지만, 아버지는 머무는 시간이 길어지자 첫째 사위에게 미안해했다. 엄마의 돌발 행동도 줄어들었다 다시 나타났다. 엄마로 생긴 불편을 첫째 딸 가족만 감수하는 건 아닌 것 같았다. 다른 자식들도 일주일씩 엄마를 돌보는 쪽으로 변경했다.

큰아들 집으로 가는 날, 엄마는 순순히 따라가지 않았다. 짐가방을 먼저 트렁크에 실었지만, 승차를 거부했다.

"이제 엄마 타야지."

큰아들 말에도 엄마는 한사코 거부했다. 물리적인 힘을 쓰지 않으면 꼼짝하지 않을 태세였다. 거부적 행동은 큰아들 집에서도 마찬가지였다. 둘째 딸은 아들도 힘든데 며느리는 오죽할까 싶었다. 그래서 더 엄마를 위해 이것저것 사다 주었다. 하지만 큰아들이 출근하면 엄마는 오롯이 큰며느리 차지였다. 견디기 쉽지 않은 시간이었다.

짧은 시간이라도 치매 환자와 있으려면 특별한 각오를 다져야 한다. 물론 각오해도 힘들다. 결국 일주일이 채 되기도 전에 엄마의 거처를 옮기게 되었다.

치매 환자 돌봄 문제가 가족들의 현실이 되었다. 한 번도 풀어보지 않았던 숙제와 가족들은 긴 씨름을 시작했다.

치매 중기, 집에서

"첫째 딸의 손녀들이 엄마의 사진을 찍고 꾸몄다.

서서히 엄마도 치매 환자의 삶을 알아가고 있었다.

엄마의 눈은 슬퍼 보였다."

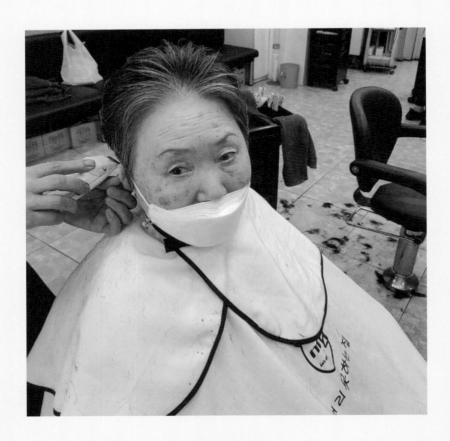

동네 단골 미용실에서

"엄마는 매월 꼭 원장님한테만 머리카락 자르기를 부탁했다.

치매 전 일상처럼. 미용실에 가는 날이면 2인 1조로 움직였다."

사랑하는 엄마가 치매였을 때

*

김여사도 좋아한 친절한 Dr. Han

B병원의 정신과 주치의는 친절했다. 가족들의 고충을 잘 들어주었다. 보호자의 상황을 잘 이해했다. 환자의 편에서 설명하는 의사를 둘째 딸은 신뢰했다. 둘째 딸이 엄마를 가장 많이 모시고 진료를 받으러 갔다. 가족 중 주치의와 가장 많이 이야기를 나눴다.

"엄마, 선생님 이름이 영화배우랑 똑같네."

둘째 딸의 말에 엄마도 안다는 듯이 옛 배우를 기억했다. 당대 유명했던 터라 한 번만 이름을 들어도 기억할 수 있었다. 그래서 엄마는 단번에 의사의 이름을 기억했다. 이후 진료실 앞에서 의사의 이름을 먼저 말했다. 의사는 진료할 때 온화한 미소를 띠며 환자의 말을 들었다. 둘째 딸에게 치매 환자의 증상을 어린아이에 비유해서 설명했다.

수년간 진료했던 나이 든 의사를 엄마도 특별하게 느끼는 모양이었다. 정신과 앞 복도에서 기다릴 때 엄마는 주치의 이름 전광판을 바로 찾았다. 의사마다 진료 환자명이 뜨는 모니터 시스템만 봐도 반가워했다. 종종 엄마의 순서가 남았는데도 진료실이 가까운 안쪽 대기실로 이동했다.

"엄마, 아직 아니야."

둘째 딸의 말에도 엄마는 안쪽에 빈자리가 생기면 느리게 걸음을 옮겼다. 해를 거듭할수록 진료 절차를 잘 따랐다. 정신과 특성상 예약을 해도 시간을 넘기는 예가 훨씬 많았다. 앞 순서에 초진 환자가 들어가면 대기 시간은 더 길어졌다. 예약 시간보다 한 시간 이상 기다릴 때도 있었다. 담당 간호사도 기다리는 환자들에게 말했다.

"앞에 환자가 밀려서 그래요."

얼마나 더 기다려야 하는지 물으면 간호사는 으레 그래왔다는 듯이 말을 이었다.

"한○○ 선생님 환자분들은 더 기다리셔야 해요."

다른 진료실보다 환자의 회전율이 낮았다. 너무 밀리면 지친 엄마는 대기실 의자 두세 칸을 차지했다. 몸을 길게 눕혔다. 휠체어를 타고 움직인 날은 지팡이로 바닥을 두드리기도 했다. 지루하다는 뜻이었다. 하지만 환자로서 할 수 있는 일은 오직 기다림뿐이었다. 그렇게 기다리다 간호사가 엄마를 호명하면 먼저 몸을 일으켰다. 그나마 친절한 의사 덕분에 엄마는 끝까지 순서를 기다렸다. 다음 차례라고 간호사가 알려주면 한 번 더 기다려야 했는데 앞서 들어가려 했다. 진료실에선 의사의 질문에 곧잘 대답했다. 가끔 엄마는 궁금한 것을 직접 묻기도 했다.

어느 날, 의사가 엄마에게 식사를 잘해야 한다고 강조했다. 그랬더니 곧장 입맛이 없는데 어떻게 잘 먹냐며 따지듯 말했다.

"선생님, 음식이 먹기 싫어요."

엄마가 덧붙였다. 의사는 그래도 건강해지려면 약도 중요하지만, 식사를 잘 챙겨 먹어야 한다고 했다. 엄마가 변비가 있다고 했다.

"안 움직여서 그래요."

의사는 엄마에게 매일 조금씩이라도 움직이라고 처방했다. 그러면 엄마는 또 싫다고 말했다. 치매 환자의 치료에 도움이 되는 말만 하는 의사에게 엄마는 손사래까지 쳤다.

"선생님, 움직이는 게 아주아주 싫은데 어떻게 해요."

의사는 원론적인 이야기만 할 수밖에 없었다. 자주 엄마는 의사와 대화를 이어갔다. 의사가 엄마에게 식사와 운동은 하기 싫어도 꼭 해야 하는 활동이라고 강조했다.

"움직여야 밥맛이 생기죠."

그 말에 엄마는 또 싫다고 대답했다. 이런 성향을 잘 파악한 의사가 빙그레 웃었다.

"김○자 씨는 뭐든 No라고 하네요."

의사의 정확한 평가였다. 치매 이후 엄마는 타인에게 순응적이지 않았다. 뭐든 하자고 하면 거부의 말부터 하기 일쑤였다. 대답처럼 꼭 안 한 건 아니었다. 그래도 반항아처럼 대답했다. 떼쓰는 아이 같았다. Dr. Han 앞에서 엄마는 지나치게 솔직했다. 의사는 이런 엄마의 태도를 이미 잘 파악하고 있었다. 의학적 소견으로 매번 자신의 소신대로 환자에게 할 말은 꼭 했다. 그렇게 몇 년이 흘렀다.

6월 초여름, 진료 중 의사가 뜻밖의 말을 꺼냈다. 8월 중순이면 은퇴한다고. 다음 진료일부턴 새로운 의사가 진료하게 될 것이라고 안내했다. 그러자 엄마는 바로 거부했다.

"싫어요."

이번엔 엄마가 의사를 향해 질문했다. 왜 그만두냐고.

"이제 나이가 많아서 병원에서 일을 그만하래요."

의사가 엄마에게 대답했다.

"그럼, 나가서 병원 하나 차리면 되잖아요."

엄마가 자신의 의견을 밝혔다. 의사가 피식 웃었다.

"이젠 힘도 없고 돈도 없어서 못 차려요."

엄마도 의사를 향해 쓴웃음을 지었다.

"에이, 거짓말."

환자의 웃음에 의사가 반응했다.

"그럼, 김ㅇ자 씨가 병원 하나 차려줄래요?"

농담인 줄 뻔히 알면서 엄마는 정색하고 손사래를 쳤다.

"에이, 그냥 다른 병원에 가서 진료하면 되잖아요."

의사는 엄마를 빤히 쳐다봤다. 엄마 뒤에서 대화를 듣는 둘째 딸도 엄마를 물끄러미 내려봤다.

'이렇게 사고는 멀쩡한데.'

의사가 오라는 곳도 없고 일하기엔 나이가 너무 많아서 더는 일할 수 없다며 곧 그만두고 집에 있을 예정이라고 덧붙였다.

새로운 의사에 대해 Dr. Han이 더 소개하자 엄마는 서운한 표정이었다. 엄마의 표정을 읽은 의사가 후임자가 약을 잘 지어줄 것이라고 말했다. 그러나 엄마는 후임 의사에게 별 관심이 없었다. 오로지 곧 떠나게 될 의사에게만 관심을 보였다.

"선생님, 그럼, 이제 뭐 하실 건데요?"

"불러주는 곳이 없을 것 같아요."

다시 한 번 집에서 쭉 쉴 거라고 대답했다. 의사의 대답을 믿기 어렵다는 듯 엄마가 좀 전처럼 말했다.

"에이, 거짓말."

의사는 그저 눈웃음을 쳤다. 여전히 엄마는 믿지 않는 눈치였다. 둘째 딸과 눈이 마주친 의사가 인상 좋은 표정을 지었다. 엄마와의 진료가 길어지고 있었다. 밖에서 기다리는 환자가 둘째 딸은 신경이 쓰였다. 엄마와 기다릴 때 어떤 기분인지 잘 알기 때문이다. 마지막으로 의사는 엄마에게 너털웃음을 보였다.

집에 오는 길에 둘째 딸이 물었다.

"엄마, 아까 왜 선생님께 병원 차리라고 했어?"

"따라가려고."

둘째 딸은 엄마의 진심이 느껴졌다.

"선생님 참 좋으셨지?"

엄마는 대답 대신 고개만 크게 끄덕였다. 퇴실 전 의사에게 보인 행동이 둘째 딸은 다시 떠올랐다. 엄마는 의사에게 매우 정중했다. 지팡이로 쏠리는 자신의 중심을 바로 잡았다. 떠나는 의사를 향해 깊게 고개를 숙였다.

'엄마는 퇴임을 앞둔 의사와의 대화를 아직도 기억하고 있을까?'

둘째 딸은 궁금했다. 엄마가 처음부터 의사와 이런 식의 대화를 한 것은 아니다. 의사가 물어보면 대부분 대답하기 싫어했다. 대답해도 아주 짧게 단답식처럼 이어갔다. 하지만 의사의 진심을 어린아이 같은 엄마는 얼마 지나지 않아 바로 알아챘다. 서서히 엄마는 태도를 바꾸었다. 의사의 말을 안 듣는 척하며 다 듣고 있었다. 엄마가 불편해 하는 이야기도 의사가 잘 받아주자 대화의 창을 열었다.

"선생님, 왜 저 자꾸 병신 짓을 해요?"

의사에게 엄마는 이런 질문도 서슴없이 했다. 태연하지만 친절하게 의사가 대답했다.

"치매가 생겨서 그래요."

그 무렵, 엄마는 치매로 생긴 변화를 서서히 자각했다. 당신의 행동을 '병신'으로 표현한 것만 봐도 그랬다. 가족에게도 비슷한 질문을 했다.

의사에게 엄마는 다른 질문도 직접 했다.

"약, 이제 안 먹으면 안 돼요? 먹기 싫어요. 자꾸만 졸려요."

의사는 환자가 약에 적응해 가는 과정이라고 했다. 이어 약을 먹으면 처음엔 충분히 졸릴 수 있다고 설명했다. 그러나 엄마는 연이어 먹기 싫다고 말했다. 엄마의 투정 같은 말에도 꼬박꼬박 의사는 대답했다. 밖에서 기다리는 시간이 다른 진료실보다 길어진 이유를 알 수 있었다. 몇 년간 지켜보니 Dr. Han에 대해 간호사가 하는 비슷한 평가의 말까지 귀에 들어왔다. 오전 진료가 모두 끝났지만 Dr. Han의 진료실에만 종종 환자가 있었다. 혼자서 늦은 점심을 먹을 것 같았다.

엄마는 친절한 의사 덕분에 서서히 스스로 치매 환자라고 받아들였다. 환자뿐 아니라 보호자로 따라간 둘째 딸에게도 위로가 되는 말을 많이 해 준 의사였다.

"죄책감을 절대 느끼지 말아요. 함께 지내다가 너무 힘들면 요양원 같은 시설에 가시게 해도 됩니다."

덧붙인 의사의 말은 치매 환자인 엄마의 상태를 이해하도록 도왔다. 가족 돌봄의 어려움을 이해하는 말이었다.

"치매는 어린아이로 돌아가는 병입니다."
의사가 던진 짧은 한마디에 강한 메시지가 담겼다.

식당에서 웃고 있는 엄마

"친절한 Dr. Han을 만나고 오면 엄마는 기분이 즐거워 보였다.

식당에서도 여전히 웃곤 했다."

새로 온 꽃을 보며 좋아하는 엄마

"아버지는 철마다 엄마가 새로운 꽃을 볼 수 있도록 화원에 다녀왔다.

그 꽃을 보며 어린아이처럼 좋아했던 엄마의 얼굴이 선하다."

치매는 어린아이로 돌아가는 병입니다

엄마는 결국 스스로 치매 환자라고 인식했다.

어린아이로 돌아가는 엄마의 모습을 둘째 딸은 상상했다.

'입속에 음식물을 직접 넣어주어야 먹는 아이, 옷을 입고 벗을 때도 손이 닿지 않으면 안 되는 아이, 넘어지지 않도록 손을 붙잡아주어야 하는 아이….'

엄마는 이제 돌봄의 대상이다. 아이처럼 더 많이 사랑하고 보호해야 한다. 문득 둘째 딸은 엄마에게 이런 돌봄을 받았던 자신의 어린 시절이 떠올랐다.

눈까지 소복하게 쌓인 몹시 추운 날이었다. 그냥 걷기만 해도 불편한 길에서 엄마는 둘째 딸을 업었다. 이유는 알 수 없었지만, 엄마는 버스를 타지 않았다. 둘째 딸이 잠들어서 업고 간 것 같다. 엄마는 겉옷으로 둘째 딸의 머리까지 푹 뒤집어씌웠다. 중간에 둘째 딸은 잠이 깼지만, 그대로 있었다. 엄마의 포근했던 등의 느낌을 아직도 기억했다. 엄마가 어려지면 그때처럼 둘째 딸도 엄마를 자식처럼 돌볼 수 있을까를 생각해 봤다. 쉽게 대답하지 못하고 치매란 단어를 떠올리면 겁부터 났다. 엄마의 치매 증상은 갈수록 심해질 것이다. 점점 더 어린아이처럼 변해갈 엄마에게 필요한 것은 적극적인 돌봄이다.

'치매만 아니면 잘해줄 수 있을 텐데, 하필이면 치매에 걸려서….'

하지만 엄마와 다른 자식의 마음을 둘째 딸은 스스로 느끼고 있었다. 도대체 왜 엄마에게 이런 병이 생긴 것인지 골똘히 떠올려도 이유를 알 수 없었다.

'신은 견딜 수 있는 시련만 준다는데….'

둘째 딸은 이 말에 동의하기 어려웠다. 부모는 자식이 약하면 더 보호하려는 경향이 있다. 어떤 질병이라도 자식이 아프면 부모는 치료를 위해 최선을 다해 노력한다. 자식에게 장애가 있으면 더 강한 책임감을 느낀다. 허약하게 태어난 둘째 딸을 엄마가 더 세심하게 돌본 것처럼. 마음과 현실적 돌봄 상황이 충돌했다. 자식들이 기억하지 못하는 엄마의 수고는 일일이 헤아릴 수 없다. 그래서 둘째 딸은 혼란스럽다.

첫째 딸이 둘째 아이를 낳고 산후조리를 위해 엄마한테 왔을 때 일이다. 엄마는 두 살 터울의 큰손녀를 첫째 딸 대신 돌봤다. 아픈 건지 엄마의 품을 동생에게 양보해서인지 자주 잠을 자지 않았다. 회복에 신경을 써야 하는 첫째 딸의 건강을 위해 늦은 밤이나 새벽에도 엄마는 큰손녀를 포대기로 업고 밖으로 나갔다. 10월이라 새벽엔 제법 쌀쌀했다. 그래도 엄마는 마다하지 않았다.

체력이 약한 둘째 딸이 출산했을 때도 비슷했다. 산후도우미가 집에 와 있었다. 그렇지만, 엄마는 매일 들렀다. 신생아를 어떻게 돌봐야 하는지 둘째 딸은 이론만 알았다. 실전에 능한 엄마가 손자를 대신 돌봤다.

처음 엄마가 된 둘째 딸이 가장 힘들어하는 목욕을 담당했다. 안정감 있는 자세로 손자를 능숙하게 씻겼다. 입속까지 분유 이물질이 남지 않도록 거즈로 깨끗하게 닦아 주었다. 대표적인 산후 음식인 미역국에도 정성을 들였다. 사골 육수를 싫어하는 둘째 딸을 위해 해산물로 미역국을 끓였다. 같은 국을 먹으면 질릴까 봐 더 신경 썼다. 어떤 날은 홍합을 가득 넣어 시원한 맛을 냈다. 중간중간 조갯살이나 굴을 넣어 맛을 냈다. 양지 육수로 맛을 낸 소고기미역국도 준비했다. 엄마 덕분에 둘째 딸은 한 달 넘게 미역국을 먹었다. 그래도 아직까지 질리지 않았다. 오히려 지금도 엄마처럼 끓인 미역국을 보면 가득 담아 먹는다.

엄마는 첫째 딸과 둘째 딸의 산후조리를 하면서 분명 자신의 출산을 떠올렸을 것이다. 엄마는 허약하고 살기 바빴던 친정엄마로부터 산후조리를 제대로 받지 못했다. 그뿐 아니라 친정엄마와 같은 해 큰아들을 낳았다. 출산 직후 건강이 악화한 친정엄마 대신 막내 남동생에게 엄마는 자신의 젖을 물렸다. 엄마 같은 누나였다. 계속 키울 수 없어 자식 없는 집으로 입양을 보냈다. 둘째 딸은 그 삼촌을 찾아야 한다고 엄마가 자주 말했던 것을 기억했다. 훗날 성인이 된 삼촌을 어떻게 수소문했는지 찾았다. 한동안 엄마 집에서 같이 살았다. 그런데 또 언제부터인지 그 삼촌은 연락이 없었다. 가족들 모두 삼촌의 결혼식과 집들이까지 간 기억이 있지만. 그래서였을까? 엄마는 유독 약하거나 어려운 사람을 보면 지나치지 못했다. 형편이 닿는 대로 보살피고 도우려 애썼다. 많은 것이 있어서 돕는 것이 아니었다. 엄마는 돕고자 하면 어떻게든 방법을 찾아냈다.
둘째 딸이 열 살 무렵 있었던 일이다. 대문 안으로 스님 한 분이 들어왔다. 엄마의 집 대문엔 선명하게 'ㅇㅇ교회'라고 쓴 교패가 붙어 있었다. 스님이 교패를 못 본 건지, 알면서도 들어온 건지 시주를 위해 목탁을 두들겼다. 엄마는 기독교인이었다. 당시 밥을 지을 때마다 한 공기 정도의 쌀을 별도로 모았다. 교회도 성미라고 부르는 쌀을 모았다. 헌금을 하듯 성미를 교회로 가져갔다. 교인들이 모은 성미로 구제 사업을 한 것 같다. 엄마는 모아 둔 성미를 스님의 시주 주머니에 모두 넣었다. 둘째 딸은 어린 마음에 스님과 엄마 모두 이상해 보였다. 어른이 되고 나서 엄마의 선택을 이해할 수 있었다. 엄마는 종교를 넘어 쌀이 필요한 사람에게 준 것뿐이었다. 이런 엄마의 마음은 정말 어린아이 같다.

어린아이로 돌아간다는 것이 그 시절 순수하고 정직했던 엄마의 모습을 되찾는 것이면 좋겠다. 천진난만한 웃음을 되찾을 수만 있다면 더할 나위 없다.

엄마가 거동이 불편해지면서 휠체어로 이동하는 날이 많아졌다. 휠체어에 앉은 엄마는 유난히 작아 보였다. 정말 어린아이처럼 말이다. 작은 얼굴, 좁고 굽은 어깨, 바짝 마른 팔다리까지. 휠체어가 마치 유모차 같았다. 둘째 딸은 유모차를 밀고 다닌 시절이 떠올랐다.

아들이 두 돌까지 하던 일을 쉬면서 육아에 전념했다. 유모차에 아들을 태우고 자주 외출했다. 유모차 안에서 아기는 잠을 자고 놀기도 했다. 젖병을 손에 쥐고 혼자서도 잘 빨았다. 배가 부르면 손가락과 발가락을 까닥거리며 장난을 쳤다. 엄마라는 말을 배운 후 수시로 둘째 딸을 불렀다. 왜 자식을 눈에 넣어도 안 아프다고 비유하는지 알 것 같았다. 36도 이상의 따뜻함이 가슴으로 파고들면 최고의 행복을 경험했다. 엄마였기에 가끔 칭얼거리는 것은 일도 아니었다. 하루하루 몸은 힘들었지만 기쁨의 나날이었다.

둘째 딸은 종종 생각했다.

'어느 누가 이렇게까지 온 마음으로 사랑해 줄 수 있을까?'

엄마라는 이유 하나만으로 맹목적인 사랑을 주는 아이에게 둘째 딸도 아낌없이 사랑을 주었다. 아들이 느낄지 모르지만 둘째 딸에게 아들은 유일한 자식이었다. 키우면서 종종 말했다.

"넌 예수님처럼 나에게 독생자 외아들이다. 소중한….."

자식을 키울 때마다 엄마에게 받은 사랑을 자주 떠올렸다. 그래서 엄마가 치매라는 사실을 받아들이기 어려웠지만 가능한 한 마음을 내었다. 은혜에 대한 보답이라고 할까? 그렇게 해봤자 엄마에게 받은 사랑의 십 분의 일도 안 될 것 같다. 결혼할 때까지 엄마의 밥을 먹고 살았으니 적어도 30년은 갚아야 한다. 앞으로 남은 시간을 다 갚는다고 해도 이 시간으로는 안 될 것이다. 돌려줄 기회를 얻는다고 해도 엄마의 사랑에는 비교 불가다. 엄마의 마음을 충분히 헤아리지 못하는 자식 같아 둘째 딸은 치매 초기에 더 미안했다. 휠체어에 앉은 아기 같은 엄마를 향해 말했다.

"미안해요. 충분히 헤아리지 못해서. 하지만 걱정하지 마세요. 이젠 엄마는 제 아기니까….."

*

60년지기 남편이 주는 약만 먹는 그녀

엄마의 처방전이 두 장으로 늘어났다. 엄마는 거동이 점점 불편해졌다. 소파에 누워서만 지내는 시간이 길어졌다. 당연히 활동량도 줄었다. 입맛이 없다더니 식사 양마저도 감소했다. 의욕이 낮아져 주변에 관심도 거의 보이지 않았다. 변비약과 식욕 촉진제를 추가로 처방받았다. 의사에게 증상의 변화를 이야기할 때마다 한두 알씩 새로운 약이 추가되었다. 치매 환자에게 주로 쓰는 인지 개선을 돕는 약은 매번 같이 처방받았다. 의사는 가장 필요한 약이라고 설명했다. 엄마가 초기에 보인 돌발 행동은 약 때문인지 사라졌다. 가끔 소리를 지르는 일이 있었으나 잠꼬대였다.

치매의 진행 속도를 늦출 수 있는 가장 좋은 방법은 약물 치료다. 엄마의 치매 증상을 위해서 약을 꼭 챙겨야 했다. 그래서 증상을 완화하는 약을 먹는 것을 최선의 치료라고 이야기한다. 엄마도 일상생활의 어려움을 개선하는 약을 주로 처방받았다. 치매는 환자뿐 아니라 돌보는 사람도 어려움이 뒤따른다. 돌봄의 대표적인 활동이 약을 잘 먹도록 알려주는 것이다. 약을 먹은 날과 그렇지 않은 날의 차이가 크기 때문이다. 그나마 요즘엔 치매 진단이 조기에 이루어져 환자가 치료 약을 먹으면 함께 생활하기 수월해졌다. 사회적으로 치매에 관한 관심과 인식도 높아졌다. 둘째 딸이 어린 시절만 해도 엄마 같은 치매 노인에 대한 이해가 부족했다.

동네 사람들이 '노망난 늙은이'라고 불렀던 할머니가 동네에 살았다. 당시엔 정확한 치매 진단이나 이해가 없어서 방치된 것 같다. 할머니가 돌아다니면 '정신 놓고 허튼소리 하는 노인'이라며 수군거렸다. 70세 전후였으니 요즘 생활 나이로 바꾸면 90세 정도라고 생각한다. 만 60세에 환갑잔치를 했으니 그 할머닌 오래 산 편이었다. 치매라는 질병을 잘 몰랐으니 가족도 어려웠을 것이다. 자주 가족들이 할머니 이름을 부르며 찾으러 다녔다. 배회였다. 혼자 돌아다닐 때 신발도 신지 않았다. 할머니에 대한 소문이 무성했다. 일부 사람들이 할머니를 보고 놀렸다. 지금처럼 조기에 치매 검사와 진단이 이루어졌다면 노년의 생활이 조금 더 낫지 않았을까? 증상에 맞는 약을 처방받아 먹었다면 놀림의 대상은 아니었을 텐데.

오래 살수록 피해갈 수 없는 질병 중 하나가 치매일 것이다. 기대 수명이 늘어나면서 우리도 예외일 수 없다. 이제 더 많은 치매 환자와 함께 살아갈 시대가 되었다.

나이 들면 노화는 불가피하다. 노화로 생기는 노인성 질환 중 대표적인 것이 치매다. 이전 세대보다 노인들의 전반적인 생활은 양호해졌다. 건강을 유지하는 일도 이전보다 쉽다. 의료보험제도 적용으로 큰돈을 내지 않아도 노인들은 치료약을 처방받을 수 있다. 엄마도 의료보험 적용을 받아 매달 몇만 원 정도의 약값을 냈다. 엄마의 약을 챙기는 것은 주로 아버지의 몫이었다. 다른 가족도 엄마와 함께 있으면 약을 챙기는 것을 잊지 않았다. 가장 좋은 치료 방법이라니 따를 수밖에 없다.

처방전과 함께 온 약봉지를 정리하는 것은 아버지였다. 60년 동안 엄마의 곁을 지킨 친구 같은 아버지는 약이 늘어나면 걱정부터 내뱉었다. 약이 한가득하다고 인상을 찌푸릴 때도 있었다. 하지만 시간에 맞춰 엄마의 약을 챙겨주는 것을 잊지 않았다. 엄마도 아버지가 식사 후 약봉지를 건네면 먹기 싫다고 하면서도 꼭 먹었다. 가끔 장난처럼 손바닥으로 입을 틀어막기도 했다.

"안 먹어. 싫어."

엄마의 말에 아버지는 달랜다.

"아니야. 먹어야 해. 여보, 먹읍시다."

아버지 때문에 엄마가 약을 거르는 일은 없다. 병원에 엄마를 모시고 가는 일은 둘째 딸이 전담했지만, 약을 매일 챙겨주는 건 아버지가 전담했다. 그래서 진료 후에 바뀐 약에 관한 내용을 아버지에게 꼭 설명했다. 몇 년을 지속하자 아버진 약을 받아 오면 당일 정리했다. 약 정리는 낱개로 봉지를 뜯고, 아침 점심 저녁 등 먹는 시간에 따라 분류하는 것이다. 약을 먹기 싫어하는 엄마를 위해 간식도 넉넉하게 준비했다. 거부하는 엄마에게 무슨 말을 해야 하는지 알고 있었다. 해를 거듭할수록 아버지는 요령이 생겼다. 차츰 아버지만의 방법을 사용했다.

식후 복용 시간이 되면 엄마는 습관처럼 약을 먹는 줄 알면서 아버지에게 투정을 부렸다.

"안 먹는다."

때때로 반대로 말했다.

대부분 알약이지만 크기가 다르고 제법 큰 것도 있어 한 번에 삼키기 어려웠다. 아버지는 엄마한테 두 번에 나눠 먹으라고 했다. 하지만 엄마는 그 말은 잘 듣지 않았다. 아무리 반씩 나눠 먹으라고 해도 엄마는 자신의 방식대로 한 번에 털어 넣었다. 쓴맛을 참는 게 더 싫은지 꼭 그렇게 먹었다. 가끔 손바닥으로 움켜쥐고 입속으로 털어 넣다가 떨어뜨리기도 했다. 그때만 별도로 물을 더 마셨다. 가족들은 엄마에게 물이라도 충분히 마시라고 했다. 그럴 때면 엄마는 컵에서 입속으로 한 모금의 물만 넣고 삼켰다. 물을 많이 먹어야 변비 해결에도 도움을 준다고 둘째 딸이 말해도 건성으로 들었다. 당신이 필요한 이야기가 아니면 귀찮아했다. 알약이 넘어갈 정도의 물만 마셨다. 약을 먹은 후에는 다시 소파에 눕기 일쑤다. 누워만 있지 말고 앉아 있으라고 하면 또 싫다고 했다.

"어휴, 약이 목에 걸리겠다. 내려가기도 전에."

그러면 청개구리처럼 엄마는 소파 등받이에 기대어 앉는다.

"된 거야?"

앞뒤 말 다 자르고 이렇게 둘째 딸에게 물었다.

"응. 조금만 더 앉아 있다가 다시 누워요."

엄마에게 둘째 딸은 호박엿 사탕을 하나 건넸다. 약 먹은 후에 엄마가 찾는 것이었다. 작은 가게에는 팔지 않았다. 대형상점에만 들어오는 특정 회사 제품의 사탕만 먹었다. 그래서 둘째 딸은 호박엿 사탕을 사러 따로 시간을 냈다. 둘째 딸도 먹어보고 이유를 알게 되었다. 엄마가 찾는 그 사탕만 치아에 잘 붙지 않았다.

'역시 엄마는….'

엄마는 맛에 관해선 여전히 타의 추종을 불허한다.

아버지는 약 먹을 시간이면 엄마에게 유독 말이 많다. 엄마도 습관처럼 아버지에게 물었다.

"언제까지 먹어야 해?"

아버지는 엄마의 말에 대답하지 않았다. 죽을 때까지 계속 약을 먹어야 하는 게 치매란 질병이다. 자식들도 같은 질문을 받으면 대답을 통과했다. 엄마도 이유를 알면서 묻는 것 같았다. 대답하는 가족이 아무도 없으면 엄마는 눈치를 보다가 툭 한마디를 던진다.

"이 약 안 먹는다."

엄마의 말에 둘째 딸도 굳이 대꾸하지 않았다. 엄마가 당신의 말에 가족이 어떻게 하는지 보기 위해서 한 것인 줄 알기 때문이다. 바로 반응하지 않으면 엄마가 또 말했다.

"나 이거 진짜 버린다."

가끔 가족들이 보는 앞에서 엄마는 약봉지를 떨어뜨렸다. 아무 말 없이 엄마를 물끄러미 쳐다보고 다른 약봉지를 건넸다. 그러면 엄마는 의외로 반응했다.

"약, 여기 있잖아."

떨어진 바닥을 가리켰다. 종종 약봉지를 뜯은 상태로 똑같은 말을 하기도 했다. 그래서 가끔 알약 한두 개가 바닥에 따로 굴러다니기도 했다.

"엄마, 그럼 안 돼. 싫어도 약은 드셔야지."

바닥에 약을 일부러 떨어뜨릴 때만 둘째 딸이 반응했다. 알약을 하나씩 줍는 둘째 딸을 엄마가 내려다봤다. 밥은 안 먹어도 약은 거르지 말라는 의사의 지시를 아는 아버지가 나섰다.

"어허, 약을 왜 버려."

당신 방식으로 엄마를 달래 약을 먹도록 했다. 식사와 무관하게 약을 먹어도 된다고 했지만, 아버지는 약 먹기 전에 꼭 식사하도록 했다. 어떤 날엔 식사 전부터 밥그릇 옆에 약봉지를 꺼내 놓았다. 입맛이 없다고 하면 직접 음식을 만들기도 했다. 종종 외출했다 돌아올 때 엄마가 좋아하는 간식을 사 왔다.

"여보, 이거 먹어봐."

아버진 약을 먹으면 간식을 더 자주 주었다.

"난 점심은 안 먹어."

요즘에도 아버지가 하는 말이다. 실제로 그렇진 않다. 아침과 저녁 사이에 점을 찍듯이 밥이 아닌 것으로 뭐든 먹는다. 그래서 엄마의 주전부리가 자꾸만 늘었다. 처음엔 부드러운 카스텔라 빵 정도였지만 떡, 케이크, 초콜릿, 과자, 사탕 등등으로 종류도 다양했다. 자식들에게 자주 사오라고 한 것도 있었다. 자르지 않은 긴 가래떡과 간을 조금 담은 찹쌀순대였다. 그래서 나중엔 엄마한테 오는 자식은 아버지에게 물어보지 않고 이런 걸 챙겨 사 왔다. 쓴 약 때문인지 치매 전에는 입에도 대지 않았던 단맛이 많이 나는 간식을 즐겨 찾았다. 엄마의 식사와 약 시중을 아버지는 오랫동안 잘 수행했다. 엄마도 자주 밥과 약을 안 먹겠다고 했지만 그러지 못했다. 60년지기 친구가 엄마 곁을 버티면서 챙겼기 때문이다. 함께 살아 온 세월만큼 아버지는 엄마에게 이런 상황에서도 힘을 발휘했다.

엄마는 종종 간식만 먹고 약은 안 먹겠다고 버틸 때가 있었다. 그러면 아버진 회유책을 썼다. 약을 잘 먹으면 더 맛있는 간식을 주겠다는 식이다. 당근 정책이다. 아버지가 약을 먹고 난 엄마에게 달달한 비스킷 한 봉지에 인스턴트커피 한잔을 타 주었다. 이게 중독처럼 엄마의 입맛을 사로잡았다. 엄마는 치매 전에 이렇게 먹은 적이 없다. 하지만 아버지가 약 당번을 하면서 새롭게 만들어진 습관이었다. 커피 믹스에 비스킷을 꼭 찍어 먹었다. 그게 더 맛있다고. 이것 역시 엄마는 아버지로부터 배웠다.

"이 약 버린다."

엄마가 가끔 이러면 아버지가 반응했다.

"그럼, 커피 안 준다."

엄마는 아버지의 이 말에 약봉지를 다시 손에 쥐었다. 비슷한 일이 벌어져도 이후 자식들은 별걱정을 하지 않았다. 엄마가 괜히 그렇게 말만 하고 약을 먹을 것이란 걸 알기에.

엄마는 부모의 사랑을 갈구하는 아이처럼 아버지의 반응을 살폈다. 가끔 약 올리는 어린아이 같은 표정을 지었다. 그리고 같은 말을 반복했다.

"나 이 약 안 먹는다."

지켜보던 아버지가 웃는다. 어차피 아버지 때문에 엄마는 다시 약봉지를 들 것이니까.

"꾹 참고 먹기 싫어도…."

그러면 엄마는 별말 없이 알약을 또 삼켰다. 아버지 역시 익숙한 태도로 커피 믹스 봉지 하나를 꺼냈다.

아버지와 엄마의 결혼식

"아버지는 20대 엄마를 만나 60년 넘게 옆자리를 지켰다."

건강했던 시절, 제주도 여행에서 엄마와 아버지

"제주도 한라산국립공원 산책 코스 중 하나인

어승생악 탐방로까지 아버지는 엄마를 도와 함께 올랐다."

어쩔 수 없이, 요양원을 논의하다

치매 환자는 혼자서 생활하기 어렵다. 특히, 약을 알아서 챙겨 먹거나 외출하는 건 무리다. 누군가의 도움을 받아야 한다. 가족이 돌보는 경우가 가장 일반적이다. 누군가를 위한 돌봄은 자기 시간을 나누어야만 가능하다. 만약, 도움받을 가족이 없다면 이웃이나 지역사회, 정부가 돌봄을 제공해야 한다. 치매 환자에 대한 정부 지원이 점차 늘어나고 있다. 그러나 여전히 가족의 몫이 가장 크다. 엄마를 위해 제일 많이 애쓴 건 아버지다. 하지만 아버지 역시 노인으로 직접적인 부양은 아니더라도 자식이나 누군가의 도움이 필요했다. 그런데도 자식들이 엄마를 보러 오지 않으면 아버지는 온종일 치매 환자를 돌봐야 했다. 엄마는 약물 치료를 하면서 조용해졌고 이상 행동을 덜 보였다. 그렇다고 엄마를 혼자 두고 아버지가 외출할 수는 없었다.

아버지는 집에만 있는 날엔 답답하고 우울해했다. 급기야 자식들을 비상 소집했다.

"이게 사는 거냐? 창살 없는 감옥이지."

드디어 한계가 온 모양이다. 자식들이 올 때면 서둘러 혼자 외출했다. 생각보다 아버지의 정신적 스트레스가 컸다. 자식 넷이 모두 출가해 당장 모실 수도 없었다. 자식들이 괜찮다고 해도 각 가정에 사위와 며느리의 생각도 중요했기 때문이다. 가까운 관계라고 해도 여전히 치매 환자 돌봄은 쉽지 않다. 선뜻 돌봄을 약속할 수 없었다. 시간이 지나면서 자식들끼리 소소한 갈등이 생겼다. 서로 다른 입장은 이해했다. 하지만, 엄마를 돌보는 문제는 힘들었고, 마음이 앞선 사람을 서둘러 움직이게 했다. 집집이 배우자들과 어떤 이야기가 오갔는지 둘째 딸은 대충 짐작할 수 있었다. 우선 아버지가 혼자서 엄마와 지내는 문제부터 해결해야 했다.

하루 3시간 정도 요양보호사의 도움을 받을 수 있는 재가 요양 서비스를 생각했다. 필요한 서비스였지만 치매가 심해지면 턱없이 부족한 시간이다. 매스컴에서만 접한 치매 환자 가족의 실상을 알게 되었다. 둘째 딸은 그동안 치매 환자에 대해 막연히 생각했던 것을 깨달았다.
'치매 환자가 있으면 온 가족이 힘들겠구나!'
엄마는 배회증상이 초기 이후 더 나타나진 않았다. 오히려 집에서 꼼짝하지 않고 있었다. 그나마 다행이라 여겼다. 만약, 치매 환자가 배회하기 시작하면 가족은 잠시도 눈을 뗄 수 없다. 엄마는 적절한 약을 찾아서인지 배회증상이 나타나지 않았다. 그러나 어떤 날은 하루의 대부분을 잠으로 보냈다. 누워만 있는 게 돌보는 사람에겐 더 나은 선택일지도 모르겠다. 그래서 엄마도 요양병원에 갔을 때 추가로 처방받은 모양이다. 안정제라기보단 수면제 느낌을 지울 수 없었다.

치매 환자가 나오는 드라마를 보면 때때로 현실 반영이 덜 된 느낌을 받았다.
"치, 웃기고 있네."

둘째 딸은 자신도 모르게 툭 튀어나오는 이런 말에 깜짝 놀랐다. 대부분 기억력 저하로 생긴 에피소드 중심이다. 친밀했던 사람조차 알아보지 못한다. 배회 장면 역시 자주 등장한다. 치매 환자에게서 그런 행동이 나타나는 게 사실이지만 모두 그렇진 않다. 실제는 훨씬 다양한 행동을 동시에 보인다. 배회도 치매 말기에 더 많이 나타나는 특성으로 이야기하지만, 초기에 보이는 환자도 있다. 가족을 다른 사람으로 착각하기도 한다. 치매 증상은 환자마다 비슷한 것과 다른 것이 있다. 둘째 딸은 친구에게 들었던 이야기가 생각났다. 치매 환자인 시어머니를 건강 악화로 요양원에 모셨다. 자식은 아들만 있었는데 함께 살았던 큰며느리가 임종 전에 왔다. 자식들은 각자 누구냐고 어머니에게 물었다. 아들과 오직 큰며느리 이름만 기억했다. 큰며느리를 딸이라고 대답했다. 아마도 평소 딸처럼 느낀 것 같다.

엄마는 치매 환자였지만 사람을 못 알아보는 일은 전혀 없었다. 기억력 감퇴가 다른 환자에 비해 더디게 진행되고 있었다. 그렇지만 치매 환자였기에 전체적으로 인지 문제는 나타났다. 엄마가 해왔던 평범했던 일들을 모두 할 수 없었다. 집안일도 교회 일도 다 접었다. 아니 접을 수밖에 없었다. 상황을 이해하고 판단할 때 오류가 생기기 때문에 어쩔 수 없이 환자로 생활해야 했다.

아버지가 자식들에게 불편을 호소하는 일이 많아지면서 자연스럽게 자식들은 요양원에 대해 논의했다. 그러나 아버지는 대안 없이 무조건 반대했다.

"그럼 어떻게 해?"

둘째 딸의 질문에 답을 하는 자식은 없었다. 엄마를 안쓰럽게 생각하는 마음은 모두 같았다. 그러나 아버지의 생활도 고려해야 했다. 대답 없는 자식들에게 아버진 볼멘소리했다.

"죽이 되든 밥이 되든 내가 알아서 할 테니 내버려 둬."

아버지의 진심이 아닌 줄 알면서 자식들은 언짢았다. 아버지는 자식들에게 화를 내면서 엄마를 혼자 돌보겠다고 했지만 오래가지 못했다. 자유로운 활동이 더 자주 제한되자 결국 두 손을 들었다.

*
난생처음 노치원에 간 어린아이

아버지가 구립 요양 시설들이 많다고 둘째 딸에게 넌지시 말했다. 알아보니 근처엔 구립은 한 개밖에 없었고, 대부분 사설 기관이었다. 아버지가 이야기한 구립 요양원은 이미 많은 이용자가 기다리고 있었다. 언제 이용 연락이 올지 알 수 없었다. 바로 이용할 수 있는 다른 곳을 찾아야 했다. 종합사회복지관에서 운영하는 주야간보호센터에 대해 알게 되었다.

아이들이 다니는 유치원과 비슷했다. 엄마 같은 노인들이 이용 대상자였다. 이용자의 집 앞까지 사회복지사가 동승한 차로 데리러 온다. 유치원처럼 등원한 후 이용 시간만큼 있다가 귀가한다. 아침부터 오후까지 이용이 가능했다. 승합차에 타고 내릴 수만 있으면 이용해 볼 만했다. 엄마가 기관에 가 있는 시간만큼 아버지는 자유 시간이 생긴다. 돌봄에 지친 아버지를 위해서라도 서둘러 결정해야 했다. 엄마와 같은 치매 노인이 많이 이용한다고 사회복지사가 설명했다. 요일마다 준비한 프로그램도 소개했다.

점심 식사도 해결할 수 있어 아버지의 식사 준비 부담도 덜 수 있었다. 유치원에 처음 가는 아이처럼 엄마의 적응 여부를 고려해야 했다. 우선 장시간 보육처럼 온종일 엄마가 가면 불편할 것 같았다. 원하면 밤 9시까지 이용할 수 있었지만 오후 시간까지만 이용하기로 했다. 맞벌이였던 둘째 딸은 어린이집 종일반에 아들을 맡긴 경험이 있다. 3~5세 무렵이라 아들이 싫어했다. 일을 마치고 데리러 가면 마지막까지 있는 아이 중 한 명이었다. 엄마도 손자처럼 그러면 싫어할 것 같았다. 아버지를 위해서 엄마의 센터 이용 시간이 길면 좋겠지만 엄마의 심리상태도 고려해야 했다. 토요일까지 이용할 수 있었지만 평일에만 이용하기로 했다. 집에서 30분 정도의 거리에 있었다. 엄마는 기관에 갈 땐 제일 먼저 타고, 올 때는 마지막에 내렸다. 그러다 보니 다른 노인보다 승차 시간이 길었다. 이용하려면 감수해야 했다. 이용 정원이 있었지만, 오래 지나지 않아 사회복지사로부터 연락을 받았다. 계약을 종료한 노인의 빈자리가 생겼다고. 엄마가 이용하자 이후 아버지가 제일 좋아했다.

"엄마, 어렸을 때 못 간 유치원에 가는 거야. 다른 어르신들도 많이 오신데."

둘째 딸이 엄마에게 주야간보호센터를 노치원으로 설명했다. 아버지에게도 이용 목적과 방법 등 기관에 대해 자세히 알려드렸다. 아버지가 보호자로 아이들의 등하원을 챙겨 보내듯 엄마를 신경 써야 했기 때문이다. 아버지는 무조건 찬성했다. 요양원을 덮어놓고 반대한 것과 대조적이었다.

자녀가 등원하면 자유 시간이 생기듯이 아버지를 비롯해 가족들은 엄마가 주야간보호센터에 다니면서 일상의 여유를 찾았다. 특히, 아버지는 엄마가 없는 시간 동안 당신만의 시간을 보내면서 만족도가 다시 높아졌다.

주야간보호센터는 이용자 관점에서 큰 비용을 내지 않고 서비스를 이용할 수 있다. 노인장기요양등급이 있으면 일정 금액만 내면 된다. 엄마는 치매로 인해 장기요양 3등급으로 이용할 수 있었다. 요양 등급의 숫자가 낮을수록 도움이 더 많이 필요한 상태다. 치매 노인 외에도 일부 편마비 환자처럼 도움이 필요하면 이용이 가능했다. 인지 활동 프로그램을 주로 운영하고 있었다. 돌이켜보니 엄마가 노치원에 다녔던 그 시절이 그나마 가족에게 제일 편했던 시간이었다.

엄마는 걸어서 승합차에 오르내릴 수 있었다. 여러 프로그램에 참여했다. 사회복지사에 따르면, 엄마는 적극적이진 않지만, 참여한 경우에는 자신보다 나이 많은 노인들을 도와준다고 했다. 병원에 가는 날을 제외하곤 결석하지 않았다. 기관에서 보내주는 개인별 활동일지와 소식지로 엄마가 어떻게 활동하는지 엿볼 수 있었다. 매월 이용자의 생일잔치를 열어주었다. 요일마다 원예, 미술, 노래, 체조 등 정해진 수업이 이루어졌다. 그래서 엄마는 가끔 프로그램 활동에서 만든 것을 집으로 가져왔다. 한번은 비즈로 만든 팔찌를 둘째 딸에게 내밀었다.

"나 가지라고?"

엄마는 바로 고개를 끄덕였다. 장난감처럼 보였다. 둘째 딸이 손목에 걸쳐보자 엄마가 싱긋 웃었다.

"너 하지 말고, 상담실에 오는 애들이랑 갖고 놀아."

둘째 딸은 놀이치료실을 갖춘 상담실을 운영하고 있었다. 엄마는 딱 한 번 딸의 상담실에 왔었다. 5~6년 정도 지난 후였는데 그 장소를 기억하고 있었다.

놀이치료란 놀이 활동을 매체로 아동이 가지고 있는 심리적인 문제를 스스로 해결하도록 돕는 상담의 한 형태이다. 따라서 아동이 놀이할 수 있는 다양한 매개물을 준비한다. 여러 가지 장난감이나 보드 게임, 모래 상자와 상징성이 나타나는 소품 등이다. 놀이치료에선 놀이를 언어로 이해한다.

엄마는 둘째 딸의 일터이기도 한 놀이치료실을 어렴풋이 떠올리며 말한 것이다. 이후 둘째 딸에게 다른 것도 선물했다. 또 한번은 수생 식물을 받았다. 투명 플라스틱 화분에 자갈을 깔고 초록 잎이 길게 자라는 식물인데 보기 좋았다. 한동안 햇볕이 들어오는 상담실 복도에 두었다. 엄마가 딸에게 주는 마음이라고 생각했다. 아이를 키우는 부모들의 마음과 비슷한 느낌이었다.

둘째 딸은 유치원에 다니던 아들이 만들어 온 것을 받은 기억을 떠올렸다.

"엄마, 자, 이거."

의기양양한 태도로 엄마에게 아들은 자신이 직접 만든 것을 내밀었다. 둘째 딸은 받아들면서 흐뭇한 얼굴로 감상하기까지 했다. 엄마가 준 선물은 그만큼의 감동은 없었다. 그래도 한동안 엄마가 준 팔찌를 화장대 액세서리 서랍에 보관했었다.

엄마는 노치원 생활에 차츰 익숙해졌다. 이후 종합사회복지관과 연계한 목욕 서비스도 이용했다. 사전에 신청만 하면 정해진 요일에 목욕 시설을 갖춘 버스가 도착해 이용 노인들의 몸을 씻겨 주었다. 엄마같이 거동이 불편하거나 집에서 목욕할 수 없는 노인들이 주 대상자였다. 엄마는 딸들이 오면 대중목욕탕에 같이 갔다. 하지만 엄마의 컨디션에 따라 딸들이 가도 목욕할 수 없는 날도 생겼다. 한번은 첫째 딸이 엄마를 위해 대중목욕탕에 가서 세신실에 비용을 주고 목욕을 부탁했다. 비용 대비 성의 없이 엄마를 닦는 것을 확인하고 기분이 좋지 않았다. 그 무렵, 차라리 목욕 서비스가 더 낫겠다고 생각했다. 그렇게 해서 엄마는 주야간 보호센터와 목욕 서비스를 함께 이용했다.

아버지는 다시 낮 동안 자유롭게 친구를 만나러 나갔다. 개인 생활을 하자 우울한 정서도 줄었다. 엄마 역시 집에만 있지 않아서인지 조금씩 활력을 찾았다. 물론 가끔은 가기 싫다고 했다. 아이처럼 안 간다고 했지만 사회복지사가 집으로 오면 따라 나섰다. 하지만 그 행복도 오래가지 못했다.

*

몸에서 멀어지면 진짜 마음도 멀어질까

아버지는 다시 외출의 자유를 얻었다. 엄마도 주야간보호센터에서 하루를 보냈다. 주말에만 자식들이 방문해도 아버지의 불만은 크게 없었다. 둘째 딸도 다시 일에 전념했다. 엄마는 치매 초기와 달리 중기부터 비슷한 약을 계속 처방받게 되어 병원 가는 일정이 달라졌다. 특이사항이 없으면 의사는 4주에서 5주 간격으로 진료 시기를 점점 멀게 잡았다. 정기적으로 병원에 가는 일은 여전히 둘째 딸이 주로 담당했다. 모든 것이 수월해졌다. 자연스럽게 아버지도 큰 문제라고 생각하지 않으면 자식들에게 바로 전화하지 않았다. 한동안은 모든 것이 고요했다. 둘째 딸은 사회복지사와 주기적으로 통화하며 보이지 않는 곳에서도 엄마를 챙겼다.

몸에서 멀어지면 마음에서도 멀어진다는 말이 있다. 하지만 자식들은 몸이 멀어졌지만, 여전히 마음은 엄마 가까이에 있었다. 주말이면 자식 넷 중 누구라도 엄마를 보러 갔다. 치매 환자는 언제 다시 안 좋아질지 모르는 질병이다. 잠시 일상으로 돌아간 자식들은 아버지나 사회복지사로부터 전화가 오지 않을까 노심초사하였다.

치매는 다른 질병에 비해 가족의 정신적인 부담이 크다. 아무리 질병을 이해하고 있더라도 치매 환자가 있는 것만으로도 마음이 무겁다. 함께 생활하며 돌보는 경우엔 상당한 스트레스를 느낀다. 치매 환자가 엄마처럼 아주 가까운 사람이면 심리적으로 더 울적해지기도 한다. 환자의 얼굴 역시 슬퍼 보일 때가 있다.

둘째 딸은 치매 이전에 엄마가 우울한 사람이라고 느껴 본 적이 거의 없다. 내향적이긴 했지만 불안해 보이진 않았다. 하지만 치매 진단 후 이상 행동을 보이면서 자주 우울해 보였다. 자식들은 엄마가 하루를 어떻게 보냈는지 궁금했다. 모두 각자의 마음 한구석에 치매 엄마가 차지하는 면적이 생긴 것이다. 엄마가 치매 환자가 된 후 아버진 사위와 며느리의 눈치를 살폈다. 딸네로 아내를 보내면 사위가 신경이 쓰였다. 아들 집에 같이 있어도 며느리가 불편했다. 그래서 둘째 딸은 치매 환자 돌봄에 대한 고민이 깊어졌다.

둘째 딸에게 아버지가 엄마를 알아서 돌보겠노라고 호언장담으로 허세를 여러 번 부리기도 했다. 그러나 아버지의 속내는 달랐다. 적극적으로 나서지 않는 자식에 대한 불만과 당신의 불편으로 힘들어했다. 형편이 비슷비슷한 자식들의 사정도 한몫했다. 각자 상황과 입장에 따라 엄마 돌봄의 차이를 보였다. 그래서 자식들은 서로 마음이 상하지 않도록 신경을 썼다. 하지만 자식 중 누구는 몸이 멀어지면서 마음도 멀어진 것처럼 보였다. 부인할 수 없는 현실이었다. 이것 역시 어쩔 수 없는 것이라 둘째 딸은 이해했다.

각 가정은 배우자뿐 아니라 성인에서 취학 전 자녀까지 있었다. 돌봐야 하는 식구들도 모두 제각각이었다. 둘째 딸은 집마다 엄마 돌봄 문제로 부부 갈등이나 부모 자녀 관계 갈등이 생기지 않길 바랐다. 혹여 치매라는 말을 불쑥하며 엄마 마음을 아프게 할까도 염려했다. 아버지조차 힘들어져 엄마를 짐처럼 느낄까 봐 신경을 썼다. 이런 둘째 딸에게 아버지가 종종 섭섭하게 행동하기도 했다. 본의 아니게 나온 말이란 것을 둘째 딸은 어느 정도는 이해했다.

주야간보호센터에 엄마는 어느 정도 적응했다. 이후 자식들이 드물게 집에 왔다. 그러자 아버지는 자식들이 엄마를 자주 보고 싶어하지 않은 것 같다고 말했다.

'주말 정도는 두 분이 있어도 되지 않을까?'

자식들의 이런 생각도 고려했으면 더 좋았을 텐데 그러지 못했다. 아버지라고 항상 마음이 편한 건 아니었다. 평일 밤이나 주말엔 온종일 엄마를 신경 써야 했기에.

둘째 딸은 집에서 가까운 종합병원으로 엄마의 진료를 옮겼다. 그래서 하루 전날, 아버지도 둘째 딸의 집에 엄마랑 같이 오기도 했다. 그런 날이면 아버지는 괜스레 둘째 사위 눈치를 봤다. 엄마도 둘째 딸이 편하게 있으라고 해도 굳이 사위 집이라며 불편해했다. 엄마는 남의 집에 있는 것처럼 안절부절못하기도 했다. 가끔 엄마가 며느리들과 만나는 상황도 비슷했다. 며느리가 당신의 딸과 직감적으로 다르다고 느끼는지 엄마는 요구를 거의 하지 않았다.

두 아들은 엄마 돌봄에 참여했다. 자식 넷은 가능한 한 배우자들에겐 엄마를 직접 돌보는 일을 부탁하지 않았다. 말하지 않아도 알아서 챙겨주면 모르겠지만 사위나 며느리는 엄마 입장에서 불편하고 어려운 관계였기 때문이다. 둘째 딸의 가족도 비슷한 상황을 경험했다. 그래서 치매 엄마를 위한 돌봄은 주로 아버지와 자식들 중심으로 움직였다.

둘째 딸은 병원에 가는 일 못지않게 가족들의 마음이 어디에 가 있는지 살폈다. 엄마가 자식들 집에 오래 있었던 것은 아니었다. 그런데도 엄마가 치매 환자가 된 후 이전처럼 반기지 않는 가족들이 분명 있었다. 여러 해를 지나다 보니 치매 초기 마음과 다른 부분이 가족 안에서도 드러났다. 계속해서 엄마를 찾아오는 자식도 있고, 덜 오는 자식도 있었다. 아무래도 아버지는 더 자주 관심을 보이고 찾아오는 자식에게 엄마의 돌봄을 상의했다. 종종 생기는 당신의 불편함도 그 자식에게 호소했다. 이런 일은 시간이 흘러 자연스럽게 둘째 딸의 몫으로 자리를 잡았다. 아버지는 더 많은 것을 기대했다. 둘째 딸도 가끔은 체력적으로 힘들었다. 아버지나 다른 자식들이 한 말이나 일 때문에 섭섭하기도 했다. 그러나 치매인 엄마의 상태를 가장 염두에 두고 이해했고 참았다. 돌봄 역시 자식의 도리라고 생각했다. 치매가 아니었다면 둘째 딸도 더 독립적으로 아버지와 분리된 생활을 했을 것이다. 그러지 못한 이유 중 하나는 엄마가 언제까지 살 수 있을지 모른다는 마음이 들어서였다. 의사는 치매 환자의 경우, 2년에서 20년까지 생존 편차가 크다고 했다. 치매만 아니었다면 엄마는 지금 아버지와 비교적 큰 걱정 없이 살고 있었을 것이다. 이제 편하게 살아도 되는 시기였다. 그런데 치매 환자의 삶만 남았다. 그것이 마음 아픈 둘째 딸이었다.

엄마는 사위와 며느리를 들어온 자식이라고 생각했다. 들어온 자식들을 어려워했다. 특히, 치매 환자 상태로 나타나는 행동을 보이고 싶어 하지 않았다. 변해가는 체형부터 실수하는 모습을 사위나 며느리가 아는 것을 꺼렸다.

"이제 내가 해 줄 게 없으니까 귀찮은 거지."

엄마가 나중에 둘째 딸과 단둘이 있을 때 한 말이다. 다행히 들어온 자식 앞에서 이런 말을 하진 않았다. 아프기 전 엄마는 자식들이 집에 왔다 돌아갈 때 뭐라도 싸주려고 챙겼다. 겉절이김치를 포함해 바로 한 반찬들을 넉넉하게 담아서 나눠주었다. 치매 환자가 된 후 주방일에서 손을 완전히 뗀 엄마는 더는 자식들이 와도 해 줄 게 없었다. 이런 당신의 처지를 두고 섭섭한 마음을 표현한 말이라고 생각했다. 엄마가 다 큰 자식들에게 존재감을 드러낼 수 있는 것 중 하나는 음식이다. 더 이상 그럴 수 없는 상황에서 느낀 엄마의 불편한 감정이었을 것이다.

둘째 딸도 어떤 부분에선 엄마가 그렇게 생각할 수 있다고 봤다. 자식들이 엄마 집에 와서 때마다 반찬을 가지고 갔던 시절과 상황이 달라졌다. 엄마는 자식들에게 음식으로 존재감을 계속 드러내고 싶었는지도 모르겠다. 엄마의 말이 아프게 들렸다. 그래서 둘째 딸은 더 조심스럽게 엄마의 소리를 들었다. 진료일에 맞춰 휴무일도 바꾸었다. 그렇게 하고 나니 자식들끼리 다음 진료일에 누가 시간을 낼 건지 논의하지 않아도 되었다. 불가피한 날이 아니면 둘째 딸이 가는 걸로 마음을 정하자 엄마도 편안해했다. 진료 후 엄마의 기분이 좋으면 외식을 하면서 산책도 했다. 엄마가 진료받으러 가는 날을 둘째 딸은 아예 휴가라고 생각해버렸다. 몸은 힘들지만 그게 속이 편했다. 몇 년 동안 둘째 딸은 엄마의 진료를 위해 바쁘게 움직였다. 둘째 딸의 이웃이 되기 전까진 장시간 운전했다. 이른 아침이나 전날부터 진료를 위해 신경을 써야 했다. 종종 첫째 딸이 동행해서 수월했다. 피곤한 날도 많았지만 한 번도 사고 없이 다닌 것은 기적일지도 모른다. 기적은 엄마를 향한 사랑의 힘으로 만들어졌다. 둘

째 딸은 몸은 엄마와 떨어져 있어도 마음만은 늘 함께 있었다. 그 마음을
지키려고 애쓰며 지내왔다.

　사랑하는 엄마가 치매였을 때

*

딸의 이웃이 된 엄마

엄마의 병원 수발을 마치고 오면 둘째 딸은 지쳤다. 둘째 사위는 그런 아내를 향해 입을 열었다.

"혼자 하지 말고, 형제들끼리 돌아가면서 하자고 해?"

그러면 옆에 있던 아들도 거들었다.

"맞아요. 왜 엄마만 많이 하고…."

맞는 말이었다. 둘째 딸은 남편과 아들로서 아내와 엄마를 걱정하는 두 사람의 마음을 이해했다. 하지만 상황이 그럴 수 없었다. 기계적으로 엄마의 돌봄을 순서에 따라 하긴 어려웠다. 둘째 사위의 눈엔 아내만 유독 더 애쓰는 것으로 보였을 것이다. 손자의 눈도 마찬가지다. 하지만 잘 드러나지 않는 곳에서 다른 자식들도 엄마를 위해 마음을 쓰고 있었다. 각자 자신이 할 수 있는 범위 내에서 엄마를 돌보고 있는 것을 둘째 딸은 알고 있다. 단지 조금 더 시간을 자유롭게 사용할 수 있어서 둘째 딸이 엄마의 정신과 진료 수발을 전담한 것이다. 치매 환자 돌봄에서 가장 중요한 병원 진료를 둘째 딸이 보호자로 수고했기 때문에 생긴 일이다.

'만약, 그때 못 한다고 했으면 다른 대안이 있었을까?'

둘째 딸도 한참 후에 이런 물음을 던져보기도 했다. 돌봄에 대한 고민은 치매 환자가 생을 마감할 때까진 누군가 계속 희생해야 가능하다. 가족들에게 이런 말을 들으면 둘째 딸은 알겠다고만 했다. 하지만 비슷한 생활은 계속 이어졌다.

그렇게 5년쯤 지나갈 무렵, 아버지 동네의 재개발 사업이 무산되었다. 아파트 단지를 조성한다며 몇 년 전에 조합이 설립되었다. 이후 이런저런 개발 계획이 소문으로만 무성했다. 사업이 백지화되면서 주택조합마저 해체했다. 개인 건축업자들이 동네를 돌아다녔다. 개별적으로 신축해서 판다는 소문이 다시 돌았다. 아버지 집도 그들의 매물 대상이었다. 부동산업자가 여러 번 아버지를 만나고 갔다.

어느 날, 아버지가 부동산업자 연락처를 둘째 딸에게 주었다. 집이 팔리면 이용 중이던 종합사회복지관 근처의 소형 평수 아파트로 옮기고 싶다고 했다. 아버지의 집 매도를 자식 넷은 모두 찬성했다. 기왕 이사할 계획이면 자식 중 한 명 근처로 가는 것이 어떤지 둘째 딸이 아버지에게 제안했다. 엄마를 위해서 그편이 낫다고 생각했다. 앞으로 아버지도 나이 들 일만 남았다며. 급할 때 챙길 자식이 가까이 있는 게 낫다고 설득했다. 차츰 아버지와 엄마도 오래된 집을 팔고 싶어 했다. 그렇게 가족들은 엄마가 이사 가는 것을 대찬성했다.

아버지는 막상 이사를 계획하자 주택에서 누리는 장점이 사라질 것을 우려했다. 아파트로 가면 옥상 텃밭이나 화초를 키우는 재미를 접어야 했다. 봄철이면 엄마와 고추장과 된장을 담갔다. 크지 않았지만, 마당에 대추나무도 있어 열매를 먹는 즐거움도 있었다. 옥상에 여름이면 갖가지 쌈으로 먹을 채소를 심어 먹었다. 엄마와 함께 소소한 즐거움을 오랫동안 유지했다. 집을 팔면 이런 재미는 모두 사라진다. 다시 신중하게 결정해야겠다며 아버지가 집 매도를 보류했다.

　엄마의 치매 증상은 갈수록 심해질 게 분명했다. 둘째 딸은 엄마를 중심에 놓고 다시 생각해 보라고 아버지에게 말했다. 그런 재미는 없지만, 아파트의 장점도 많다고 강조하며 아버지를 설득시키려고 애썼다.

　40년 동안 살아 온 집을 엄마와 아버지가 정리하는 건 쉬운 일이 아니다. 그래서 조금 더 시간을 두고 생각하는 것으로 했다. 자식들은 앞으로 아버지와 엄마가 늙어갈 일만 남았는데 오래된 주택을 보수하며 사는 것은 어려운 일이라고 여겼다. 이런저런 고민 끝에 가격만 맞으면 매매하는 쪽으로 아버지의 마음이 다시 기울었다. 부동산에서 여러 번 조정해서 매매가 성사되었다. 넓은 신축 용지를 원했던 건축업자가 아버지를 찾아왔다. 동네에서 오래 산 아버지의 집을 제일 먼저 매수하기로 결정했다며 가격을 흥정했다. 아버지가 집을 매도한다는 사실이 알려졌다. 옆집 아저씨도 아버지를 찾아왔다. 거래 금액이 궁금했던 모양이다. 각자 알아서 할 일이라고 아버진 금액만큼은 공개하지 않았다. 다만, 언제 팔고 이사하는지 이야길 했다. 이후 일사천리로 아버지 집 주변의 여러 채가 매도되었다. 둘째 딸이 아버지 대신 부동산업자를 만났다. 계약이 성사되어 엄마와 함께 살 새집을 구해야 했다. 다시 둘째 딸은 바쁘게 움직였다. 자식들이 사는 동네 한 곳의 아파트를 집중적으로 알아봤다. 하지만 마음에 딱 드는 곳을 찾진 못했다. 여러 날 시세를 알아보고 다리품까지 팔았다. 마지막으로 둘째 딸이 사는 아파트 단지를 알아봤다. 급하게 나온 매물이 있었다. 아파트 동만 다른 곳으로 이사 와도 좋은지 엄마에게 물었다. 다행히 엄마가 거부하지 않았다.

"얼만데?"

이런 식으로 필요한 말만 하는 것은 엄마의 긍정적인 신호다. 함께 지내면서 둘째 딸이 알게 된 엄마의 표현방식이다. 마음에 들지 않으면 아예 한마디도 하지 않았다. 관심이 있는 내용에 대해서만 핵심을 툭 던지는 엄마의 소통 방식을 이미 이해하고 있었다. 엄마의 말을 분석하면 나쁘지 않다는 뜻이었다. 엄마가 둘째 딸의 이웃으로 오는 일이라 둘째 사위에게도 물었다.

"여기저기 알아봤는데 딱 맞는 게 없네. 뒤쪽 동에 매물 하나가 있는데 부동산에서 가격만 조정해 주면 이사 오고 싶으시대. 당신 괜찮겠어?"

둘째 딸은 아무래도 엄마와 아버지가 가까이 오면 더 신경을 쓰게 될 것이 뻔해서 남편에게 미리 물은 것이다. 둘째 딸이 더 자주 찾아갈 것은 분명했다. 둘째 사위도 급한 상황에선 처가에 갈 일이 생길 수도 있어서였다.

"어차피 다른 아파트로 가셔도 당신이 신경 써야 하잖아. 병원도 모시고 계속 다녀야 하고. 차 타고 왔다 갔다 하면 당신만 더 피곤하잖아. 그냥 계약해."

그렇게 해서 그해 겨울, 엄마는 둘째 딸의 이웃이 되었다.

엄마가 이웃으로 온 이후 둘째 딸은 할 일이 더 많아졌다. 아버지가 둘째 딸에게 기댄 측면도 컸다. 몇 년 동안 엄마의 일을 아버지 대신 챙기는 둘째 딸이었기 때문이다. 긴 병에 효자 없다는 말처럼 3년, 5년, 7년의 세월이 지나면서 자식들도 지친 부분이 있었다. 하지만 엄마가 둘째 딸의 집 가까이 오면서 가까운 곳에 사는 첫째 딸과 큰아들은 더 자주 왔다. 엄마 집이나 둘째 딸의 집으로 모였다. 둘째 딸은 이후로도 이전처럼 엄마를 위해서 자신의 시간을 계속 할애했다.

이사 온 아파트 화단에서 손 흔드는 엄마

"둘째 딸의 이웃이 된 엄마는 지팡이를 잡고 기분 좋은 날에는 함께 산책했다."

　사랑하는 엄마가 치매였을 때

첫째 딸 집에서 약 먹기 전 엄마

"첫째 딸네에서 한동안 즐겁게 지냈다.

식구들이 많은 그 집에서 엄마의 손맛을 닮은 딸의 식탁에 자주 앉았다.

한동안 엄마는 치매 전처럼 보이기도 했다. 밥과 약을 첫째 딸이 챙겨주면 잘 먹었다.

할머니 얼굴에 손녀들이 장난을 친 사진을

첫째 딸은 형제들에게 종종 공유해서 웃음을 주었다.

어려지고 있는 엄마를 더 귀여운 아이로 만들었다."

꽃을 너무나 사랑한 여인

아버지와 엄마는 화초를 많이 키웠다. 하지만 아파트로 이사 오면서 아끼던 화분들을 많이 정리했다. 시들어가는 식물도 두 분의 손이 닿으면 생기를 되찾는 일이 비일비재했다. 특히, 아버지의 정성으로 소생한 것들이 제법 많았다. 첫째 딸은 종종 약해진 화분을 아버지에게 맡겼다. 작년에 다 죽어가는 상태로 온 호접란도 생기가 돌았다. 봄부터 조금씩 꽃까지 피기 시작했다.

엄마의 건강 악화로 올해는 둘째 딸이 아버지를 돕는 시간이 길어졌다. 그래서 아버지의 일과가 자연스럽게 눈에 보였다. 아버지는 자주 베란다에서 화분을 살폈다. 분갈이는 기본이고 잎사귀 하나하나를 돌봤다. 누런 잎을 떼어 주고 햇빛에 따라 화분의 위치까지 바꾸었다. 물도 식물에 따라 제각각 달리했다. 어떤 것은 조리개로 살살 뿌렸고 바가지로 흠뻑 붓기도 했다. 아버지의 화분이 유난히 푸르렀던 이유를 알 수 있었다. 아버지의 뒷모습에서 새로운 부지런함을 발견했다.

얼마 전엔 미처 먹지 못해 싹이 난 고구마 하나가 있었다. 둘째 딸은 버리려다 농사지은 것을 지인이 준 거라 아까운 생각이 들었다. 페트병 가득 물을 부어 고구마를 거꾸로 세워두었다. 어릴 때 엄마가 양파와 함께 이렇게 한 것을 본 이후 둘째 딸도 종종 따라 했다. 고구마에서 초록 잎이 돋아나기 시작했다. 뿌리 식물이라더니 고구마가 물 속에 자리를 잡았다.

둘째 딸이 외출하고 돌아온 날, 훌쩍 자란 잎들이 처져 있었다. 그냥 버릴까 하다가 잊고 있었다. 다음 날 고구마 곁에 지지대가 세워져 있었다. 아버지가 고구마의 싹이 잘 자라도록 배려한 것이다. 그 덕분에 둘째 딸은 생각보다 훨씬 오랫동안 고구마의 성장 과정을 볼 수 있었다.

재작년 여름, 유난히 활짝 핀 꽃들이 베란다에 가득했다. 낮 동안 소파에만 있던 엄마조차 관심을 보일 정도였다. 산책을 권해도 좀처럼 일어나지 않았던 엄마가 고개를 돌렸다. 아무리 일어나 앉아 있으라고 해도 거부했던 엄마여서 웬일인가 싶었다. 햇볕마저 좋아 꽃구경하라고 아버지가 엄마를 불렀다. 바람까지 적당히 불어 더할 나위 없이 좋은 날이었다. 아버지의 말에 엄마가 자발적으로 몸을 일으켰다. 아버지를 향해 처음엔 이런 몸인데 꽃은 보면 뭐 하냐고 했다. 하지만 아버지가 활짝 핀 꽃을 엄마 가까이에 놓자 꽃냄새를 맡았다. 베란다에 더 많다고 와서 보라고 했다. 엄마가 좋아하는 꽃이 가득했다. 형형색색의 예쁜 꽃들이 엄마를 유혹하고 있었다. 엄마가 총총걸음으로 베란다 쪽을 향했다. 엄마는 함박웃음을 지으며 반갑게 꽃을 향해 말을 걸었다. 젊을 때부터 엄마는 꽃을 좋아했다. 꽃의 아름다움을 엄마 식으로 표현했다.

"꽃이 피는 집에서 살고 싶어. 꽃이 이뻐."

엄마가 자주 했던 말이다. 꽃 앞에 선 엄마는 어린아이와 같이 해맑았다. 아버지도 엄마를 보며 크게 웃었다.

"꽃아, 꽃아!"

엄마가 앞에 있는 꽃부터 하나하나 말을 걸었다. 지팡이에 의지했지만, 엄마는 전과 달리 힘이 있어 보였다.

"아이고 예뻐라."

손자녀들의 머리를 쓰다듬듯이 엄마가 꽃을 어루만졌다. 뒤쪽에 있던 아버지가 좋아서 싱글벙글했다.

"여보, 여기도 봐. 당신이 좋아하는 게 이제 피었네."

새로 핀 꽃을 향해 엄마가 또 발걸음을 내디뎠다. 엄마에게 아버지가 꽃이 잘 보이는 앞자리를 양보했다. 엄마의 꽃 사랑은 없던 힘까지 발휘하게 했다. 성큼성큼 걸어갔다. 개화 시기인데 아직 꽃을 피우지 못한 화분이 있었다. 아버지가 걱정되는지 엄마에게 말했다.

"꽃을 못 피워. 걔가 뿌리를 못 내려서 그래. 힘을 못 주더라고."

작은 뿌리 두 개를 구분해 새 화분에 옮겨 심은 것이었다. 아무리 정성을 들여도 자라지 않았다.

"화분을 바꿔야 할 모양이야."

아버지는 당신의 계획을 엄마에게 밝히고 다른 화분도 보라고 했다. 엄마는 꽃이 안 핀다는 화분 쪽으로 걸음을 옮겼다.

"저건 안 피네. 꽃이."

안타까운 마음을 담아 엄마가 화분을 향해 말했다.

"야, 사랑하는 꽃들아~~! 사랑한다~~~."

엄마는 뿌리를 내리지 못한 식물을 향해 응원의 메시지를 보냈다. 이어 아버지가 보라고 가리킨 꽃을 향해 또 걸음을 옮겼다.

"야~~~. 야~~~. 사랑하는 꽃들아. 사랑하는 꽃들아."

베란다 가득 핀 꽃 화분을 향해 움직이며 엄마는 말을 이었다. 사랑의 마음을 전하는 엄마가 좋은지 아버지도 연신 웃었다. 엄마가 이번엔 지 팡이를 위아래로 들었다 놓았다. 바닥에 닿은 지팡이가 리듬을 탔다. 엄 마는 당신이 작사하고 작곡한 노래를 꽃들에게 불러주었다.

"사랑하는 꽃들아. 꽃들아, 이쁜 꽃들아."

그 모습을 지켜보는 큰아들도 엄마의 모습을 동영상으로 담으며 웃었 다. 자신을 지켜보는 큰아들에게 엄마는 당신의 모습이 좋냐고 물었다. 물어보나 마나 한 질문이었다. 큰아들이 피식 웃었다. 엄마는 계속 "꽃들 아"라고 말했다. 약한 화분도 곧 뿌리내리길 바라는 것을 알 수 있었다.

"그럼, 좋지, 우리 엄마."

웃음이 터진 큰아들이 엄마를 향해 방긋 웃었다. 엄마도 헤벌쭉 웃었다.

"허허, 얼마나 이쁜데. 우리 엄마."

큰아들이 싱긋거렸다. 엄마는 큰아들이 이쁘다고 하자 좋아했다.

"아이 예뻐라."

꽃들을 향해 엄마는 당신의 넘치는 사랑을 전했다.

"꽃들하고 잘 어울려. 우리 엄마 미인이야. 미인."

활짝 핀 꽃 속에 모처럼 힘차게 걷는 엄마를 향해 큰아들은 한번 더 크 게 웃었다. 아버지 역시 엄마가 베란다에 더 머물도록 자꾸만 꽃 이야기 를 했다.

"꽃 옆에 가 있어."

아버지는 뒤로 물러나 엄마가 충분히 꽃을 느끼도록 했다. 엄마가 아 이처럼 또 한번 헤벌쭉 웃었다.

"에헤헤. 봐봐."

엄마에게 미인이라고 한 큰아들의 말에 아버지도 맞장구를 쳤다. 그 말에 엄마가 기분 좋게 웃었다.

"꽃 옆에 가 있어. 바짝."

아버지는 엄마가 꽃을 더 보도록 자꾸만 말을 시켰다.

"꽃아, 꽃아. 사랑한다. 이쁜 꽃들아."

엄마는 파킨슨병에도 꽃을 향할 땐 일그러지지 않는 얼굴이었다. 꽃들에게 진심인 엄마가 꽃처럼 활짝 핀 표정을 지었다. 꽃향기 가득한 베란다에 서 있는 엄마와 아버지 모습이 둘째 딸은 유난히 좋았다.

사랑하는 여인을 꽃으로, 나비를 남자에 비유하는 시가 있다. 꽃과 나비처럼 두 분은 베란다에서 어우러졌다. 문득 나태주 시인의 「아름다운 사람」이란 시가 떠올랐다.

'바라볼 수도 없고 그렇다고 아니 바라볼 수도 없고…'

아버지와 엄마는 서로에게 그런 사람 같다. 치매 환자가 된 이후 아버지는 이전과 다른 시선으로 엄마를 바라봤다. 항상 슬픈 표정은 아니었다. 가끔은 엄마 때문에 웃고 또 웃었다.

베란다에 가득한 꽃들을 보며 아버진 엄마를 자꾸만 바라봤다. 두 분은 서로에게 큰 웃음을 선물했다. 사랑과 웃음이 엄마를 더 힘내게 했다. 엄마가 지팡이를 커다란 화분에 기대놓았다. 오랜만에 두 다리로 당당하게 버티고 섰다. 양팔을 어깨 위까지 올렸다. 이어 덩실덩실 춤까지 추었다. 손뼉으로 엄마가 만든 느린 장단까지 맞추면서. 그 모습에 아버지도 신이 났다. 베란다 분위기가 흥겨웠다. 꽃향기를 맡으며 화분 사이를 거니는 엄마의 몸이 가벼워 보였다.

엄마를 위해 평상시에도 꽃을 가꾸는 아버지가 모처럼 기쁨 가득했다.

활력 있는 엄마의 모습을 얼마 만에 보는지 큰아들과 둘째 딸도 반가웠다.

　창밖에서 들어오는 바람이 나이 든 아름다운 두 사람을 응원했다. 주름진 엄마의 이마를 지나 햇살이 얼굴 전체를 비추었다. 강한 여름 햇빛이 아름다운 노부부와 함께 찬란히 빛났다. 활짝 핀 꽃들도 엄마와 나란히 바람결에 춤추었다.

　사랑하는 꽃들을 향해 마음껏 노래하는 엄마는 10대 소녀로 돌아가고 있었다. 소녀의 하얀 손을 잡아 주는 아버지도 이미 소년이 되었다. 꼿꼿한 허리로 사랑하는 연인을 위해 키운 꽃들을 보여주기에 바빴다.

　꽃이 피는 집에서 살고 싶다던 엄마의 마음을 둘째 딸은 더 깊이 이해했다. 엄마의 마음을 잘 알고 나이 들어서도 아버지가 꽃과 아내를 지키고 있었다. 비로소 아버지가 이사 오기 전에 꽃 화분을 정리하며 그렇게까지 마음 아파했는지 알게 되었다. 아름다운 사람끼리 꽃을 보며 서로를 바라보는 아름다운 오후였다.

베란다 가득 아버지가 키운 꽃을 보러 나온 엄마

"아버지는 엄마를 위해 이사 오기 전부터 키운 화분을 아파트로 가져왔다.

모두 옮겨오지 못해서 아쉬워한 이유가 엄마 때문이란 것을 자식들도 알았다.

아버지는 베란다에서도 아내가 볼 수 있는 꽃을 다시 심고 가꾸었다."

베란다에서 꽃구경과 자식들을 보여 웃는 엄마

"활짝 핀 꽃을 보기 위해 지팡이에 힘을 주고 걸었던 엄마는
꽃들 모두에게 사랑의 메시지를 전했다. '꽃들아, 사랑한다.'라고 소리 높여 외치고
장단에 맞춰 춤도 추었다."

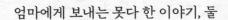

엄마에게 보내는 못다 한 이야기, 둘

아버지와 또 추모공원에 다녀왔어요. 봄바람이 세게 불었죠. 하지만 엄마가 있는 그곳은 양쪽으로 산이 있어 바람이 덜 불더라고요. 포근히 안아주는 기분이 들었답니다.

눈이 많이 내린 날, 엄마가 저를 업고 집까지 걸어오셨던 걸 아직도 기억하고 있어요. 그때는 바람이 더 많이 부는 날이었죠. 엄마 등이 따뜻해서 중간에 깼지만, 끝까지 자는 척했답니다. 제가 아무리 작아도 몸무게가 10kg은 넘었을 텐데 엄마는 한 번도 내려놓지 않으셨어요. 자식을 키워보니 그게 사랑이란 것을 알겠더라고요. 20kg 쌀 포대는 못 들어도 내 자식이 힘들다고 하니 번쩍 업게 되더라고요. 엄마한테 배운 그 사랑을 대물림하고 있는데 알려나 모르겠어요. 유일하게 엄마가 돌봐준 그 아이가 군복을 입었답니다. 직접 보시면 대견했을 텐데.

매화는 이미 다 졌고 요즘엔 벚꽃이 한창입니다. 아파트 단지 안에 목련까지 피었어요. 봄꽃을 보면 유난히 엄마 생각이 많이 나요. 아버지는 엄마한테 줄 꽃을 또 사셨어요. 꽃을 사랑한 엄마가 그립습니다.

추모공원에서 엄마를 그리워하는 아버지

"딸들은 삼다수와 생화를,

아버지는 시들면 안 된다고 커다란 장미와 해바라기 조화를

엄마가 누운 곳 주변 가득 새로 꽂았다."

베란다로 꽃을 보러 가는 엄마를 부축하는 아버지

"아버지는 아파트로 이사 온 뒤로도 엄마를 위해 꽃을 지속해서 가꾸었다.

누워만 있지 않게 하려고 자주 꽃을 보자고 부축하며 인도했다.

그런 아버지를 따라 엄마도 한 발씩 움직였다. 사랑의 힘이다."

3장

우리 가족, 가슴속 박힌 아픔의 기억

✻
치매 친구 파킨슨

치매 환자로 생활한 지 5년쯤 지났다. 엄마의 움직임이 점점 더 느려지더니 흔들렸다. 손가락 떨림으로 가끔 반찬도 떨어뜨렸다. 걸을 때 중심을 잃을까 봐 걱정할 정도였다. 누워 있을 때조차 손가락이 미세하게 떨렸다. 정신과 주치의에게 엄마의 상태를 전했다. 신경외과 협진이 필요하다며 예약을 잡아 주었다. 진료 결과는 파킨슨병이었다. 치매 약에 이어 파킨슨병 약까지 추가로 처방받았다.

파킨슨병은 뇌간의 중앙에 존재하는 뇌 흑질의 도파민계 신경이 파괴됨으로써 움직임에 장애가 나타나는 질환이다. 근육이 휴식 상태일 때 떨림이 나타난다. 근 긴장 시 뻣뻣함 또는 경직을 보이며, 느린 상태가 자발적으로 나타난다. 운동이나 균형 유지가 어렵다. 자세가 불안정한 퇴행성 장애이다.

"먹기 싫어."
치매 약을 처음 복용할 때처럼 새로운 약을 엄마는 거부했다. 하지만 약 당번 아버지가 챙겨주면 먹었다.
"당신도 약 까먹지 마."

3장 우리 가족, 가슴속 박힌 아픔의 기억　　155

가끔 아버지 혈관 약까지 챙기면서 엄마는 다시 습관적으로 약을 먹었다. 아버진 엄마의 약 투정에도 씩 한 번 웃었다. 식후가 되면 두 잔의 물컵을 식탁에 나란히 올려놓았다.

"네, 마님! 약 먹읍시다."

아버지를 물끄러미 한번 쳐다본 엄마는 먼저 약을 입속에 털어 넣었다.

엄마의 걸음걸이는 총총총 소리를 내듯 바뀌고 있었다. 파킨슨병 진단 후 뒤뚱거리는 게 위험해 보일 정도라 대책을 세워야 했다. 보행을 돕는 보조기구를 권했다. 그러나 엄마는 한사코 거부했다. 아픈 늙은이 같아 싫다는 게 이유였다. 이미 치매와 파킨슨병 환자였는데 마음은 그렇게 보이기 싫었나 보다. 화장실에 갈 때 어려웠다. 느린 걸음으로 도착 전 소변 실수가 나타났다. 엄마가 앞으로 쏠리는 자세를 스스로 통제할 수 없다는 것을 인식했다. 간혹 화장실 앞에서 넘어질 뻔한 이후 가족들도 엄마를 설득했다. 다행히 가족이 뒤따라 다치진 않았다. 보조기구는 쓰지 않겠다고 몇 번 더 고집을 부렸다. 하지만 잦은 소변 실수를 엄마 스스로 받아들이기 어려웠는지 마음을 바꿨다. 스스로 지팡이를 찾았다. 환자들이 쓰는 이동용 보행기를 쓰면 훨씬 좋다고 했다. 그러나 여전히 새로운 기구에 대한 거부는 나타났다. 자식들 말을 듣지 않았다. 흔들림을 자각하면서도 엄마는 한쪽 손에 지팡이만 들었다. 엄마 옆에 새로운 지팡이 다리가 놓였다.

엄마를 위한 지팡이는 두 개였다. 나무로 된 것과 철제로 된 것이다. 나무 지팡이는 오래전 돌아가신 분이 사용했던 것으로 매우 튼튼했다.

손잡이 부분이 사용한 흔적만큼 반질거렸다. 철제 지팡이는 길이를 조절할 수 있는 장점이 있었다. 일정 간격마다 구멍이 뚫려 있었다. 엄마는 나무 지팡이를 쓰다가 키 높이가 맞지 않는다며 철제로 바꾸었다. 세 개의 다리로 걷게 된 엄마는 여전히 느렸지만, 조금 더 안정적으로 걸을 수 있었다. 부축하지 않아도 지팡이를 앞세워 중심을 잡았다.

앞으로 걸을 땐 지팡이부터 탁 내밀고 총총총⋯.

엄마는 걸음이 점차 느려졌지만 아버진 여전히 빠르게 걸었다. 한두 시간 정도 아파트 뒤편에 있는 산으로 산책을 매일 다녀올 정도였다. 아버지는 튼튼한 다리로 왕복 두 시간 정도의 맷돌바위까지 거의 매일 산책 친구 말티즈 똘똘이와 거뜬하게 다녀왔다. 연세 때문에 다녀온 날은 파스를 찾았다. 파스도 다리가 아니라 어깨였다. 어깨가 아프다면서도 다음 날이면 또 길을 나섰다. 아버진 똘똘이가 힘들 때만 아파트 근처 탄천을 걸었다. 치매 전 엄마와 나란히 산책했던 시절을 아버진 자주 이야기했다. 둘째 딸도 기억하고 있는 동네 뒷산에 가서 함께 논 이야기들도 꺼냈다. 그 시절 엄마는 커다란 이불 빨래를 하기 위해 머리에 대야를 이고 개울을 찾았다. 엄마는 두 다리로 머리에 인 대야를 손으로 잡지도 않을 정도로 잘 걸었다. 아주 튼튼했었던 엄마의 다리가 둘째 딸은 다시 생각났다. 이젠 가까운 거리도 휠체어나 자가용을 타야 한다. 마음대로 움직일 수 있었던 엄마의 그 시절이 그립다.

휠체어에 사람을 태우고 이동하는 것이 어려울 때가 있다. 경사진 도로나 턱이 고르지 못하면 뒤에서 미는 사람이 아주 힘들다. 누군가의 도움을 받더라도 힘을 줘야 이동할 수 있다. 파킨슨병 진단 이후 엄마와 외

출하기 위해 휠체어를 준비했다. 먼 거리는 자동차까지만 휠체어로 이동
했다. 뒷좌석에 엄마를 옮겨 타도록 했다. 이 과정도 쉽지 않다. 엄마는
평소 걷기를 잘 하지 않았다. 당연히 다리에 힘을 주지 못했다. 자주 넘
어질 듯 위태롭게 서 있었다. 엄마와 이동하는 자식들은 이 부분을 특별
히 더 신경 써야 했다. 자칫 쓰러져 골절이 생길까 봐 더 그랬다. 가능한
한 두 사람이 함께 움직이려고 했다. 가끔 둘째 딸은 타인의 도움을 받았
다. 혼자 주차장에서 엄마를 휠체어에 태우려는 모습을 보이면 근처에
있는 사람들은 거의 도움을 주었다. 엄마의 상태를 보고 말하지 않아도
치매 환자로 느꼈을 것이다. 엘리베이터에 탈 때도 양보하는 사람이 훨
씬 많았다.

"몇 층 가세요?"

엄마가 내리는 층의 버튼까지 눌러주었다. 내릴 때도 열림 버튼을 눌
러 안전하게 벗어나도록 했다. 둘째 딸은 이런 모습에 감사하며 아직 세
상은 살 만하다고 느꼈다. 그러나 엄마는 가끔 못마땅한 표정을 지었다.
당신의 모습을 측은하게 보는 것이 오히려 자존심이 상한 것 같았다. 걸
을 때도 휠체어 대신 혼자 걷겠다고 우기기도 했다. 종종 딸의 부축도 밀
어냈다. 지팡이에 괜한 화풀이를 하면서 혼자 조심조심 걸었다. 심지어
멀리 지팡이를 내동댕이쳐서 둘째 딸을 당황스럽게 했다.

"엄마, 왜 그래. 지팡이가 무슨 죄가 있다고?"

바닥에 길게 쓰러진 지팡이와 둘째 딸을 엄마가 번갈아 째렸다. 그런
날이면 둘째 딸도 속상했다. 말없이 지팡이만 일으켜 세웠다. 애꿎은 지
팡이에 화풀이하는 엄마를 달래 다시 건넸다. 엄마는 작정한 듯 다시 잡
지 않았다. 둘째 딸도 괜히 지팡이에 화를 옮겼다. 지팡이를 바닥에 탁탁

팅기는 소리에 엄마도 둘째 딸의 기분을 알아챘다. 몇 차례 지팡이에 속 풀이를 하고 둘째 딸이 엄마에게 다시 지팡이를 내밀었다. 못 이기는 척 또 한 번 잡으라면 말없이 엄마가 지팡이를 잡았다. 하지만 오기였는지 엄마가 지팡이를 절대로 잡지 않는 날도 있었다. 아파트 앞 내과에 코로나 백신 접종을 하러 가는 날이었다. 굳이 도움 없이 가겠다고 고집을 부렸다. 엄마는 정신력으로 버틴 것 같다.

치매만큼 아픈 파킨슨병이 엄마를 찾아온 뒤로 이런 실랑이가 종종 있었다. 마음대로 몸을 움직일 수 없는 엄마는 치매 초기처럼 파킨슨병을 인식하지 않았다. 그 심정을 둘째 딸은 충분히 이해했다. 그래서 엄마와 외출할 때면 이동의 자유가 얼마나 인간다운 것인지 새삼 깨달았다.

엄마는 치매와 파킨슨병으로 이동의 자유를 점점 상실해 가고 있었다. 근육의 떨림과 경직으로 힘을 내지 못했다. 느린 보행으로 화장실 출입 시 난간에 부닥치기도 했다.

정형외과 진료를 받고 집에 오기 전이었다. 약을 받기 위해 기다리는 동안 엄마가 화장실에 가고 싶다고 했다. 병원 건물 1층 화장실로 이동했다. 엄마가 변기에 앉기 전 이미 대변 실수를 했다. 난감한 상황이었다. 그날따라 혼자 움직인 둘째 딸은 어떻게든 벌어진 일을 처리해야 했다. 엄마에게 우선 변기에 앉아 그대로 있으라고 했다. 오래된 건물이라 화장실은 딱 두 칸이었다. 그나마 변기 앞에 조금 넓은 공간이 있는 장애인용 칸이 있었다.

"엄마, 내가 팬티 다시 사 올 때까지 여기 꼭 앉아 있어야 해."

그렇게 당부하고 근처 상가로 달려갔다. 다행히 옆 건물에 속옷전문점이 있었다. 가볍게 입을 수 있는 성인용 고무줄 바지까지 샀다. 급하게 결제하고 화장실로 돌아왔다.

'아뿔싸! 엄마를 믿었는데.'

엄마는 가만히 있지 않았다. 화장실 벽에 걸린 휴지로 스스로 대변을 처리하고 있었다. 그게 오히려 둘째 딸을 힘들게 했다. 다른 사람이 들어올까 봐 문부터 잠갔다. 정신없이 뒤처리했다. 엄마한테 화를 내면서.

"가만히 계시라니까 왜 직접 하세요. 엄마 때문에 일이 더 많아졌잖아. 여긴 욕실도 아닌데. 엄마 때문에 내가 정말…."

엄마는 폭격기처럼 날아오는 둘째 딸의 말들을 피하지 않았다. 엄마가 입었던 팬티의 대변을 변기에 먼저 버리고 바지를 담아 온 비닐에 보이지 않게 팬티를 꼭꼭 말아서 쓰레기통에 버렸다. 새로 사 온 바지를 쭈그리고 앉아 엄마의 발부터 넣게 했다. 휠체어에 엄마를 앉혀 지하 주차장으로 이동했다. 집까지 오는 동안 둘째 딸은 엄마에게 아무 말도 건네지 않았다. 운전하는 동안 복잡한 감정이 휘몰아쳤다. 눈물이 저절로 죽죽 흘렀다. 엄마도 계속 침묵했다. 뒤쪽 거울로 보니 엄마가 창밖만 쳐다보고 있었다.

그날 이후 기저귀를 착용하자고 엄마에게 제안했다. 엄마는 다른 것도 그랬던 것처럼 처음부터 받아들이기 싫어했다. 혼자 화장실에 걸어갈 수 있다며 또 거부했다. 둘째 딸은 병원 건물 화장실 일에 대해 첫째 딸에게 말했다. 첫째 딸도 엄마에게 기저귀를 차라고 거들었다. 하지만 엄마는 고집을 부렸다. 그러나 얼마 못 가서 집에서 대변 실수를 한 것을 아버지가 치웠다. 마대 걸레로 거실을 닦으며 아버지는 찌푸린 얼굴로 혼잣말을 쏟아내고 있었다.

"말 좀 들어. 내 말만 들으면 돼."

둘째 딸이 병원 건물 화장실에서 경험했던 것과 비슷한 일이 종종 일어났다. 아버지가 엄마에게 연신 마음을 바꾸라고 전했다. 밤에만이라도 기저귀를 착용하자고. 밤사이 엄마가 실수한 것을 아버지가 아침부터 치웠다. 침대 매트리스 위에는 방수 씌우개를 깔았다. 피부가 닿는 부위는 면 패드를 깔았다. 아침에 일어나서 아버지가 짜증을 냈다. 엄마의 고집으로 이미 면 패드까지 다 젖어 있었다. 비자발적으로 엄마가 기저귀 착용을 선택해야만 했다. 점점 착용 시간을 늘렸다. 그러나 기저귀를 착용하면서 옷을 수시로 내리는 문제로 또 실랑이가 생겼다. 사이 좋은 부부여도 이것은 처음부터 쉬운 일이 아니었다. 아버지도 엄마와 부딪쳤다. 엄마가 수치스러워했기 때문에 늦게 말한 게 이유였다. 뒤처리하면서 아버지도 호인으로 있진 않았다.

"이렇게 살아서 뭐 해?"

화를 내던 아버지의 감정이 식으면 엄마가 풀이 죽어서 한 말이었다. 하지만 엄마가 한 말은 송곳처럼 가족들의 마음을 아프게 찔렀다. 엄마는 이어 혼잣말처럼 또 툭 내뱉었다.

"차라리 죽는 게 낫지."

자식들이 올 때도 비슷한 말을 했다. 그 말에 아무도 대답하지 않았다. 자식들이 없는 시간엔 아버지와 종종 싸우듯이 말하는 것 같았다. 엄마의 실수로 속옷까지 모두 갈아입히는 날이 많아졌다. 다행히 아버지가 대놓고 뭐라고 하지 않았다. 그러나 여전히 엄마가 말을 안 들으면 한두 번씩 버럭 소리를 높였다. 순간적으로 나오는 자연스러운 감정이었다.

엄마의 고집으로 거실 바닥까지 아버지가 닦아야 하는 날이 더 잦아졌다. 소파 위에서 실수하면 더 구석구석 치워야 했다. 아버지는 둘째 딸이 가면 하소연했다. 엄마는 듣고만 있을 뿐 대꾸하지 않았다. 둘째 딸은 따로 엄마를 설득했다.

"엄마가 기저귀를 차는 게 힘들겠지만 그게 우릴 돕는 거야. 같이 살려면 엄마도 싫은 것도 해야 해. 아버지가 너무 힘들잖아. 아버지랑 엄마가 집에서 계속 살려면…."

차마 요양원에 다시 가고 싶지 않으면 따르라는 말까진 할 수 없었다. 이런 일이 몇 차례 더 있었다. 엄마와 다투고 싶지 않은 아버지가 자꾸 화를 낼 상황이 생겼다. 조용히 엄마에게 둘째 딸이 상황 설명을 했다. 못 이기는 척하고 엄마가 결국 기저귀 착용을 받아들였다. 엄마에게 아버지와의 관계가 나빠지는 것보단 이 편을 선택하라고 한 것이 통했다. 아버지가 다시 마음만 먹으면 요양원 이야기가 나온다. 엄마는 초기 경험으로 그 사실을 알고 있었다. 요양원이 싫은 건 가족 모두 같았다. 그렇게 해서 엄마는 24시간 내내 기저귀를 착용하기 시작했다.

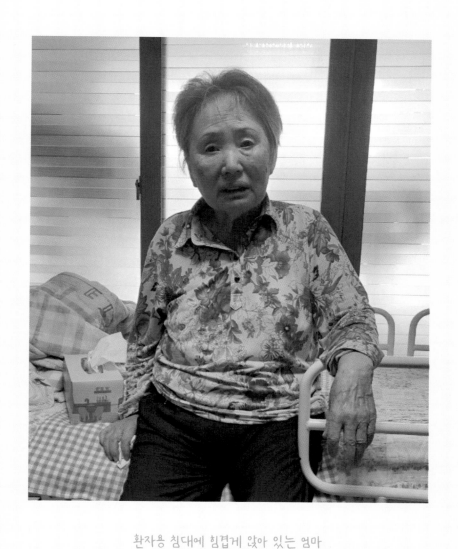

환자용 침대에 힘겹게 앉아 있는 엄마

"치매 말기부터 살이 빠지고 얼굴마저 병색이 가득했다.

눈에는 괴로움과 슬픔이 가득 차 보였다."

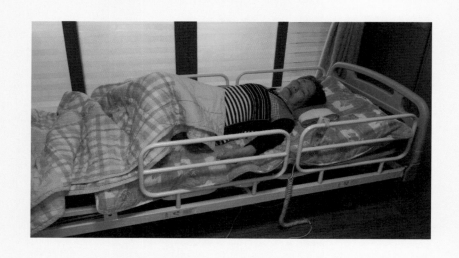

환자용 침대에서 잠든 엄마

"치매 환자가 된 엄마는 약을 먹으면 졸리다며

온종일 침대에 누워 있기도 했다. 거동이 불편해지면서

더 자주 침대에서 생활했다."

새 질병의 추가, 깊어지는 시름

요양 시설들이 점차 증가하고 있다. 거리를 걷다 보면 '요양병원, 요양원, 재가요양복지센터, 방문간호, 이동목욕'이라고 쓰인 간판들이 눈에 띈다. 노인 인구가 증가하면서 나타난 자연스러운 현상이다. 환자의 욕구와 필요에 따라 서비스를 선택할 수 있어 유용하다. 치매가 의심된다면 가까운 치매안심센터에서 선별 검사를 할 수 있다. 사회적으로 치매에 대한 높은 이해로 이전보다 가족들은 도움받을 기관이 많아졌다. 여전히 직접적인 돌봄은 가족 중심이지만.

치매 환자는 다른 질병과 달리 뇌 기능 저하로 생긴 문제를 자주 보여 전문적인 대처가 필요하다. 공존 질환도 나타나기 쉽다. 이 또한 생활에 영향을 주기에 무시할 수 없다.

공존 질환이란 두 개 또는 그 이상의 조건들이나 장애들이 동시에 나타나는 것을 말한다. 주의력 결핍 및 과잉 행동장애(ADHD)를 진단받은 아동이나 청소년 중 상당수는 학습장애(LD: learning disorder)를 보인다. 학습할 때 주의력은 매우 중요하다. 지능의 문제가 없더라도 주의력이 낮으면 지속해서 집중하지 못한다. 쉽게 산만해져 학습 능력을 최대한 발휘할 수 없다. 결과적으로 학습에서 좋은 성적을 얻지 못한다. 아동과 청소년기에는 학업 성취가 자존감에 큰 영향을 준다. 그래서 학습 곤란으로 상담을 받으러 왔다가 ADHD 진단을 받는 경우도 적지 않다. ADHD 진단 후 치료를 시작해 성적이 오른 청소년들도 있다. 즉, 주의력과 학습과는 높은 상관 관계가 있다. 부모들이 자녀의 이런 특성을 이해하지 못하면 관계의 어려움마저 생긴다. ADHD에 대한 이해 부족으로 본의 아니게 자녀를 다그친 예가 그 경우다. 야단을 자주 맞으면 위축과 불안으로 더 의기소침해진다. 또는 반대로 반항 행동을 더 많이 보여 관계 악화에 빠진다. ADHD가 학습장애, 부모자녀관계, 위축과 불안과 같은 심리적 문제를 초래한 것이다. 하나의 질병으로 다른 문제까지 동시에 따라오는 공존 질환은 주변에서 찾기 어렵지 않다.

둘째 딸이 초등학교 시절, 같은 반에 청각장애 학생이 있었다. 선천적인 장애여서 소리를 잘 듣지 못했다. 말까지 하지 못해 의사소통의 문제가 있었다. 의사소통 문제는 학습의 어려움을 낳았다. 한 반에 60~70명이 있던 시절이었다. 교사 한 명이 학습 부진아를 돌보기 어려웠다. 말도 안 통하고 공부도 못하는 그 아이를 반 아이들은 좋아하지 않았다. 일부 아이들은 '바보나 천치'라고 놀렸다. 혹은 '귀머거리, 벙어리' 등으로 불렀다. 당연히 부정적인 또래 관계로 생긴 정서 문제까지 안고 있었다. 선천적 청각장애로 생긴 여러 가지 공존 질환이 생긴 것으로 이해해도 과언이 아니다.

엄마도 치매를 시작으로 새로운 질병들이 나타났다. 치매를 의심하기 전부터 노인성 우울증으로 약을 처방받았다. 노화에 따라 자연스러운 일이라고 생각했다. 빈둥지증후군으로 외로움이 생기는 노인들이 쉽게 이런 질병을 진단받는다. 자식이 모두 출가해서 혼자 또는 배우자랑만 지낼 때 쉽게 우울해지는 예가 있다. 엄마는 그런 경우는 아니었으나 항우울제 약을 먹었다. 치매로 이 약이 효과를 나타내진 못했지만.

치매 중기에는 엄마는 파킨슨병으로 더 많은 약을 먹어야 했다. 정기적으로 신경외과 진료도 받았다. 치매와 파킨슨병은 사촌처럼 둘 다 뇌질환이다. 엄마는 전두측두엽 치매로 인지기능 저하가 서서히 나타났다. 파킨슨병까지 동반되자 움직임도 둔화하였다. 뇌 기능의 문제는 다방면에 영향을 준다.

뇌는 우리 몸의 중추신경계를 관장하는 기관이다. 몸의 움직임과 행동을 관장하고 신체의 항상성을 유지한다. 당연히 인지, 감정, 기억, 학습에 영향을 준다. 뇌 손상은 일상생활의 어려움을 수반한다.

우리 몸은 상호 유기적이다. 그래서 엄마도 치매로 시작했지만 여러가지 공존 질환까지 나타났다. 치매로 활동성이 낮아졌는데 파킨슨병까지 더해져 보행마저 느려졌다. 몸의 움직임이 눈에 띌 정도로 둔했다. 외출을 꺼려서 신진대사도 좋지 않았다. 자주 변비를 호소했지만, 장운동에 좋은 움직임은 거의 하지 않았다. 외부 활동의 감소로 엄마의 기분은 자주 울적했다. 우울한 정서는 무기력으로 나타났다.

엄마의 우울과 무기력 증상은 가족에게도 영향을 주었다. 70세 이상 노인이라면 노인성 우울증이 이상하지 않다. 하지만 엄마처럼 치매가 생기면 우울함이 더 깊어질 수 있다. 엄마의 성격은 내향형에 더 가까웠다. 치매와 파킨슨병으로 내향성은 더 두드러졌다. 특히, 거동의 불편은 의

욕을 저하시켰다. 치매 약을 먹으면서 잠자는 시간이 길어졌다. 이것 역시 활동성을 낮추어 의욕을 감소시켰다. 치매로 생긴 악순환의 연속이라고 봐야 한다. 결과적으로 엄마는 치매 말기로 갈수록 건강 악화를 예상할 수밖에 없었다.

둘째 딸은 공존 질환의 문제를 잘 알고 있어 엄마에게 약을 먹더라도 활동을 강조했다. 하지만 엄마는 귀찮아했다. 낮 동안 주로 소파나 침대에 길게 누워서 보냈다. 일어나도 상체만 움직이는 정도였다. 실내에서 장시간 있다 보니 함께 있는 아버지까지 우울해했다. 엄마를 보러 가면 형광등마저 끄고 있어 더 어두운 마음이 들 때도 있었다. 그래서 둘째 딸은 거실에 들어서면 전원부터 켜 환하게 했다.

새로운 질병이 생길 때마다 치매 환자 가족들은 현실적 어려움에 더 자주 부닥친다. 여러 가지 질병을 동시에 보이는 노인 환자를 돌보는 건 힘들다. 그래서 장시간 돌봐야 하면 요양병원이나 요양원을 떠올리나 보다. 환자가 원하지 않아도 장기간 머물게 하는 이유도 이와 무관하지 않다.

'치매만으로도 이렇게 힘든데 앞으로 새로운 병이 더 생기면 어떻게 할까?'

이런 생각은 둘째 딸뿐 아니라 가족 모두가 떠올린 주제였다. 무기력하게 있는 엄마는 종종 소리를 질렀다. 잠꼬대처럼 들렸으나 섬망 증상이었다. 모든 치매 노인에게서 섬망 증상이 나타나는 것은 아니다. 섬망 증상은 수술이나 충격을 받았을 때 일반인들에게도 일시적으로 나타나기 쉽다. 드라마나 영화 속에서도 봤을 것이다. 사고 후에 보이는 낯선 행동이 대표적이다. 전혀 다른 사람처럼 보일 만큼 낯설어서 이해가 필요하다. 섬망은 대부분 일시적이기 때문에 일상으로 곧 되돌아온다.

엄마는 심할 땐 손이나 팔까지 허우적거렸다. 섬망이란 것을 알고 나서 가족들은 조용히 다가가 손이나 팔을 잡아 주고 나온다. 잠시 후면 엄마가 조용해졌다. 섬망과 비슷하게 잠을 자면서 엄마는 잠꼬대를 많이 했다. 꿈에서조차 엄마는 누군가를 위해 밥을 하고 있었다.

1940년대 10대 시절을 보낸 엄마의 가정은 넉넉하지 않았다. 맏딸로 태어난 엄마는 열 살 전까진 잘 살았다고 했다. 열 살 무렵, 엄마는 큰아버지가 운영하는 가게에 심부름하는 아이로 가야했다. 고단했던 그 시절부터 부모를 돕고 동생들을 돌봤다. 이런 경험이 꿈에서 자꾸 되풀이되고 있었다.

여러 가지 증상이 계속 나타나면서 엄마의 건강은 치매 후기로 갈수록 악화했다. 어쩌다 한번 아프면 회복이 느렸다. 심하면 응급실을 다녀와야 했다. 소화를 못 시키는 날이 여러 날 지속되었다. 어느 날, 심하게 구토한 뒤 응급실로 실려 갔다. 급성 쓸개염 진단을 받고 바로 수술했다. 원인을 찾은 건 다행이었다. 그러나 수술 후 폐렴까지 겹쳤다. 설상가상이라더니 자꾸만 새로운 질병이 생겨 가족들의 시름도 깊어졌다.

입원하면 치매 환자 전용 입원실이 없어서 일반 병실에 있었다. 잦은 섬망 증상으로 다른 환자에게 미안했다. 이유를 설명하기도 어려웠다. 코로나 상황이라 모두 마스크를 쓰고 조용히 있어야 했다. 가족 면회도 제한해서 첫째 딸만 곁에 있었다. 입원이 길어지면서 엄마의 체력은 거의 바닥을 찍었다. 첫째 딸이 아무리 애를 써도 먹지 않으려 했다. 당연히 쉽게 기운을 차리지 못했다. 엄마는 점점 말라가고 있었다. 공존 질환으로 먹는 약들이 상충하기도 했다. 그래서 타 병원이나 다른 과로 진료를 받으러 갈 때 엄마가 먹고 있는 약을 미리 알려야 했다.

'이렇게 많은 약을 계속 먹어도 되나?'

둘째 딸은 늘어나는 처방전을 볼 때마다 깊게 숨을 들이마셨다. 점점 야윈 엄마가 벼랑 끝에 선 것처럼 느껴졌다. 엄마에게 새로운 질병이 생길 때마다 둘째 딸도 새로운 고민을 해야 했다.

*

요양원을 알아볼수록 커지는 고민

치매 환자 돌봄의 어려움은 여러 면에서 나타날 수 있다. 상황이 여의치 않으면 요양원 입소를 알아보는 것도 일반적이다. 정신과 의사도 둘째 딸에게 그렇게 말했다. 생업에 종사하면서 전적으로 엄마를 돌보는 건 무리였다. 아버지를 비롯해 자식 넷도 엄마를 24시간 지속해서 볼 수 없었다. 그래서 몇 차례 요양원을 알아봤다.

첫 번째 요양원은 산기슭에 있었다. 외부인 출입을 통제했다. 예약 시간에 맞춰 도착하자 관리인이 출입문을 열어주었다. 상담실로 함께 이동하면서 주변을 살폈다. 주변은 아주 조용했다. 원장의 아들이란 사람이 명함부터 내밀었다. 묻지도 않은 자신의 이력부터 소개했다. 사회복지 공부를 했다며 벽에 걸린 액자의 내용까지 연신 자랑을 늘어놓았다. 운영을 잘하고 있다는 뜻이었지만 둘째 딸은 설명만 듣고는 신뢰할 수 없었다. 이용시설을 직접 보고 싶다고 했다. 어르신들이 자는 시간이라며 잠시 머뭇거렸다. 계약 여부를 결정하기 위해선 꼭 봐야 할 것 같다고 했더니 기다리라고 했다. 다시 들어온 그가 시설 일부만 보여 줄 수 있다고 했다. 안내에 따라 두 개의 층을 순서대로 살펴봤다. 방마다 거동이 불편해 보이는 고령의 노인들이 있었다. 침대 위에 칸칸이 앉거나 누워 있었다. 그들은 낯선 방문객인 둘째 딸을 쳐다봤다. 둘째 딸이 먼저 노인을 향해 눈인사했다. 눈이 마주친 노인에겐 작은 소리로 말했다.

"잠깐 보러 왔어요."

고개를 끄덕이는 노인의 눈동자엔 힘이 없었다. 둘째 딸의 동선을 따라 눈동자만 굴리는 노인은 측은해 보이기까지 했다. 세탁실과 화장실, 식당 등 공용 공간은 출입문 밖에서만 봤다. 이용자 수에 비해 협소해 보였다. 그 남자 이외에 상주하는 사람은 따로 보이지 않았다.

'응급상황이 생기면 어쩌지?'

둘째 딸은 남의 일이 아닌 양 갑자기 걱정이 밀려왔다. 대부분 기력이 없는 노인들이라 더 그랬다.

'혼자서 감당하기 힘들 텐데 어떻게 운영하는 걸까?'

둘째 딸은 시설운영방법을 떠올릴수록 의문만 들었다.

'이곳은 안전하지 않겠구나.'

시설을 둘러본 뒤 둘째 딸은 나왔다. 인근에 산이 있어 조용했지만 선택하기 싫었다. 마음이 전혀 내키지 않았다. 노인들이 가족과 함께 지낼 수 없으면 더 안전한 곳이어야 한다. 차선책으로 선택한 요양 시설도 마찬가지여야 한다. 요양 시설에 입소하는 것은 노인의 의지와 상관없는 때도 있다. 엄마가 이곳에서 지낸다고 생각하자 둘째 딸은 저절로 고개를 저었다.

앞으로 노인 돌봄은 여러 가지 문제를 해결해야만 한다. 그중 거주 환경은 최우선으로 살펴봐야 한다. 집과 다르더라도, 심리적으로는 유기된 느낌을 가지지 않아야 한다. 최대한 쾌적한 환경이면 좋겠다. 입소 상담을 받고 온 둘째 딸은 마음이 무거웠다. 부득이 요양원에 가야 한다면 엄마를 설득할 방법부터 생각해야 했다. 쉽지 않을 것이란 예상이 앞섰다. 조금 나은 곳을 선택하는 게 그나마 최선이라고 여겼다.

  두 번째 시설은 접근성을 강조한 곳이었다. 큰 도로와 접해 있어서 찾기 쉬웠다. 상담실에 들어서자 실장이 팸플릿부터 펼쳐 보였다. 첫 번째 기관과 마찬가지로 시설 자랑부터 능숙하게 했다. 엄마는 요양원에 가는 것 자체를 싫어했지만, 아버지의 휴식권을 위해 당분간이라도 입소하기로 했다. 불시에 방문한 날, 상담할 때와 다른 상황을 목격했다. 특히, 관리 소홀로 보이는 곳곳의 흔적이 마음에 들지 않았다. 외국 간병인들의 태도가 눈에 거슬렸다. 위생 관념이 없는 건지, 돈만 받으면 그만이라는 사고인지 알 수가 없었다. 무덤덤한 표정은 차치하더라도 위생 문제가 심각했다. 기저귀를 갈았던 손도 씻지 않고 다른 할머니의 식사를 수발했다. 수발로 보이지 않을 만큼 성의 없는 행동이었다. 후각이 예민한 둘째 딸은 냄새 때문에 더 괴로웠다. 엄마 역시 간병인들이 알아들을 정도로 둘째 딸이 오자 큰 소리로 말했다.
  "더러워!"
  두 명의 간병인은 개의치 않았다. 돌봄의 사각지대를 보는 거 같아 씁쓸했다. 당일 이용을 철회하고 엄마를 모시고 나왔다. 오는 길에 엄마는 욕을 했다.
  "더러운 **년들"
  간병인들을 향한 것이었다. 그날, 밤늦도록 엄마를 똑바로 바라보지 못했다.

우후죽순 생겨나는 요양원들을 어떻게 관리와 감독을 하는지 궁금했다. 부모를 맡기는 보호자들은 대부분 다급한 상황에서 선택하기에 이런 환경이 싫어도 감내하는 편이다. 가족들이 전적으로 돌볼 수 없는 상태가 되면 요양원을 쉽게 떠올리기 마련이다. 믿을 수 있는 기관에 대한 정보가 절실했다. 하지만 요양원을 알아볼수록 둘째 딸의 고민은 늘어만 갔다.

엄마의 돌봄 문제로 가족들이 더 자주 모였다. 엄마를 위해 요양원을 찾을 땐 서로 정보를 공유했다. 인터넷으로 찾은 정보만으로는 기관의 실상을 파악하기 어렵다. 시립이나 구립의 운영 시설은 그나마 투명해 보여 선호하는 편이다. 하지만 대기자가 너무 많다. 원할 때 이용하기 어려운 단점이 있다. 엄마도 치매 초기에 명단을 올렸지만, 필요할 때 연락받지 못했다. 노인 돌봄은 우리 시대가 풀어야 할 중요한 숙제가 되었다. 정부도 해법을 찾고 있지만, 이용자들의 만족스러운 적용이 쉽지 않아 보인다. 정부 책임하에 시설을 운영하면 좋겠지만 국가 재정과 연관되어 있기 때문에 고려할 게 있다. 그래도 방법을 찾아야 한다.

뉴스를 통해 본 사연 하나가 생각났다. 치매인 친정어머니 병수발을 위해 중년의 딸은 밤늦게까지 식당에서 일했다. 한 달에 두 번 쉬는 휴일이면 요양원으로 친정엄마를 보러 갔다. 형편이 넉넉하지 않음에도 선물 꾸러미를 챙겼다. 직원들을 위한 것이 대부분이었다. 매월 시설 이용료를 내기 위해 딸은 아프지만 일을 멈출 수 없다고 했다. 출연자처럼 치매 부모의 돌봄은 경제적 문제뿐 아니라 심리적으로도 부담을 준다. 형편이 조금 나아도 치매 환자를 직접 돌보는 것은 한계가 있다. 기대 수명 연장으로 고령 부모를 모시는 중장년 자녀가 더 많아질 것이다. 70대 자식이 100세 넘은 부모를 모시는 사례도 흔해질지 모르겠다. 실제 다큐멘터리에서 비슷한 사례를 본 적 있다. 노부부끼리 살다 한 사람이 죽으면 남은 배우자는 혼자 살기도 한다. 고령이라도 혼자 지내는 경우가 적지 않다. 당장은 아니지만 돌봄 문제가 나타날 수 있다. 앞으로 사회적, 심리적, 경제적으로 고립된 대상까지 돌봄의 대상자로 흡수해야 할 것이다. 그러기 위해 우리 사회는 더 많은 사회적 돌봄에 대한 인식과 담론이 필요하다. 요양원을 선택한 노인과 가족이 막연한 불안으로 두려움을 느끼지 않도록 말이다.

노년기는 발달 특성상 죽음을 준비해야 한다. 삶을 정리하는 자세가 필요하다. 인간이라면 누구나 이 부분에 대한 깊은 성찰과 고민을 해야 한다. 하지만 결코 쉬운 일이 아니다.

자식 넷이 모두 결혼하자 아버지와 엄마는 여느 부모처럼 단둘이 생활했다. 엄마가 치매 진단 전까진 별문제가 없었다. 자식들이 가끔 찾아가는 것으로 두 분의 생활도 불편하지 않았다. 노부부끼리 사는 것 자체가 문제는 아니다. 노화로 생긴 질병이 있더라도 약을 먹으면서 살 수 있다면 괜찮다. 당연히 요양원에 들어갈 필요도 없다. 건강만 잘 유지하면 얼마든지 혼자 살 수가 있다. 노년기엔 고독사에 대한 막연한 두려움이 있다. 그렇다고 미리부터 불안해할 필요는 없다.

최근에 우리 사회는 고독사 문제에 관심을 더 기울이고 있다. 혼자 사는 것보다 여럿이 사는 것이 낫다는 생각이 보편적 가치다. 하지만 이 역시 천편일률적일 필요는 없다. 요양 시설을 선택하는 노인도 어려움이 있기 마련이다. 혼자가 아니어서 좋지만 혼자 있을 때 느끼지 않아도 되는 다른 불편이 따른다. 노인복지시설에 가면 전문적으로 돌봄을 제공하는 요양보호사나 사회복지사가 있어서 사각지대에 놓일 일은 없다. 노인주거복지의 개념도 평범한 대상자들이 함께 사는 것으로 확장될 것이다. 앞으로 노인들이 마음 편하게 거주할 수 있는 실버타운 형태의 시설이 더 많이 생겨날 것이다. 사적인 부분과 공공의 영역을 구분하여 장점을 극대화할 것이다. 그래야 일반 노인들이 선택하기 때문이다. 공동체 생활을 하면 적적한 마음을 달랠 수 있어서 외로운 노인에겐 도움이 된다. 돌봄의 질만 담보할 수 있다면 또다른 대안이 될 것이다.

그러나 우리 사회는 여전히 노인 학대와 같은 불미스러운 뉴스가 끊이지 않는 것도 현실이다. 이런 소식을 접하면 시설에 부모를 맡긴 자식들의 마음은 불편하다. 늘어나는 노인 인구를 고려한 안전한 시설이 마련되어야 한다. 다각적인 주거와 돌봄 정책에 관한 연구가 선행될 필요가 있다. 치매 노인뿐 아니라 급증하는 노인 세대에 대한 다방면의 복지적 접근을 미룰 수 없는 시대다.

요즘엔 세대를 불문하고 1인 가구도 증가하고 있다. 사회적 돌봄을 확대해야 하는 이유 중 하나가 여기에 있다. 아동과 청소년부터 중장년, 노인, 장애인에 이르기까지 다양한 계층과 유형들이 저마다의 이유로 혼자 살아간다. 이들을 모두 시설에 거주하게 할 수는 없다. 치매 환자도 마찬가지다. 인지 능력의 저하가 심하지 않다면 익숙한 집에서 생활하는 게 바람직하다. 엄마도 스스로 집에 있는 게 좋다고 표현했다.

사회적 돌봄은 필수적이다. 앞으로 우리 사회는 노인 돌봄이 절대적으로 필요하다. 더 촘촘한 정책을 마련해야 한다. 둘째 딸은 엄마를 위해 여러 번 요양원을 선택하고 철회했다. 이런 경험 속에서 현실적 대안 찾기가 쉽지 않다는 것을 깨달았다. 그만큼 돌봄에 대한 중요성과 더불어 가족으로서 고민은 한층 깊어졌다.

요양 시설을 나오며 남은 건 쓸쓸함뿐

둘째 딸은 엄마를 위해 조금 더 나은 시설을 찾으려 애썼다. 치매 약을 먹어도 이상 행동이 있어 요양원보다 요양병원으로 가는 게 낫다고 생각했다. 비용부담이 있었지만 선택했다. 하지만 엄마는 입원 전부터 가기 싫다고 소리 질렀다.

규모가 제법 큰 신설 기관이었다. 위생 상태는 양호했다. 엄마에게도 시설의 장점을 사전에 설명했다. 그러나 거부감은 줄지 않았다. 오히려 입원 날짜가 가까워지자 둘째 딸에게 왜 당신이 거기 가야 하냐고 따졌다. 불효하는 것 같아 둘째 딸의 마음도 불편했다. 하지만 가족 모두 살아야 해서 그 결정이 나은 선택이라 여겼다.

입소 당일, 서류 작성과 입원에 필요한 안내를 받았다. 둘째 딸이 안내에 따라 먼저 움직였다. 엄마는 직원이 처치실로 안내했다. 입원을 거부하는 마음이 컸던 엄마가 처치실 안에서 소리를 질렀다. 직원들이 빠르게 입원 계약서에 서명할 것을 요구했다. 둘째 딸의 서명이 끝나자 한 장의 서류를 더 내밀었다.

"이 서류에도 서명하셔야 합니다."

"뭔데요?"

둘째 딸이 추가로 받은 서류에 관해 물었다. 적응이 어려운 노인을 위한 '처치 동의서'라고 했다. 낙상을 포함한 위험한 상황을 예방하는 조치라고 덧붙였다. 환자 상태에 따라 긴급 안정제를 투여할 수 있다는 설명과 함께. 즉, 환자의 저항 여부에 따라 억제대를 할 수 있고 안정을 위해 주사를 놓을 수 있으니 보호자가 미리 서명을 하라는 뜻이다. 꼭 그래야 하냐고 둘째 딸이 물었다. 억제대로 엄마의 팔다리를 고정하는 모습을 상상했다. 분명 엄마가 신체 결박처럼 느낄 것이다. 몹시 불편한 조치였다. 하지만 입소를 위해서 서명하지 않을 수 없었다. 절차 중 하나였기에 둘째 딸도 거부하지 못했다. 치매 환자의 적응을 돕기 위해서라고 병원 측은 재차 강조했다. 둘째 딸은 여전히 강제 조치처럼 들려 꺼려졌다. 꺼리면 도로 집에 가야 한다. 서명을 할 수밖에 없는 상황이 안타까웠다.

새로운 곳에 가면 누구나 적응 시간이 필요하다. 그 시간이 오래 걸리는 사람도 있고 짧은 사람이 있을 뿐이다. 요양병원도 여럿이서 생활해야 해서 나름의 규칙이 있다. 다른 사람에게 방해가 되지 않도록 각자 신경을 써야 한다. 엄마처럼 익숙한 집에서만 생활해 온 사람이라면 단체 생활에 익숙해질 시간이 더 필요하다. 엄마는 당신의 의지와 상관없이 맡겨진다는 사실이 마음에 들지 않았다. 특히, 믿었던 자식에 의해 요양병원 입소가 결정되는 사실을 받아들이기 어려웠을 것이다. 저항의 이유 중 하나는 버려짐이다.

치매 환자도 보통 사람처럼 싫은 감정을 바로 느낄 수 있다. 물론 자신의 상태와 감정을 언어로 세련되게 표현하지 못하지만 분명 알고 있다.
엄마는 둘째 딸과 함께 간 요양병원에서 유기 불안을 느낀 것 같다. 입원 첫날, 엄마는 마치 아이 같았다. 둘째 딸이 그곳에 자신만 두고 가는 것이 싫어 저항 행동을 한 것이다. 그래서 둘째 딸도 내내 미안한 마음이 들었다. 죄책감도 밀려왔다. 엄마가 입원하지 않으면 아버지뿐 아니라 가족의 생활은 다시 뒤죽박죽이다.

처치실로 직원들이 빠르게 들어갔다. 노인 중 몇 명은 엄마와 비슷한 처치를 받는다고 했다. 예기치 못한 치매로 낯선 시설에서 힘든 시간을 보낼 엄마를 두고 나오려니 발길이 떨어지지 않았다. 그래도 일상으로 복귀해야 하기에 복잡한 심경을 누르고 일어섰다.

집에서 돌보고 싶어도 여의치 않은 예가 있다. 부모나 가족을 어쩔 수 없어 시설에 맡길 수밖에 없는 상황을 이해해야 한다. 불가피한 이런 상황이라도 차선책으로 선택하는 게 보호자다. 이용자와 운영자가 서로 신뢰할 수 있는 문화가 정착되면 좋겠다.

응급실에 간 적이 있었다. 급하게 온 중년 여성 한 명이 의사와 이야기를 나누었다. 뒤이어 또 다른 여성 한 명이 들어왔다. 그들은 짧은 시간 동안 의사를 만났다. 나중에 온 여성이 응급실 바닥에 주저앉았다. 그리고 갑자기 오열했다. 앞서 들어 온 여성은 요양보호사였다. 뒤늦게 도착한 여성은 환자의 딸이었다. 구급차에 실려 온 환자는 여성 노인이었다. 딸이 도착하기 전에 사망했다. 의사가 두 여자에게 각기 사망 진단을 한 모양이다. 요양원에 있던 엄마의 응급 소식을 듣고 황급히 달려 온 딸의 심정이 헤아려졌다. 딸 대신 요양보호사가 임종을 지켜봤을 것이다. 그날, 더 자세한 내용은 알 수 없었다. 그러나 비통에 잠긴 딸의 모습은 한동안 잊히지 않았다. 남의 일 같지 않아서였을 것이다. 가족 없이 외롭게 생을 마감한 여성 노인이 엄마와도 무관하지 않을 것이란 생각을 둘째 딸은 떠올렸다.

코로나 상황이 길어지면서 요양원은 가족 면회조차 제한했다. 요양원에서의 노인 사망 뉴스가 전해졌다. 안타까운 가족의 사연도 많았다. 이따금 요양원에서의 노인학대 사건도 예사롭게 들리지 않는다. 일부 몰지각한 사람들의 이야기였다. 거동할 수 없는 노인에게 함부로 대하는 이들에 대한 시청자들의 공분은 컸다. 개인 인성이 가장 큰 문제였지만 형식적인 윤리교육도 원인 중 하나였다. 재발 방지에 대한 목소리가 높아지고 있지만 유사한 사건은 아직도 근절되지 못하고 있다. 어디든 적응하지 못하는 사람이 있기 마련이다. 또는 적응하지 않으려는 사람도 있다. 그래서 전문적인 접근이 필요한 것이다. 특수한 직무를 하는 전문가에겐 직업적 사명감, 즉, 윤리의식을 더 강조한다. 그런데도 어떤 사람은 직업윤리를 갖추지 못하고 있다. 노인 시설 종사자도 예외가 아니다. 직업 선택의 자유가 누구에게나 있지만 특수한 역할이 주어진 직업군은 사회적 책임을 되새길 필요가 있다.

엄마의 요양병원 적응을 떠올리다가 둘째 딸은 아들 생각이 났다. 아들이 세 살 때 가정식 어린이집에 처음으로 맡겼다. 아파트 1층에 있는 어린이집이었다. 첫날, 아들은 신발조차 벗지 않으려 했다. 이런 아들 때문에 둘째 딸은 더 머무르고 싶었다. 낯선 환경에서 보이는 아이의 자연스러운 행동이다. 보육교사의 손에 억지로 들어간 아들은 바로 울었다. 어린이집 철문이 닫히는 소리와 함께 불안했을 것 같다. 둘째 딸은 복도에서 서성였다. 간간이 달래는 보육교사의 목소리가 새어 나왔다. 일부러 시간을 여유 있게 하고 왔다. 방해가 안 된다면 아들이 적응하는 시간 동안만 같이 있고 싶어서였다. 그러나 보육교사는 둘째 딸이 아들 옆에 머무는 것을 허락하지 않았다. 적응을 염려하는 둘째 딸의 마음과 달랐다. 한사코 빨리 가라고 떠밀었다.

"어머니가 그러시면 아이 적응이 더 느려져요."

아이를 돕는 길이라며 보육교사가 말했다. 둘째 딸은 서운했지만 받아들였다. 아이마다 부모와의 관계, 기질, 감정 표현이 달라서 적응 시간의 편차도 크다. 둘째 딸은 이런 부분까지 고려해서 아들의 적응을 돕고 싶었다. 하지만 단번에 거절하는 탓에 그럴 수 없었다. 맡기는 처지라 어린이집의 요구대로 따라야 했다.

'심하게 울면 전화하겠지.'

속으로 생각하며 조금 더 복도에서 기다렸다. 다행히 비슷한 또래 아이들 목소리가 안에서 들렸다. 서서히 아들의 울음소리가 잦아들었다. 새로 온 아들에게 친구들이 관심을 집중한 듯했다. 얼마 지나지 않아 아들의 울음소리는 멈췄다. 적응을 잘하길 기도하며 돌아 나왔다.

요양병원에 처음 간 엄마도 이런 손자처럼 느껴졌다. 다만 아이처럼 울지 않고 엄마는 고성을 질렀을 뿐 심리적 기저는 같아 보였다. 보육교사의 손에 이끌린 아이처럼 엄마는 직원이 안내하는 곳으로 이동했다. 그곳이 처치실이었다. 의사가 엄마에게 처치할 내용에 관해 설명했다. 입원을 위한 서류에 모두 서명까지 한 상태여서 이후 절차는 빨랐다. 엄마는 처치에 따라 곧 잠들게 될 것이라고 알려주었다. 여러 명의 간호사가 처치실 주변으로 분주하게 움직였다. 둘째 딸은 아들 때처럼 남아서 할 게 없었다. 처치실 밖에서 엄마를 한번 더 보고 싶었다. 그러나 내부는 보이지 않았다. 의사의 말대로 엄마가 잠든 모양이다. 아니 잠들도록 처치한 것도 같다. 담당 간호사에게 잘 부탁한다는 말만 남기고 주차장으로 향했다. 병원에서 둘째 딸에게 연락은 따로 없었다. 엄마의 적응을 걱정했다. 하지만 더 기다려도 둘째 딸이 도움을 줄 수 있는 것은 없었다. 시동을 걸었다. 시동과 동시에 눈물이 핑 돌았다.

*

김여사의 애칭은 싫어렐라

엄마는 삶으로 배운 교훈을 자식들에게 자주 전했다. 치매 환자가 된 이후에도 엄마를 위해 돈을 헛되게 사용하지 말라고 했다. 돌봄이 힘들면 거절해도 된다는 뜻이다. 어떻게 아픈 엄마한테 자식이 그럴 수 있냐고 해도 엄마 생각은 달랐다. 아픈 부모를 책임지는 자식들의 버거움을 많이 봤다며 당신은 자식에게 짐이 되고 싶지 않다고 말했다.

어려서부터 자식들에게 바르게 살라고 했다. 형편이 어렵더라도 정직하고 성실하면 끝이 좋다고 강조했다. 올바른 가치를 전하려고 했다. 문득 오래전 일이 떠올랐다.

서울 도심의 S 백화점 1층에서 엄마를 만나기로 약속했다. 엘리베이터를 타고 중년 여성복이 많은 층에서 같이 내렸다. 엄마에게 마음에 드는 옷이 있으면 입어 보고 사도 좋다고 했다. 둘째 딸이 작정하고 엄마를 불러낸 것이다. 하지만 엄마는 옷을 선택하지 못했다. 작은 체형 때문인가 싶었다. 그러나 자꾸 가격표를 신경 쓰는 게 보였다. 거울에 비춰보고 나서 가격표를 슬쩍 본 뒤 걸어 놓는 식이었다. 여러 매장을 돌았지만, 사고 싶은 게 없다고 했다. 당신은 괜찮다며 그냥 집으로 가자고 했다. 둘째 딸은 마음먹고 나온 터라 다시 한번만 매장을 더 돌아보자고 제안했다. 그때도 맘에 드는 걸 고르지 못하면 나가자고. 이후 엄마가 옷을 새로 고를 때마다 입어 보라고 했지만, 한사코 사양했다. 마지막으로 들린 매장에서 투피스 한 벌을 유난히 오래 만졌다. 앞뒤 옷의 태를 살피면서. 거울에 여러 번 비춰보며 어울리냐고 묻기도 했다. 점원이 빠른 속도로 다가와 말을 걸었다.

"고객님, 직접 입어 보세요."

탈의실을 안내했다. 웬일인지 엄마가 탈의실에 들어가 입고 나왔다. 마음에 드는 게 분명했다. 하지만 구매 의사를 밝히지 않았다. 점원은 잘 어울린다며 판매를 유도했다. 둘째 딸이 먼저 점원에게 결정의 말을 전했다.

"이걸로 할게요. 포장해 주세요."

점원이 반갑게 말을 받았다.

"갈아입고 나오세요. 새 옷으로 드릴게요."

그날 산 옷을 이후 엄마는 자주 입었다. 주로 교회 행사나 결혼식에 입고 갔다. 마치 예복처럼. 이젠 누워만 있어서 엄마는 원하는 옷을 입고 나설 수 없다. 마음껏 사서 먹고 입을 수 있을 만큼 아버지와 자식들이 여유가 생겼는데 엄마에게 주어진 시간은 넉넉하지 못했다.

아끼고 절약하면 점점 나아지는 시대를 살아 온 엄마였다. 절약이 몸에 밸 정도였다. 많은 것이 풍족해진 시대가 되었지만, 엄마는 습관대로 살았다. 아버지와 엄마는 단둘이 있을 때 주로 거실에 있었다. 낮 동안은 거실 형광등을 밝히지 않았다. 햇빛이 들어와 잘 보인다는 게 이유였다. 자식들이 실내라 불은 켜야 한다고 해도 아니라고 했다.

"왜 자꾸 불을 켜?"

누워만 있는 엄마가 말했다. 둘째 딸은 전기불을 아껴야 하는 어린 시절을 기억하고 있었다. 국가의 전력이 충분하지 않았는지 자주 정전이 되었다. 일제히 소등 연습을 하기도 했다. 초와 성냥을 집마다 준비해두고 살았다. 집들이 선물이기도 했다. 거실 형광등을 온종일 켜도 전기세가 얼마 나오지 않는다고 해도 엄마는 믿지 않는 눈치였다. 사위나 며느리가 올 때만 형광등을 켜는 것을 허락했다. 속으론 여전히 '왜 불을 안 끄지?'란 생각을 했을 것이다. 형편이 나아졌지만 두 분은 누려도 되는 것도 때때로 충분히 누리지 않았다.

자식들이 거실을 지날 때 잽싸게 불을 끄는 아버지 때문에 웃음이 나오기도 했다.

"아직 안 간다고요. 우리 다 집에 가면 그때 다시 끄지."

자식들을 위해서 아끼고 절약했던 습관이라 이해하고 넘어갔다.

"깜깜해서 엄마 얼굴이 잘 안 보이잖아. 이쁜 내 얼굴도."

농담처럼 너스레를 떨며 엄마는 오십 살도 넘은 둘째 딸에게 말했다.

"오늘은 왜 이렇게 이쁘니."

둘째 딸은 크게 웃었다.

"아이고 이쁘긴, 이제 나도 늙는다고요."

그러면 엄마는 되레 손사래를 친다.

"아직 좋을 때야. 지금도 이뻐."

그 말에 둘째 딸이 이마를 내밀었다.

"이쁘긴. 여기 주름 좀 봐."

이마 위에 보이는 흰 머리까지 엄마에게 내보였다.

"아니야. 거기 없어. 안 보여."

엄마 눈엔 딸의 새치도 안 보이나 보다. 흐뭇하게 엄마는 둘째 딸을 바라봤다. 형광등이 밝지 않아서인지, 엄마 마음이 밝아서인지 둘째 딸에게 이쁘다고 했다.

어려서부터 둘째 딸의 차가운 손을 엄마가 많이 잡아 주었다. 엄마의 손은 사시사철 따뜻했다. 치매 환자인 지금도 온기가 있다. 엄마의 손을 잡고 있으면 가슴까지 따뜻한 느낌이다.

엄마는 자식들에게 책임감을 강조했다. 자신도 그렇게 살았다. 실속 없는 이야기를 함부로 꺼내지 않았다. 입도 참 무거웠다. 좀처럼 남의 말을 옮기지 않았다. 자신의 속내를 마음껏 표현하지도 않아 가끔은 엄마의 생각이 궁금했다. 자식 넷을 성실하게 키우려고 부단히 애쓴 엄마였다. 이런 엄마가 갈수록 반항하는 아이처럼 변해가고 있다. 무얼 하자고 하면 덮어놓고 거부하거나 반대한다.

"싫어, 안 해."

떼쓰며 소리치는 아이처럼 말이다.

"안 먹어."

특히, 밥이나 약 먹을 시간이면 더 강하게 말했다.

"싫어. 싫다고."

산책이나 외출을 권하면 어김없이 거부했다. 가끔은 너무 세게 거절해서 얄미울 때가 있다. 물론 말만 그렇게 하고 행동은 다 거부하지 않았다. 그래서 자식들은 웃기도 했다.

맏딸로 자란 엄마가 동생들에게 양보를 많이 해서 그런가 싶었다. 엄마는 마음대로 거절하며 성장하지 못했을 것이다. 부모에겐 말할 것도 없고 형제들에게도. 그래서 이제 마음껏 내뱉는 건가 싶기도 했다. 엄마의 이런 말투 때문에 애칭까지 생겼다.

'싫어렐라 김여사'

거절하지 않아도 될 일에도 일단 'NO'부터 말한다. 이런 엄마의 특성을 손녀들은 이미 알아채고 더 사랑한다고 말했다. 말만 그렇게 하고 도움을 원할 땐 바로 철회하는 것까지. 그래도 여전히 입에선 거부한다.

"싫어, 안 먹어!"

"아니, 안 할 거야."

이런 말에도 아버지가 하라고 하면 밥도 먹고 약도 먹는다. 자발적으로는 하지 않았지만, 아버지가 먹여주면 잘 받아먹었다. 두 딸이 엄마를 향해 말했다.

"엄마, 애정 결핍이야. 일부러 그러는 거지. 아버지한테 해 달라고."

그러면 엄마는 별 반응이 없다. 가족이 어떻게 하는지 보고 싶어 하는 것 같다. 아이가 엄마의 반응을 살피듯이. 엄마가 다시 싫다고 소리치는 싫어렐라 여사로 있어도 좋다. 그저 오랫동안 가족 곁에 있기만 바랄 뿐이다.

둘째 외손녀와 함께

"신데렐라 애칭으로 불린 엄마를 사랑하는
둘째 외손녀를 엄마도 좋아했다."

후식 앞에서 즐거워하는 엄마와 아버지, 그리고 첫째 딸

"엄마는 가족들과 함께 식사하고 약을 먹은 후에
준비한 케이크를 좋아했다. 치매가 이런 어린아이 같은 엄마의
즐거운 모습도 만들었다. 작은 것에도 함께 기뻐했던 이유는
엄마가 치매여도 가족 곁에 있어서였다."

*

병원 수발은 여전히 딸들의 몫

이사 후에도 엄마의 진료에 동행하는 것은 여전히 둘째 딸의 몫이었다. 다행히도 엄마를 모시러 이른 새벽부터 움직이는 일에선 벗어났다. 가까워진 거리만큼 피곤하지 않았다. 이웃이 된 엄마를 자주 보러 갈 수 있어서 마음이 놓였다. 다른 자식들도 더 자주 들리자 아버진 흡족해했다. 더 자유롭게 외출했다. 다만 이사 직후 아파트 생활에 필요한 것들을 빠르게 익혀야 했다. 공동 현관문 출입 방법이 가장 시급했다. 정해진 요일과 장소에 재활용품을 분리 배출하는 것도 지켜야 했다. 아버진 아주 잠깐 불편했지만, 곧 익숙해졌다. 너무 잘해서 집에 쌓이는 재활용품이 거의 없었다.

이사 후에 대부분은 좋아졌다. 딱 한 가지 아쉬운 게 있었다. 겨우 적응한 주야간보호센터를 중단한 것이다. 다시 집에만 있게 된 엄마는 거실 소파에 누워서 외부 활동을 하지 않았다.

병원도 가까워지고 자식 셋이 근처에 살아서 아버지는 수시로 자유의 시간을 가질 수 있었다. 엄마는 약만 먹으면 졸리다고 했지만 이상 행동은 없었다. 다시 주야간보호센터를 다녀도 괜찮아 보였다. 치매 진단 후 2~3년마다 등급을 갱신해야 한다. 다니고 있던 B정신과 의사에게 말해 필요한 서류를 제출했다. 장기요양보험 적용을 받기 위해선 꼭 해야 할 절차였다.

장기요양보험이란 고령이나 노인성 질병 등으로 인하여 6개월 이상 혼자서 일상생활을 수행하기 어려운 노인 등에게 신체활동 또는 기사 지원 등의 장기요양급여를 사회적 연대원리에 의해 제공하는 사회보험제도를 말한다.

등급판정위원회에서 심신 기능 상태에 따라 장기요양 인정 및 장기요양 등급을 1등급에서 5등급까지 판정할 수 있다. 치매 관련 내용은 '국민건강보험공단, 중앙치매안심센터'라고 검색하면 찾을 수 있다.

엄마는 집에서 불편할 정도의 문제 행동을 보이진 않았다. 하지만, 거동하지 않으려는 탓에 외출은 여전히 쉽지 않았다. 가끔 내과, 안과, 피부과처럼 엄마는 개인병원에 갈 일이 생겼다. 대부분 가까운 곳이었지만 걸어서 갈 수 없었다. 그래서 엄마의 병시중을 가까이 사는 둘째 딸이 계속했다.

치매에 파킨슨병까지 생긴 엄마는 걷는 것을 불편해했다. 바닥에서 생활하는 것보단 침대가 나을 것 같았다. 복지 용구로 구매하면 환자용을 사용할 수 있었다. 해당 업체에 연락하여 계약하자 직접 와서 설치하고 설명까지 해 주었다. 무기력하게 온종일 보낼까 봐 새로운 주야간보호센터 이용을 알아봤다. 치매 환자 위주로 운영하는 곳이었다. 다행히 멀지 않은 곳에 있었다. 계약을 마치고 이사 오기 전처럼 엄마는 다시 주야간보호센터에 다녔다. 이번엔 대형 버스를 타고 가야 했다. 엄마는 아파트 단지 중 끝 쪽에 있는 동이어서 대형 버스가 회차하지 못해 한 블록 앞 동에서 승하차해야 했다. 이를 위해 아침과 오후에 아버지나 둘째 딸이 도와야 했다. 유치원생들이 등원하기 위해 엄마와 유치원 차량을 기다리는 것과 비슷하다. 미리 지정한 장소에서 기다리면 주야간보호센터라고 적힌 버스가 엄마를 데리러 왔다. 오후에도 도착하는 시간에 맞춰 나가 있으면 엄마가 내렸다. 그날 있었던 일을 이야기하며 집으로 걸어갔다. 송영은 아버지가 대부분 챙겼다. 가끔 사회복지사가 둘째 딸에게 전화를 했다. 주로 엄마가 컨디션이 좋지 않은 날이었다. 웬만하면 송영 시간까지 엄마가 있었지만 드물게 빨리 귀가하길 바랄 때가 있었다. 그런 날이면 둘째 딸은 일하다 말고 중간에 엄마에게 갔다.

새로운 곳에서 적응할 때마다 엄마는 낯을 가렸다. 이곳에서도 다른 노인들과 어울리기보다 휴게 공간 침대에 누워 있으려 한다는 말을 전해 들었다. 사회복지사가 회유하며 프로그램 참여를 유도했다. 하지만 엄마는 여기저기 아프다며 불편을 호소하고 참여하지 않았다. 낯섦이 어느 정도 지나자 차츰 나아졌다. 요양원에 가지 않더라도 엄마를 신경 써야할 것은 적지 않았다.

둘째 딸은 매월 발생하는 요양 시설 이용료와 정신과 병원비 관리를 했다. 자식 넷이 매월 일정 금액씩 모아서 지출했다. 둘째 딸 명의 통장으로 회비를 모은 탓에 직접 관리하게 되었다. 병원 진료 동행과 비용을 전담하다 보니 자연스럽게 엄마와 관련된 일이면 가족들은 둘째 딸과 먼저 상의했다.

엄마를 돌보는 동안 병원 수발은 첫째 딸이나 둘째 딸이 주로 담당했다. 두 아들은 아버지를 챙기는 일을 더 많이 했다. 자연스럽게 분업처럼 돌봄도 나눠서 했다.

　2020년, 유례없는 코로나 팬데믹으로 둘째 딸의 생활에도 변화가 있었다. 대면 위주의 상담자 활동이 어려워졌다. 처음엔 모두가 그랬듯이 금방 지나갈 것으로 생각했다. 하지만 사회적 거리두기의 반복으로 상담과 강의를 지속하지 못했다. 같은 해 겨울, 코로나 환경에서 멀어지고 재충전할 겸 강원도로 이사하기로 했다. 둘째 사위의 선택이 많이 작용했지만 둘째 딸도 그 결정에 따르기로 했다. 아버지는 둘째 딸이 이사한다고 하자 몹시 서운해했다. 엄마도 마찬가지였다.
　"나를 여기에 팽개치고 너는 왜 거기로 가냐?"
　엄마가 불쑥 둘째 딸에게 한 말이다. 아버지보다 더 서운한 모양이었다.
　농사지으러 가는 게 아니라고 해도 마음에 들지 않아 했다. 둘째 딸 부부는 그동안 각자의 일터에서 열심히 살아와서 당분간 귀촌해서 살아 볼 생각이었다. 마침 아들도 대학생이 되는 해라 이사할 수 있었다. 엄마를 돌보는 문제를 생각하지 않은 건 아니다. 하지만 그동안 여러 가지 일로 지치고 힘들어서 정말 휴식이 필요했다. 둘째 딸 부부는 전년도부터 시골에 땅이나 주택을 알아보러 다녔다. 직접 집을 짓는 건 더 어려운 일이라고 알고 농촌 지역에 있는 집을 사서 이사하기로 결정했다. 둘째 딸의 이사 날짜가 다가오자 아버지가 제일 걱정했다.
　"엄마는 그럼, 누가 병원에 데리고 가냐?"
　이미 다른 자식들이 돌아가면서 하기로 했다. 아버지도 아는 이야기였지만 괜히 둘째 딸에게 화를 냈다. 아버지의 주장은 이랬다. 첫째 사위와 갑자기 사별해서 힘들게 생활하고 있는 첫째 딸은 늦둥이 막내아들의 대학 뒷바라지를 해야 한다. 게다가 병원에 가려면 운전을 해야 하는데 첫째 딸은 운전하기 싫어한다. 주차 때문에. 장남인 큰아들은 직업 특성상 지방 출장이 잦다. 그래서 치매 초기부터 엄마를 병원에 모시고 가는 일은 도와주지 못했다. 둘째 딸 대신 엄마랑 진료받으러 가는 것을 어떻게 할 수 있겠느냐고 했다. 큰아들이 할 수 있다고 했음에도 미덥지 않았다. 막내아들은 회사의 회의 참석이나 해외 출장으로 힘들다는 것이 이유였다. 아버지 생각엔 회사원이라 시간을 낼 수 없다고 생각한 모양이다. 정작 막내아들도 급한 회의만 아니면 병원에 가겠다고 했는데도 아버진 생각이 달랐다. 당신이 먼저 막내아들이 직장 일이 바쁜데 어떻게 빠져나오냐며 걱정했다.

아버지의 주장대로라면 할 수 있는 사람은 오직 둘째 딸뿐이었다. 그동안 둘째 딸도 바빴지만, 우선순위를 엄마한테 두었기 때문에 가능했다. 시간이 남아서 한 게 아니라 없는 중에도 시간을 만든 것이다. 이런 둘째 딸의 입장을 충분히 이해하기보다 아버지가 못 미더워 우려하고 있었다. 아버지와 달리 나머지 자식들은 그동안 좀 더 수고한 둘째 딸의 병원 수발을 쉬게 하자고 했다.

"한 달에 한 번씩 순서 정해서 가면 되니까 걱정하지 마."

첫째 딸이 먼저 말했다.

"그래, 작은누나는 그동안 많이 했잖아. 작은누나 빼고 셋이서 순서대로 가면 되겠네."

막내아들도 거들었다. 그렇게 둘째 딸의 강원도행이 확정되자 나머지 자식들이 알아서 하는 걸로 합의했다. 그러나 아버지만이 인상을 쓰고 마음에 들지 않은 표정이었다. 계속 못마땅한 얼굴을 했다. 둘째 딸이 떠나는 마당에 아버지가 그렇게까지 불편해할 줄은 몰랐다.

둘째 딸이 아버지에게 형제들과 상의한 내용을 다시 한 번 전했다. 첫째 딸은 엄마 진료일에 맞춰 큰손녀의 승용차를 빌리면 된다. 만약, 운전하는 게 부담이면 콜택시를 불러 갈 수도 있다. 늦둥이는 이미 성인이기 때문에 아버지가 생각하는 것만큼 큰 문제는 없어 보인다. 아버지의 노심초사로 어려워 보일 뿐이었다. 큰아들도 마찬가지로 문제가 없어 보였다. 다음 진료일을 예약하고 오기 때문에 날짜만 미리 기억하면 얼마든지 조율할 수 있다. 병원에 모시고 가는 일은 시간 내는 게 어렵지 특별히 알지 못해 어려운 건 없다. 설령 모른다 해도 아는 사람에게 물어보면 될 일이다. 막내아들도 월차휴가를 쓰면 되니까 얼마든지 가능하다. 해외 출장이 잡히면 다른 자식과 순서만 바꾸면 될 일이다. 이 또한 문제없다. 모두 하려는 마음만 있으면 가능한 일이다. 그런데도 아버지는 둘째 딸이 이사할 때까지 마음속으로 섭섭해했다. 익숙함에서 오는 편리성 때문일 것이다. 둘째 딸이 아버지한테 서운함을 처음으로 토로했다. 그러자 아버지도 더는 뭐라고 하지 않았다. 그동안 둘째 딸이 엄마한테 어떻게 한 줄 아버지도 알기 때문이다. 둘째 딸이 이사한 뒤에 약속대로 엄마의 진료에 차질은 없었다. 재가 요양 서비스로 오는 요양보호사 E도 병원에 갈 때 동행해 주어 실제 어려움이 나타나지 않았다.

엄마의 정기 진료 이외에 종종 응급상황이 생겼다. 간혹 입원으로 이어졌다. 그런 날이면 첫째 딸이 시간을 빼고 보호자를 자처했다. 마음이 굴뚝 같더라도 체력이나 형편이 안 되면 할 수 없다. 병간호는 생각보다 아주 힘들다. 특히, 코로나 상황이라 보호자로 들어가면 병원 밖으로 나오지 못했다. 나갔다 오면 PCR을 다시 해야 했다. 이것도 번거로운 일이었다. 그런데도 첫째 딸은 엄마가 입원할 때마다 싫은 내색 없이 매번 엄마 곁을 지켰다.

"아이고, 내가 반은 간호사가 됐네."

이렇게 첫째 딸은 너스레까지 떨었다. 아픈 엄마에 대한 애정도 한몫했다. 맏딸이 가지는 책임감이 있었다. 엄마 역시 자랄 때 맏딸의 역할에 충실했다. 엄마를 닮은 첫째 딸이 입원만 하면 보호자로 여러 날 있었다. 첫째 딸은 입원하는 동안, 둘째 딸은 평상시 병원 수발을 한 것이다. 결과적으로 병원 수발은 딸 둘이서 담당했다고 봐야 한다.

어느 목사님이 "사랑은 시간과 물질이 반드시 뒤따르는 법"이라고 전했다. 지금 무엇에 가장 많은 시간을 보내는지, 누구에게 지갑을 자주 여는지 알면 그 사람이 무엇을 사랑하는지 알 수 있다고. 공감하는 말이다. 첫째 딸이 엄마 곁을 지키는 것은 사랑이었다. 동생들 대신 병실에서 생활했던 수고는 돈으로 환산하기도 어렵다. 그래도 자식들은 엄마를 위해 회비로 모아 둔 돈 중 일부를 첫째 딸이 병간호하면서 지급했다.

"내 엄마를 돌보는 데 돈을 받는 건 아닌 것 같아. 안 받을래."

처음에 첫째 딸은 이렇게 말했다. 24시간 여러 날을 병원에 있는 것은 누구나 할 수 있는 일이 아니다. 간병인을 구했어도 지급해야 할 비용이니 무노동을 하지 말라고 했다. 이것 역시 형제들의 사랑이 있어 가능했다. 첫째 딸은 엄마 곁에서 고마움을 노래도 불렀다.

"어머니 어머니 우리 어머니, 나와 내 동생 낳아주시고 사랑과 수고로 길러주시네."

　병간호하며 첫째 딸이 자주 흥얼거렸다. 엄마가 수술 후 입원 기간이 길어져도 기꺼이 첫째 딸은 끝까지 감당했다. 이렇게 엄마를 위해서 두 딸은 수발을 지속했다. 사랑의 힘 때문에 가능했다.

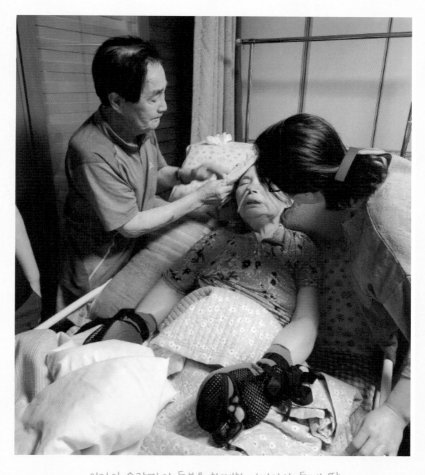

위기의 순간까지 돌봄을 함께한 아버지와 둘째 딸

"아버지와 둘째 딸은 집으로 돌아온 엄마를 돌보며

많은 것을 같이하며 손발을 맞췄다."

티는 내지 않지만, 아버지가 좋은 김여사

아버지는 다른 기능에 비해 청력이 좋지 않다. 보청기를 착용해도 명확하게 소리를 구별하지 못할 정도로 난청이다. 이것 때문에 엄마와 종종 티격태격했다. 동문서답하는 아버지를 엄마가 답답해했다. 치매에도 불구하고 엄마는 청력이 매우 좋았다.

어느 날, 아버지가 몹시 화난 표정이었다.

"엄마가 나더러 귀머거리래."

등을 돌린 채 아버지는 둘째 딸에게 말했다.

"못 알아들으니까 귀머거리지."

엄마는 당연하다는 듯 아버지를 향해 소리를 높였다.

"뭘 못 알아들으셨을까?"

둘째 딸이 으레 있는 일이라며 물었다. 엄마는 둘째 딸의 말이 채 끝나기도 전에 손가락으로 TV 화면을 가리켰다. 아버진 귀가 잘 들리지 않으니까 대신 자막을 큰 소리로 읽었다. 그래야 내용 파악이 되는 듯. 이젠 습관이 되어 자식들은 그러나 보다 했다. 하지만 제한된 자막만 읽다 보니 정보를 정확하게 파악하지 못했다. 종종 엉뚱한 소리를 해서 엄마가 뭐라고 할 때가 있었다. 그날도 비슷했다.

자식들이 아버지한테 전화를 걸면 종종 엄마를 바꾸어 줄 때가 있다.

청력이 훨씬 좋은 엄마가 자식들의 말을 대신 잘 전달했다. 치매 환자였지만 자식들이 하는 이야기 정도는 충분히 판단할 정도로 인지기능도 저하되지 않았다. 자식들이 집에 오면 아버지랑 큰 소리로 대화했다. 사정을 모르는 사람이 들으면 싸우는 것 같다. 엄마를 제외하고 모두 외향적인 성격이다. 게다가 목소리가 대체로 큰 편이어서 더 그랬다.

"아이고, 아버지. 그게 아니라 이거라고요."

이러면서 아버지가 잘못 알아들은 부분을 둘째 딸도 잘 수정해준다. 아버지 역시 허허 웃으며 당신이 몰랐던 것을 다시 이해한다. 안 들려서 그랬다며 자주 되묻기도 했다. 자식들은 아버지의 난청이 치매 환자인 엄마와 생활하는 데 오히려 도움이 된다고 생각했다. 엄마가 잠꼬대를 심하게 하거나 섬망 증상을 보일 때도 아버진 잘 알아듣지 못했다. 그래서 엄마 곁에서도 불편 없이 잠을 잘 잤다. 큰 소리에도 놀라지 않았다. 엄마는 치매 약을 먹으면서 종종 섬망 증상을 보였다.

섬망(delirium)이란, 갑작스러운 의식의 변화와 함께 주의력, 인지기능 장애가 생기는 일시적 상태이다.

치매가 있거나 신체 상태가 저하되면 발생 위험성이 높다. 엄마 옆에 있다가 둘째 딸도 깜짝깜짝 놀랄 때가 있었다. 아버지는 그렇지 않았다. 만약, 아버지가 청력이 좋았다면 치매 엄마랑 같이 있는 게 매우 고달팠을 것이다. 보청기를 빼면 아버지는 온 세상이 고요하다. 그래서 지금도 평온할 수 있다. 아버지와 비교해 엄마의 청력은 대단히 좋다. 자식들은 거의 소머즈급이라고 말했다. 소머즈는 엄청나게 좋은 청력을 이용해 사건을 해결했던 과거 드라마 속 여전사다. 소머즈 귀를 가진 엄마가 난청인 아버지와 생활하는 장면은 종종 웃음을 유발한다. 어떤 엉뚱한 말을 해서 엄마가 그렇게 반응했을지 상상을 하곤 한다. 아버지와 함께 TV 시청을 해 본 사람이라면 알 수 있다. 단 둘이 있을 때 아버지가 다른 이야기를 하면 엄마가 곧바로 수정했다.

"그게 아니라고. 저 사람은….."

정확하게 알아들은 엄마가 상황을 재정리했다. 이 과정에서 아버지를 귀머거리라고 했다. 놀리는 말처럼 들릴 수 있었다. 아버지가 서운해했다. 하지만, 엄마의 상황 정리에 아버지는 얼마 지나지 않아 허허허 웃었다. 내용을 모르면 답답한 건 엄마보다 아버지였다.

아버지와 엄마는 별것 아닌 일로 자주 웃고 토라지기도 한다. 아버지의 난청으로 시작된 지극히 사소한 이런 식의 다툼은 애교 정도로 보인다. 직접적으로 티를 내지 않지만, 엄마는 아버지를 좋아한다. 자식들도 알고 있다. 아버지는 마음이 따뜻한 사람이다. 가끔 엄마의 말이나 행동에 기분이 나쁘다고 했지만 얼마 지나지 않아 마음을 풀었다. 엄마가 아버지 곁에서 이런 이야기라도 계속하면 좋겠다. 아버지가 엉뚱하게 알아들은 이야기를 엄마가 수정해주며 둘이 오래 살면 더할 게 없다.

아버지는 엄마가 귀머거리라고 불러도 당신이 챙겨야 하는 것을 절대 잊지 않았다. 치매 환자가 된 엄마를 위해 아버지는 이전에 하지 않았던 역할을 하고 있다. 싱크대 앞에 있는 아버지가 자식들에게 더 익숙하다. 엄마는 집안일에서 손 뗀 지 오래다. 치매 증상이 나타나면서 부엌에서 멀어졌다. 그래도 가끔 아버지가 물어보는 살림에 대해 익숙하게 대답한다. 특히, 아버지가 물어보면 음식 조리법을 정확하게 알려주었다. 여전히 엄마의 머릿속에 많은 조리법이 저장되어 있었다. 물론 알려만 주고 몸을 일으키지 않았다. 그래서 아버진 더 자주 엄마에게 다가가 묻고 확인받았다. 자식들은 이런 아버지를 '엄마의 아바타'라고 불렀다. 아버지가 식사 준비를 하고 엄마를 위해 상을 차리는 모습도 익숙한 풍경이다. 식사 전에 엄마는 으레 아버지에게 물었다.

"뭐 맛있는 거 했는데?"

반복하는 질문에 아주 가끔 아버지는 퉁명스러울 때가 있다.

"뭐긴 뭐야? 꽃게 찌개지."

엄마의 입맛을 맞추기는 쉽지 않다. 아버지로선 온갖 정성을 다해 봐도 엄마의 점수는 매우 낮다. 아버지가 차린 음식의 간도 보지 않고 바로 퇴짜를 놓기 일쑤다.

"맛없어!"

외관만 보고 그렇게 말하면 아버지는 먹어보라고 한다. 엄마가 치매만 아니었어도 아버지는 요리를 이렇게까지 많이 배우지 않았을 것이다. 까다로운 엄마의 입맛까지 맞추며 살림을 하는 아버지가 가끔은 짠해 보인다. 그러나 둘째 딸은 아버지가 고마워 자주 칭찬했다.

"와우, 이제 이런 것도 만드시네."

아버지가 엄마가 해오던 살림을 도맡아 하지 않았다면 자식들은 더 힘들었을 것이다. 딸들조차 엄마의 높은 맛의 평가를 비켜 갈 수 없다. 그래서 엄마의 입맛을 사로잡는 음식을 아버지가 차릴 거란 기대를 애초에 하지 않았다. 그저 엄마의 매 끼니를 놓치지만 않길 바랐다. 정말로 엄마의 매 끼니를 아버지가 책임지고 있었다. 10년의 세월 동안 엄마의 핀잔을 들으면서도 말이다. 자식들이 없을 때 음식을 만드느라 아버지는 고생했을 것이다. 이런 아버지여서 자식들도 좋아한다. 엄마도 내색하지 않았지만, 마찬가지일 것이다.

커플처럼 모자를 쓴 엄마와 아버지

"어버이날, 큰아들의 손녀가 선물로 사 온 모자를 쓰고 둘다 좋아했다.

치매 전, 엄마는 김 볶음을 좋아했던 손녀를 위해 올 때마다 미리 만들었다.

그 사랑을 손녀도 잘 알고 있었다.

엄마가 흘려보낸 사랑이 이런 식으로 자주 나타났다."

엄마의 식사를 챙기는 아버지

"아버진 꽃게를 직접 사와 찌개를 끓였다.

손으로 일일이 게살을 발라주는 아버지를 엄마는 좋아했고,

챙겨주는 식사도 잘 먹었다."

사랑하는 엄마가 치매였을 때

아버지가 차려준 음식을 한입 가득 먹는 엄마

"아버지의 정성 때문에 엄마는 종종 아주 식사를 잘했다.

유부 초밥과 남은 밥은 주먹밥으로 만든 것 같다.

엄마가 맛있게 먹는 것을 보고 흐뭇하게 바라봤을 아버지 얼굴이 상상이 된다."

*

그녀가 허락한 오직 한 사람

밥투정에 이어 약 먹기가 싫다고 하는 엄마를 달래는 사람은 오직 아버지뿐이다. 엄마와 실랑이가 길어지면 포기할 법도 한데 그만두는 법이 없다. 아버진 늘 약보다 식사에 중점을 두었다. 밥이 보약이라는 말을 믿고 있는 듯. 언제나 적은 양의 밥이라도 먹은 후에 약을 먹어야 한다고 주장했다. 아무리 입맛이 없다고 엄마가 투정해도 꼭 식사가 될 수 있는 것을 만들었다. 밥먹기 싫다고 하면 밥을 누룽지로 만들어 끓인 숭늉이라도 마시게 했다. 이런 아버지 덕분에 웬만해선 엄마가 식사를 건너뛸 수 없었다. 절대 굶게 하지 않았다.

"엄마가 먹기 싫다잖아요."

"그러다 토하겠네."

"나중에 드리시지."

"체하면 더 큰일 나요."

가족들이 모였을 때 엄마가 밥투정하면 자식들은 이렇게 저마다 한마디씩 했다. 그러면 아버지는 자식들을 힐끗 쳐다보며 나무랐다.

"어떻게 너희는 먹으면서 엄마는 굶게 해?"

아버지는 간단한 식사와 숟가락을 들고 엄마에게 다가갔다. 이런 정성에도 엄마가 요지부동의 자세로 버틸 때가 있다. 건강이 악화되면서 침대에 누워서 물밖에 삼키지 못했을 때가 그랬다.

"여보, 입 벌려봐. 이거 한 숟가락만 먹어봐."

아버지의 계속된 시도에도 엄마는 입을 열지 않았다. 자식들은 아버지처럼 끝까지 인내하지 못했다. 엄마는 식사할 기미를 보이지 않으면서 자식들에겐 얼른 가서 식사하라고 손짓했다. 그러면 아버진 안타까워서 자식들에게 또 한마디 내뱉었다.

"어떻게 엄마가 누워서 아무것도 안 먹는데 너희는 밥을 먹냐?"

아버지가 자식들에게 투덜거리면 종종 받아치기도 했다.

"그렇다고 우리까지 굶을 수 없잖아요?"

"산 사람은 살아야죠."

"먹어야 엄마를 또 보죠."

모두 맞는 말이었다. 하지만 아버지의 심정에 비교할 수 없었다. 자식들도 엄마가 먹지 못하면 안타까웠다. 하지만 부부로 살아온 아버지의 마음과 똑같지 않았다. 그것을 아버지도 알면서 식사 시간이면 이런 식의 말들을 자식들에게 했다. 몇 해 동안 아버지의 모습을 지켜본 요양보호사 E가 말했다.

"아버님, 대단하세요. 아무도 이렇게 못 해요."

아버지가 이렇게 정성을 쏟지 않았으면 엄마는 더 일찍 기력을 잃었을 것이다.

"내가 당신 곁에 있으니 다행이지?"

가끔 아버지는 당신의 마음을 엄마에게 그대로 드러냈다. 그러면 엄마도 마음을 열고 입을 열었다.

"옳지!"

"아이 착해. 또 아~~~해 봐."

엄마가 입을 거듭 벌리면 아버지는 칭찬 일색이었다.

"아이 예뻐라. 김○자 권사님. 자, 한 숟가락 더 먹읍시다."

기대 이상으로 엄마가 협조하면 어린아이에게 하듯이 아버지가 엄마의 머리까지 쓰다듬었다.

"잘했어요. 여보, 사랑해요."

기운 없는 엄마도 아버지 때문에 피식 웃었다. 그래서 가끔은 식사에 협조적이었다. 지켜보던 자식들이 오글거린다고 했다. 아버진 아랑곳하지 않았다. 여전히 엄마의 밥과 약 당번을 마다하지 않았다. 그래서 엄마가 10년의 세월을 버티고 있는 것 같다.

아버지는 성실했다. 지금도 그 힘으로 열심히 산다. 특히, 요리를 새롭게 하면서. 요즘 사람처럼 인터넷 검색이나 동영상을 활용하지 못한다. 오로지 치매 환자인 엄마에게 물어서 만들고 있다. 아버지는 성실함과 인내로 차츰 당신만의 요리를 개발했다. 찬밥이 생기면 일부러 얇게 눌려서 누룽지를 만들었다. 가끔 둘째 딸에게도 먹어보라고 싸 주었다. 반건조한 생선을 사 와서 양면 팬에 굽기도 했다. 엄마가 젊었을 때 가족들에게 하듯이 손으로 생선 가시를 일일이 발라주었다. 뜨겁게 끓이면서 먹어야 하는 전골도 올렸다. 식탁 위에 휴대용 가스레인지까지 올려놓고. 여름이면 최대한 엄마가 좋아하는 쌈 채소를 가득 준비했다. 특히, 삼겹살처럼 구운 고기와 함께 풍성한 상을 차렸다. 엄마가 식탁에 앉을 수만 있으면 늘 함께 식사했다. 퇴근길에 둘째 딸이 들리면 숟가락을 하나 더 놓았다.

"밥 안 먹었지? 얼른 와서 먹고 가."

빨리 가서 밥해야 한다고 하면 아버지는 당신이 해 놓은 밥을 싸준다며 앉으라고 했다.

"일하고 와서 밥하러 가면 귀찮잖아. 너라도 먹고 가."

둘째 사위와 손자도 중요하지만 내 자식이 밥 먹는 게 아버지에겐 더 급했다. 엄마와 나란히 앉아서 식사하는 아버지의 성화에 가끔 둘째 딸도 식탁에 앉았다. 아버진 엄마의 입에 직접 넣어주기도 했다. 이런 아버지를 위해 가끔 자식들은 아버지의 수고를 덜어주었다. 아들들은 주먹밥, 유부초밥, 김밥처럼 간단한 것으로 아버지의 메뉴 걱정을 줄여주었다. 딸들도 직접 장을 봐서 아버지가 평소 좋아하지만 하지 못하는 반찬을 만들었다. 특히, 첫째 딸은 엄마로부터 물려받은 손맛으로 맛있는 김치와 찌개 요리를 했다. 손도 빨라서 가족들은 첫째 딸의 식탁을 좋아했다. 특별한 날엔 후식으로 엄마에게 케이크를 사와 다 같이 먹었다. 아버지가 엄마에게 주는 후식은 당연히 약을 먹은 뒤에만 가능했다. 어떤 날은 본 식사보다 과한 후식을 아버지와 엄마가 함께 먹었다.

"아이고, 이것만 먹어도 배부르겠네."

둘째 딸은 이렇게 말했지만, 뭐든 엄마가 맛있게 먹기만 하면 좋아했다. 그래서 이전보다 더 자주 케이크를 사 왔다. 다른 자식들도 아이스크림 케이크까지 엄마를 위해 준비했다. 엄마는 아버지의 사랑만큼 달콤한 단맛을 더 자주 먹었다. 그 사랑 때문에 체중이 급격히 늘어났던 시절도 있었다.

엄마는 치매 초기부터 건강 상태에 따라 체중 변화가 여러 번 있었다. 너무 마르거나, 부은 것처럼 살이 찐 적도 있었다. 건강을 유지하기가 쉽지 않았다.

치매 환자에게 식사와 약 복용은 둘 다 중요하다. 그래서 아버지는 엄마의 약과 식사 당번을 잊지 않았다. 요리를 처음 배우는 아버지의 모습을 떠올릴 때면 둘째 딸도 신혼 시절이 생각났다. 음식을 잘 만들지 못해 자주 엄마에게 전화했다. 조리법을 물으면 엄마는 당신의 방법을 알려주었다. 결혼 전까지 둘째 딸도 아버지처럼 음식을 만들어 본 적이 거의 없었다. 그래서 손님이 오면 엄마에게 부탁했다. 간단한 음식부터 엄마가 하는 것을 보면서 차츰 익혔다. 엄마는 습관대로 만들었던 방법을 둘째 딸에게 전수했다. 그 내용을 이해하는 데 시간이 걸렸다.

"설탕은 조금만."

"소금으로 약간 밑간만 해야지."

"거긴 식용유 말고 들기름이 더 맛있어."

"간장 한 바퀴만 휘리릭 두르고."

"진간장 말고 조선간장을 약간만 넣어야지."

"세게 말고 조물조물 무쳐."

"데친 다음 살살. 세게 하면 풋내 나서 못 먹어."

이런 식의 두루뭉술한 엄마의 조리법을 감으로 익히고 비슷한 맛을 내기까지 둘째 딸은 열심히 노력했다. 아버지처럼 상당한 시간이 걸렸다. 세월이 약이라고 아버지도 차츰 솜씨가 좋아졌다. 가끔 자식들에게 자랑도 했다.

"이거 내가 끓인 거다."

두부를 듬성듬성 썰어 넣은 뚝배기 된장찌개는 흡사 엄마가 끓인 맛이 났다. 비법을 물어보면 별것 없다며 엄마가 말했던 것처럼 표현했다. 둘째 딸이 엄지척을 올린 것도 꽤 있었다.

최근에는 엄마처럼 김치찌개와 국도 잘 끓였다. 멸치와 다시마 육수에 신김치 속을 털어 작게 다져 넣었을 뿐인데 맛있었다. 충청도 식이라고 부른 이 맛을 아버진 엄마와 비슷하게 잘 구현해냈다. 김칫국이 끓어오를 때 콩나물 한 주먹을 더 넣으면 완벽한 엄마표 맛이다. 딸들의 입맛까지 사로잡는 이 맛을 아버지가 드디어 만들었다.

"아버지, 이젠 하산해도 되겠네."

둘째 딸의 말에 아버진 기분 좋게 웃었다.

얼마 전, 직접 시장에서 사 왔다며 둘째 딸에게 쑥 된장국을 끓였다며 먹어보라고 권했다. 먹을 만해서 엄지척을 올렸다. 둘째 딸은 평소 쑥국은 잘 먹지 않았지만 그날은 먹었다. 그랬더니 아버지가 무척 좋아했다. 또 한번은 아버지에게 둘째 딸이 전화로 물었다.

"아버지, 지금 뭐 하세요?"

배추겉절이를 담으려고 한다고 했다.

"농협에서 통배추 하나 사 왔지."

아버지는 장 본 이야기와 곧 배추를 씻어 버무릴 것이라고 했다.

"겉절이 할 줄 알아요? 그냥 언니한테 담가달라고 하지."

"그냥 내가 한번 해 보려고."

배추의 속을 떼고 있다며 다음에 와서 먹으라고 했다. 둘째 딸이 곧 가서 먹겠다고 꼭 남겨두라고 했더니 더 좋아했다.

"먹어봐. 조금 빨갛지."

둘째 딸이 간 날, 아버지는 겉절이를 정말 남겨두었다. 며칠 지나서 겉절이에 간이 들어 조금 익은 맛이 났다.

"잘 담았는데 고춧가루가 조금 많이 들어간 것 같아요."

둘째 딸의 말에 아버지가 실수한 이야기를 전했다.

"고춧가루를 숟가락으로 퍼야 하는데 손으로 대충 넣다가 너무 많이 들어가서 그래."

"그래도 잘 담그셨네."

둘째 딸의 말에 더 맛있게 할 수 있었다며 다음엔 고춧가루를 덜 넣을 것이라고 했다.

"새우젓을 넣어야 하는데 멸치 액젓을 넣었잖아. 새우젓이 남아 있는지 몰라서."

아버지가 살림은 했지만, 아직 양념을 관리하는 일은 서툴렀다. 아버지 집이지만 정리는 주로 딸들이 와서 했다. 그래서 자주 딸들에게 전화로 어디에 뭐가 있는지 모르겠다면 위치를 묻곤 했다. 특히, 양념은 자주 사용하는 것만 소량으로 양념 통에 넣고 따로 보관했다. 싱크대 하단이나 김치냉장고, 냉동고에 보관해 둔 것을 찾지 못했다. 그런 핑계로 아버진 둘째 딸과 더 자주 통화했다. 아버지는 당신이 한 음식의 간을 보는 둘째 딸을 흐뭇하게 바라봤다. 그날도 마찬가지였다.

"조금 매운데 괜찮아요. 간은 다음에 약간 더해도 될 것 같아요. 내 입맛엔 약간 싱거워요."

"아, 그래. 새우젓을 더 넣나? 소금을 더 넣나?"

아버지가 다음번을 기약했다.

"그래도 잘하셨어요."

둘째 딸의 칭찬에 아버지는 또 한 번 환하게 웃었다.

"다음엔 물김치도 담글 거야."

"아이고, 물김치까지?"

아버진 김치통을 닫으며 둘째 딸에게 싱긋 웃어 보였다. 첫째 딸에게 부탁하란 말에 당신의 의지를 표현했다.

"아냐, 내가 그냥 해 보려고."

50대인 둘째 딸도 맛있는 김치를 담그는 건 쉽지 않다. 그런데 80대에 처음 배운 요리를 90세에도 도전하는 아버지였다. 도전하는 아버지를 둘째 딸은 응원했다.

"다음엔 물김치 성공이요. 아버지 최고!"

치매 중기, 아버지와 식사하는 엄마

"아버지는 엄마를 위해 주부 역할을 했고,

종종 번거로운 삼겹살 구이와 쌈 채소를 올렸다."

블루베리 케이크 앞에서 엄마와 아버지

"식사를 마치고 약까지 잘 먹으면 아버진 엄마에게
후식으로 달콤한 케이크와 커피를 내주며 칭찬을 아끼지 않았다."

식당에서 식사 후 커피를 마시는 엄마와 아버지

"자식들은 엄마와 아버지를 모시고 자주 외식을 했다.

엄마가 걸을 수 있을 때, 휠체어에 앉아서라도 이동할 수 있다면

한 번이라도 더 맛있는 것을 사드리고 싶어서였다.

돌이켜보니 그 시간이 행복한 순간이었다."

사랑하는 엄마가 치매였을 때

*

새로운 인연, 요양보호사 E

원인을 알 수 없는 요통으로 새로 다닌 주야간보호센터를 여러 날 가지 못했다. 허리뼈 실금이라며 의사는 회복할 때까지 가만히 누워 있으라고 지시했다. 노인 중 골다공증으로 이따금 큰 충격이 없어도 골절이 생길 수 있다는 설명과 함께. 겨우 적응한 주야간보호센터를 중단해야 했다. 2주 이상 결석하면 자동 퇴소 처리하는 규정 때문이다. 대기자가 있어서 엄마의 편의를 봐줄 수 없다는 말을 전해 들었다. 다시 엄마는 집에 있기로 했다. 아버지는 온종일 엄마와 있게 되자 또다시 양가감정이 들었다.

양가감정이란 어떤 대상에게 서로 대립하는 두 감정이 동시에 혼재하는 정신 상태를 말한다.

아버지는 엄마의 상태를 이해하면서 함께 계속 있어야 한다고 생각하자 짜증을 냈다. 엄마를 향해 긍정적인 감정과 부정적인 감정이 동시에 나타났다. 딸들에게 먼저 전화를 걸어 하소연했다. 가끔은 둘째 딸이 전화로 엄마 상태를 물으면 아버진 괜찮다고 했다가 화를 내기도 했다.

"네 엄마랑 이렇게 살다 같이 죽으면 되니까 너희는 일이나 해. 상관 말고."

아버지의 상반된 감정은 괴로움 때문이다. 외출에 제약을 받자 힘든 것이다. 둘째 딸은 서둘러 두 분을 위해 다른 방법을 찾기로 했다. 요양 시설에 가면 불안한 엄마가 또 부적응할 게 뻔했다. 골절 상태여서 움직일 수도 없으니 그곳은 당장 대안이 될 수 없었다. 아버지와 엄마 모두 시설에 가는 것을 반대했다. 선택의 폭이 좁았다. 다행히 근처에 재가 요양 서비스를 신청할 수 있는 기관이 있어서 알아봤다.

두 명의 요양보호사가 엄마의 돌봄을 위해 사회복지사와 함께 시차를 두고 방문했다. 처음에 온 요양보호사는 엄마를 만나고 간 뒤 치매 환자라고 바로 거절했다. 두 번째 온 요양보호사가 E였다. 요양보호사 E는 오기 전에 엄마에 대해 들었다고 먼저 전했다. 치매 환자인 것을 문제 삼지 않았다. 엄마의 두드러진 행동에 관해 둘째 딸이 설명했다. 오히려 돌볼 수 있다고 말했다. 같은 정보를 받아들이는 두 사람의 반응은 크게 달랐다. 요양보호사 E에 대해 사회복지사가 둘째 딸에게 전화로 따로 알려준 말이 생각났다. 몇 해 전, 친정어머니를 마지막까지 간호했고, 성품이 부드러운 편이라고. 엄마의 성향과 잘 맞을 것 같다는 말까지. 안심되었다. 첫째 딸보다 두 살 위였던 탓에 엄마에게도 새로운 딸로 생각하라고 설득했다. 처음엔 그런 서비스를 왜 부르냐고 화를 냈기 때문이다.
"돈이 썩어났냐? 왜 그렇게 해."
엄마는 사회복지사의 말을 반기지 않았다. 돌아갈 때 한마디 덧붙였다.
"필요 없으니까 우리 집엔 오지 말아요."
아버지는 엄마의 말과 상관없이 사회복지사에게 잘 부탁한다고 했다. 그렇게 면접이 이루어지고 요양보호사 E가 엄마를 위해 방문 요양 서비스를 시작했다. 엄마는 살갑게 다가오는 요양보호사 E와 서서히 적응해 갔다. 가끔은 정말로 요양보호사가 엄마라고 불렀다. 안정적으로 요양보호사 E는 엄마와 약속한 시간에 와서 돌봄 서비스를 제공했다.

새로운 인연으로 다가온 요양보호사 E와 엄마는 차츰 개인적인 이야기도 나눴다. 엄마의 표정이 점점 더 밝아졌다. 온종일 소파에 누워 있던 부분도 조금씩 개선되었다. 소파에 앉아 요양보호사 E가 읽어주는 성경책을 듣기도 했다. 같이 TV 시청도 했고, 말을 시키면 자발적으로 대답했다. 쉬는 날에도 가끔은 엄마의 안부를 전화로 물었다. 요양보호사 E의 진심을 알게 된 엄마가 마음의 문을 열었다. 엄마의 집과 아주 가까운 곳에 살아서 걸어서 왔다. 엄마가 좋아하는 떡을 오는 길에 사다 주기도 했다. 둘째 딸은 개인적 심부름을 시키는 것은 안 된다고 아버지한테 알려주었다. 요양보호사가 하는 일의 범위를 알려주고 엄마 이외의 것을 부탁하면 안 된다고 일렀다. 그러자 아버지가 물었다.

"왜?"

처음엔 그게 어떤 의미인지 아버지가 몰라서 둘째 딸에게 이것저것 물었다. 일하는 아줌마가 아니라고 간단히 설명했다. 요양보호사 역할을 정확하게 알아야 했다. 계약관계이기 때문에 혹시라도 요양보호사 E에게 경계 없이 할까 봐 둘째 딸이 사전에 아버지에게 알려준 것이다. 다행히 아버진 잘 이해했다. 아버지가 기본적인 살림을 대부분 했기 때문에 요양보호사 E가 오면 주로 외출했다. 그래서 특별히 요양보호사와 부딪힐 일은 없었다. 오히려 요양보호사 E가 오면서 아버지는 짧게라도 외출을 하게 되어 다시 활력을 되찾았다.

요양보호사는 일정 기간 교육을 이수하고 국가자격을 취득한 후 장기요양기관에 소속되어 활동하는 전문 인력이다. 수급자가 건강하고 편안한 노후를 보낼 수 있도록 신체활동 지원, 가사활동 지원, 인지활동 지원 등의 업무를 수행한다.

주로 생활 복지시설이나 재가 서비스를 통해 방문한 가정에서 고령이나 노인성 질환 등의 사유로 일상생활을 혼자 수행하기 어려운 성인을 지원한다.

요양보호사 E는 아침이나 오후에 3시간씩 왔다. 병원에 가는 날이면 둘째 딸과 동행했다. 누워만 있는 엄마에게 앉아 있도록 옆에서 말을 시켰다. 라디오도 들려주고 식사할 때 흘리지 않도록 가까이서 보조해 주었다. 엄마가 좋아하는 머리 빗질도 자주 해 주었다. 안마 의자에 앉는 것도 챙겼다. 종종 아버지가 없을 때 엄마는 요양보호사에게 등을 긁어 달라고도 했다. 부탁하지 않아도 날씨가 더우면 요양보호사가 먼저 엄마에게 샤워를 권했다. 엄마에게 좋은 인연이 되었다.

크게 기대하지 않고 시작했지만 의외로 좋은 관계로 이어졌다. 요양보호사 E는 엄마에게 좋은 사람으로 다가왔다. 아버지도 여러 달 지켜보다가 요양보호사 E에게 마음을 열었다. 엄마를 돌보러 오면 마음 편히 맡기고 산책하러 나갔다. 사람을 신뢰하기에 가능했다. 가족이 아닌 사람과 엄마를 단 둘이 있게 하고 외출할 수 있는 것은 안심하지 않으면 불가능하다. 요양보호사 E를 신뢰하지 못했다면 할 수 없는 선택이었다. 시간이 흐르자 아버지는 요양보호사 E에 대해 자식들에게 말했다.

"요즘 사람 같지 않아. 마음이 착해. 엄마도 좋아해."

엄마를 진심으로 돌보는 게 느껴졌다. 계약하기 전 사회복지사가 전해 준 말처럼 엄마와 성향이 잘 맞았다. 요양보호사 E의 친정엄마는 치매 환자는 아니었지만 돌봄이 필요한 상태였다. 둘째 딸은 아픈 엄마를 끝까지 돌봐준 사람이라면 마음이 분명히 따뜻했을 것이라고 생각했다. 요양보호사의 엄마에 대한 마음을 충분히 헤아릴 수 있었다. 그래서 요양보호사 E도 엄마를 자신의 친엄마처럼 살갑게 대했다. 서로 마음이 통했는지 엄마는 가끔 요양보호사 E의 이름을 딸처럼 불렀다.

"그래도 보호사님이라고 해야죠."

"아니야. 그렇게 불러도 된다고 했어."

엄마는 오히려 요양보호사 E와의 친밀함을 둘째 딸에게 강조했다. 자식들은 요양보호사를 성까지 넣어 정확하게 호칭했다. 그렇게 첫해가 지났다. 변함없이 정해진 시간에 엄마를 돌보러 온 요양보호사 E와 엄마는 차츰 익숙해졌다. 다시 해가 바뀌었다. 엄마는 집 안에서 안정적으로 생활했다. 아버지도 불만을 토로하지 않았다. 아버지와 엄마 모두 요양보호사 E와 있는 시간에 편안해했다. 그렇게 3년의 세월이 지났다. 요양보호사 E가 인근 아파트에 사는 것도 장점이었다. 만에 하나 급한 일이 생기면 도움을 받을 수 있는 믿을 만한 이웃이 엄마에게 한 명 더 생긴 셈이다.

강원도로 이사한 둘째 딸에게 영상통화로 자주 엄마의 모습을 보여주었다. 요양보호사 E와 엄마는 자주 웃고 있었다. 엄마의 변화된 모습을 사진으로 찍어 가끔 공유해 주었다. 그렇게 엄마와 요양보호사 E는 좋은 관계를 유지했다. 엄마에게 가족 다음으로 가장 큰 도움을 준 이웃이자 전문 요양보호사였다.

엄마는 어떤 마음으로 죽여달라고 했을까

"나 좀 살려줘."

가만히 누워 있던 엄마가 크게 소리쳤다.

"이미 살고 있는데 왜 살려달라고 해요?"

둘째 딸이 물으면 당신은 지금 살고 있지 않다고 했다.

"살고 있지 않으면 엄마 지금 어떤 건데?"

그러면 엄마는 이번엔 반대로 말했다.

"나 좀 죽여주라."

치매 이후 엄마는 살고 죽는 이야기를 대수롭지 않게 입에 올렸다.

가끔은 어서 빨리 하늘나라로 가고 싶다며 둘째 딸에게 직접 기도하라고 재촉했다.

"그런 기도는 못 하지. 어떻게 딸이 그런 기도를 해."

그러면 엄마는 둘째 딸을 물끄러미 바라봤다. 조용히 있다가 혼자 입술을 달그락거렸다. 직접 기도하는 아이처럼. 둘째 딸은 엄마의 입술 모양을 통해 '아멘'이라고 한 것을 확인할 수 있었다.

"뭐라고 기도했어?"

둘째 딸이 엄마에게 물으면 그저 해맑게 웃었다. 그러다가 다시 얼굴을 찡그렸다.

"아이고, 빨리 나 좀 죽여달라고 해."

"좀 전엔 살려달라고 하더니 이젠 또 죽여달래?"

둘째 딸과 엄마는 이런 말을 자주 오갔다. 엄마 표정을 살피면서 둘째 딸은 웃다가 울고, 울다가도 또 웃었다.

'엄마는 어떤 마음으로 죽여달라고 한 걸까?'

조용히 잠든 엄마를 쳐다보며 둘째 딸은 생각했다. 자면서도 엄마는 자주 입술을 씰룩거렸다.

"뭐한 거야?"

엄마가 깨면 둘째 딸이 물었다.

"네가 기도 안 하니까 내가 한 거지."

치매 증상 때문에 엄마는 가끔 알 수 없는 이야기를 했다. 정말로 죽고 싶어 하는 것이 아니란 건 안다. 그런데도 엄마는 자주 이런 식의 말들을 했다.

노년기엔 치매에 대한 막연한 두려움이 있다. 그 이유 중 하나는 기억을 차츰 잃어가는 것 때문이다. 심해지면 가족이 누구인지, 자신이 어떤 사람이었는지도 기억하지 못한다. 자신이 살아 온 지난날을 잊는다는 것은 어떤 의미일까? 지우고 싶지 않은 것까지 소실된다는 것은 안타까운 일이다. 이런 현상이 나타나는 치매는 두렵기 마련이다. 엄마는 최근 일을 자주 잊어버렸다. 질문을 하면 "몰라."라는 말도 자주 했다. 진짜 모르는 건지, 기억하기 싫어서 모른다고 한 건지 정확하게 알 수는 없었다. 왜냐하면 어떤 것은 너무 잘 기억해서 놀랐다. 또 다른 것은 전혀 기억조차 못해서 당황스러웠다. 삶과 죽음에 관한 이야기도 그랬다. 간절히 살려달라고 했다가 죽음을 재촉했다. 엄마를 측은하게 쳐다보면 오히려 둘째 딸에게 농담처럼 말했다.

"왜? 내가 죽었으면 좋겠지?"

엄마가 툭툭 던지는 말속에서 둘째 딸은 삶에 대해 진심으로 생각했다. 실존의 의미에 대해서도 더 깊이 있게.

삶의 끝은 죽음이다. 우리는 모두 죽음으로 가는 시간을 살고 있다. 모든 사람은 어쩌면 죽기 위해 열심히 산다고 해도 과언이 아니다. 잘 죽기 위해서 지금도 살아가는 것이다. 누구도 예외 없이 한 번은 떠나야 하는 길이 죽음이다. 예정된 시간을 꽉 채우거나 그렇지 않은 것만 차이가 날 뿐.

건강이 악화하자 엄마는 당신의 죽음을 서서히 예감하는 듯 보였다. 가족들도 어느 정도는 예상했다. 다만, 엄마 스스로 그 길을 재촉하지 말길 바라면서 돌봤다.

"나 죽으면 좋겠지?"

둘째 딸에게 엄마가 물었다. 뻔히 이 말에 대답하지 않을 것이란 것을 알면서도. 그래서 둘째 딸은 오히려 잘 살고 싶은 엄마의 마음이라고 생각했다. 복잡한 엄마의 심경을 이해했다. 그래서 둘째 딸은 조용히 기도했다.

'아직은 아니지요? 조금만 더 가족 곁에 있게 해 주세요.'

"이렇게 살아서 뭐 해?"

여러 번의 입원 생활을 하면서 엄마는 괴로워했다. 그러다 불쑥 이런 식의 말을 던졌다. 고통스러울 때면 자주 인상을 찡그렸다. 엄마가 느끼는 고통의 깊이를 정확히 헤아릴 수는 없었다. 하지만, 각종 검사로 고달 픔을 예상할 수 있었다. 엄마는 혈액검사나 수액을 맞기 위해 간호사가 바늘을 찌르면 어김없이 "아야"라고 말했다. 팔다리에 자주 멍이 들었다. 팔에서 혈관을 못 찾으면 발까지 내려왔다. 기력이 없는 상태에서 치료 가 길어지면 눈도 제대로 뜨지 못했다.

"아야, 아파."

엄마는 반사적으로 고통의 순간을 단순하게 표현했다. 그리고 입버릇 처럼 말했다.

"집에 가고 싶어."

"집? 누구 집?"

그렇게 첫째 딸이 물으면 엄마는 하늘 쪽을 가리켰다. 의식이 돌아올 때마다 엄마는 의사에게 직접 퇴원의 의지를 밝혔다. 스스로 호흡하는 날까지만 살고 싶다고. 연명치료는 절대 하지 않겠다고 덧붙였다.

환자마다 어디까지 연명치료라고 볼지 분분하다. 기사를 보니, 우리나 라는 환자 본인보다 의사와 보호자가 상황에 따라 연명치료를 결정하는 예가 훨씬 많다고 한다. 환자의 의사가 존중되지 않는 이유는 갑작스럽 게 위험한 상황이 생겨서였다. 그래서 의료 행위의 최종 결정은 의사와 보호자 중심으로 돌아갈 수밖에 없다. 환자 사례별로 연명을 위한 치료 와 결정 시기가 다르다. 모 응급의학 의사의 말에 따르면, 사전연명의료 의향서를 작성했더라도 환자의 위험한 순간에 새로운 결정을 하는 것이 실제라고 했다.

연명의료 결정 제도란 연명의료결정법에 따라 임종 과정에 있는 환자

응급상황 시 환자가 어디에 살고 있는지도 치료에 영향을 준다. 우리 사회에 쟁점이 되는 공공의료와 필수의료의 중요성은 지방 소멸의 문제와도 연관되어 있다.

코로나 팬데믹 기간에 강원도에서 살면서 둘째 딸도 의료 현장의 현주소를 이해할 수 있었다. 서울이나 수도권처럼 다양한 진료과가 가까운 곳에 있지 않았다. 대부분 농촌 지역은 노인 인구가 많다. 그래서 둘째 딸이 살았던 읍에도 주로 한의원, 내과, 치과만 있었다. 한번은 피부과에 갈 상황이 생겼다. 하지만, 읍에는 단 한 곳도 없었다. 인근 소도시까지 한 시간 이상 자가 운전으로 이동했다. 긴 시간 기다렸다가 진료를 받았다. 다행히 수술할 정도는 아니었다. 그렇지만 여러 날 진료를 위해 멀리 이동하는 불편은 감수했다. 지방에서 서울에 있는 병원으로 원정 치료를 다닌다는 말을 이해했다. 필수 의료는 말 그대로 조건에 따라 선택하지 않는다. 이 문제가 중요한 이유는 공공성 때문이다. 그러나 현재는 어디에 사는지가 치료에 영향을 주고 있다. 단지 거주지에 따라 건강과 생명 유지에 차이를 보인다면 개선이 필요하다. 앞으로 초고령화는 예견된 일이다. 치매 노인의 증가 역시 자연스럽게 따라온다. 그래서 우리 사회는 지금 이 문제가 화두인 것이다. 노인 대상 돌봄 의료뿐 아니라 신생아 출생과 응급 의료에 관한 지원이 지역에 따라 불균형한 것은 불합리하다. 따라서 사회적 합의를 이끌어 낼 지혜를 모아야 한다.

엄마처럼 치매 환자들은 어디에 살든지 의료적 지원을 받아야 한다. 특히, 죽음을 앞둔 노인 환자라면 더욱 그렇다. 임종 전 불안한 죽음을 떠올리기보다 환자가 편안하게 맞이할 죽음을 선택할 수 있어야 한다. 이를 돕는 것도 의료 중 한 영역이며 필수적이다. 이제 노인의 돌봄뿐 아니라 연명치료와 존엄사를 논의해도 좋은 시대이다. 이 주제는 우리가 직면하게 될 중요한 문제이기 때문이다.

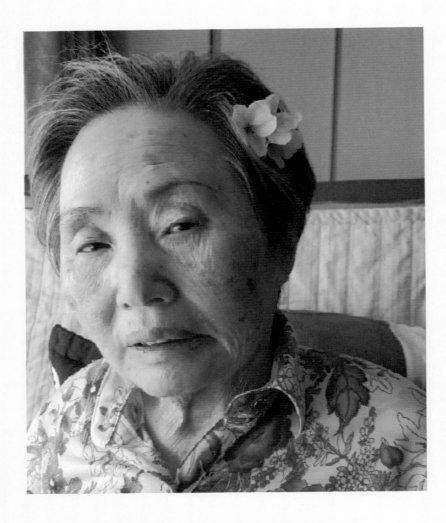

아버지가 활짝 핀 벚꽃으로 만든 머리핀을 꽂은 엄마

"엄마는 죽고 싶다고 하면서도

자식들이 오면 기운을 차리고 일어나 앉았다. 삶의 선택이 중요했던 것처럼

엄마는 죽음을 겸허하게 받아들일 준비를 하고 있었다."

이사 오기 전, 집 마당에서 아버지와 엄마

"아버지는 오직 엄마를 위해 꽃을 가꾸고 밥과 약도 챙겼다.

엄마가 웃을 수 있는 일이라면 기꺼이 했던 아버지를 자식들은

'엄마의 아바타'라고 불렀다. 부부가 일심동체라더니

엄마와 아버지는 그렇게 살아온 게 분명했다."

*

쓰레기봉투에 담긴 기저귀를 볼 때면

엄마는 거동이 점점 불편해지면서 24시간 침대 위에서 생활하게 되었다. 대소변 처리를 기저귀로 대체했다. 파킨슨병까지 심해져 근육은 점점 더 뻣뻣했다. 용변 처리와 목욕도 수월하지 않았다. 하루에도 여러 번 엄마의 기저귀를 갈아야 했다. 주로 아버지가 담당했다. 낮 동안엔 요양보호사 E가 도왔다. 두 명의 아들은 엄마의 기저귀를 갈지 않았다. 엄마가 원하지 않았기 때문이다. 치매 노인이어도 아들에겐 엄마는 여전히 여자였다.

아들딸 구별 없이 자식 넷의 기저귀를 엄마는 당연하게 갈았을 것이다. 하지만, 자식들은 그러지 못했다. 살을 맞대고 오래 살아온 아버지한테만 엄마는 당신의 몸을 맡겼다. 처음부터 그랬던 것은 아니다. 시간이 지나면서 어쩔 수 없이 허물을 없앤 것이다. 아버지랑만 있는 밤에 소변 실수를 하면서였다. 엄마가 마음을 내려놓으면서 아버지가 전담했다.

둘째 딸은 엄마의 기저귀를 처음으로 바꾸던 날을 기억하고 있다. 그 시절엔 엄마가 말랐던 시기다. 허벅지와 다리 근육에 힘이 없었다. 엄마의 엉덩이를 들어 올리는 것부터 신경 써야 했다. 둘째 딸의 손이 닿기 시작하면 엄마가 시선을 피했다. 둘째 딸도 그런 엄마를 의식해 정면으로 응시하지 않았다. 당신이 낳은 딸이라도 생식기를 보이는 것은 불편하다. 오히려 아무 말 없이 빠르게 움직이는 편이 낫다. 기저귀를 찬 엄마의 모습을 보면서 자식을 보살피던 과거의 엄마 모습을 상상했다.

"이래도 되는 거야?"

기저귀를 다 갈면 둘째 딸에게 엄마가 물었다.

"그럼, 되는 거지."

둘째 딸은 엄마에게 괜찮다고 말했다. 가끔 묽은 변을 자주 볼 때가 있었다. 배설 기관의 기능마저 저하되었는지 소대변을 잘 조절하지 못했다. 의지와 상관없이 잦은 실수를 했다. 기저귀를 더 자주 갈아야 했다. 아버지와 둘째 딸은 함께 있을 때 엄마의 기저귀뿐 아니라 침대 위의 시트도 자주 바꾸었다. 혼자 하기 어려운 일을 아버지는 자식이 왔을 때 했다. 엄마는 또 미안해하며 둘째 딸에게 물었다.

"이래도 괜찮은 거야?"

당연히 괜찮다고 말했다. 어릴 때 엄마는 자식들에게 어떻게 했을까? 당연히 둘째 딸처럼 괜찮은 마음이었을 것이다. 오히려 자식이 잘 먹고 배설하는 것이라 좋았을지도 모르겠다. 그 시절 엄마에 대한 고마움에 비하면 큰일도 아니다. 그런데도 엄마는 편안한 표정이 아니었다. 자식에게 빚진 사람처럼 말이다. 그래도 기저귀를 갈고 나면 어린아이처럼 엄마도 개운함을 느꼈다. 뽀송뽀송한 새 기저귀를 채워주면 아이들도 밝게 웃듯이 엄마도 둘째 딸을 웃으며 쳐다봤다.

"엄마, 여기 봐요."

그런 엄마의 모습이 좋아 둘째 딸은 카메라의 셔터를 눌렀다. 엄마는 오히려 다른 방향으로 고개를 홱 돌렸다. 늙어서 안 이쁘다며 찍지 말라고 했다. 엄마는 쇠약한 당신의 모습이 사진에 담기는 것을 원하지 않았다.

"뭐 어때, 엄마, 이쁘기만 한데."

그러면 엄마가 바로 반응했다.

"거짓말."

둘째 딸이 아무 말도 하지 않고 웃으면 시선이 돌아왔다. 그 순간 셔터를 눌러 갤러리에 저장했다. 엄마가 기분이 좋을 때 함께 봤다.

"봐봐요. 이쁘게 나왔지."

보고 싶지 않다면서도 둘째 딸이 보여주면 가끔은 쳐다봤다. 마음에 들지 않으면 엄마는 둘째 딸의 휴대전화기를 밀어냈다.

"엄마, 기저귀 버리고 와서 다시 찍을까? 더 예쁘게."

자리를 잠시 피하며 둘째 딸이 엄마의 기분을 살폈다. 기저귀를 버리러 다녀온다고 말하면서 말이다. 중문 밖에 있는 쓰레기봉투에 담긴 기저귀를 보면서 과거의 엄마 모습을 그려봤다. 그땐 천 기저귀를 사용했다는데. 그것도 자식 넷이나….

겨울에 태어난 둘째 딸은 엄마의 수고가 새삼 느껴졌다. 세탁기는커녕 세제도 좋은 것이 없었다. 소변 묻은 기저귀야 그렇다고 해도 대변으로 얼룩진 것은 힘들었을 것이다. 얼룩진 부위부터 일일이 비벼서 손빨래했을 것이 분명했다. 온수도 잘 나오지 않았을 텐데.

"휴~~~!"

안방 붙박이장 가득 아버지가 성인용 기저귀로 채웠다. 바닥에 깔 위생 매트와 비닐장갑까지 엄마를 위한 물품들이 빼곡하다. 뭐든 미리미리 준비하는 아버지의 성품이 엿보였다. 두루마리 휴지는 높이가 있어 그대로 세워두고 꺼내 쓰기 편하도록 비닐 옆구리를 찢어 두었다. 잠결에도 기저귀를 갈아야 할 때가 있어서 아버진 한두 개씩 미리 침대 근처에 챙겨났다. 부지런한 아버지는 깔끔하기도 했다. 엄마 침대 주변은 늘 깨끗하게 정리되어 있었다. 밤에도 종종 엄마의 시중을 들었다. 졸린 눈을 비비면서 일어나는 일은 수고가 따른다. 그래도 아버진 엄마 옆에서 그 일을 계속하고 있다.

엄마 집에 오면 둘째 딸이 아버지를 대신해 엄마의 기저귀를 갈았다. 엄마를 아기처럼 생각하면서 말이다. 자식을 키우는 것이 어디 기저귀뿐일까?

한 명 한 명 스스로 앉아서 밥을 먹고 화장실에 갈 수 있을 때까지 얼마나 많은 수고를 엄마가 했을지 계산도 안 된다. 자녀 한 명당 적어도 대여섯 살까지 돌봤다고 해도 최소 20년이다. 이런 엄마가 자식처럼 지금은 둘째 딸에게 당신의 몸을 맡기는 처지가 되었다. 그래도 괜찮다. 엄마가 한 것에 비하면 미미하니까.

기저귀를 온종일 착용하면서 엉덩이 주변에 발갛게 발진이 생겼다. 누워만 있어서 욕창도 군데군데 보였다. 더 심해지지 않도록 애썼지만 제한된 자세로 있어서 예방은 어려웠다. 파킨슨병으로 자세 변환도 쉽지 않았다. 그래서 뻣뻣한 근육을 둘째 딸은 아버지와 수시로 주무르며 자세를 수동적으로 바꾸었다. 누워만 있는 엄마의 머리카락에 빗질도 했다. 수건으로 입 주변은 수시로 닦았다. 머리를 감는 일은 조금 더 어려웠지만, 아버지와 첫째 딸, 요양보호사가 같이 있을 때 했다. 들통에 물을 받아 침대에서 머리를 감기는 일은 혼자서 하기 어렵다. 커다란 샤워

커튼처럼 방수 천을 먼저 깔고 시작했다. 엄마의 어깨까지 넓게 깔아 물이 튀지 않게 준비하는 게 중요했다. 바가지로 물을 살살 부어주는 사람과 감기는 사람으로 나누는 편이 좋다. 머리 감은 물을 받는 넓은 양동이도 미리 옆에 두고 빠른 속도로 감겼다. 나중에 오염된 물은 아버지가 한꺼번에 치웠다. 수건과 드라이기로 잘 말려주었다. 이때도 한 사람은 엄마의 고개를 받쳐 주고 다른 사람은 드라이기 바람을 이용해 신속하게 말렸다. 다 마른 머리카락을 손으로 쓰다듬는 일도 잊지 말아야 했다. 엄마가 좋아하기 때문이다. 건강할 때도 딸들이 가면 자주 정수리를 돌려댔다.

"나 머리 만져주라."

"머리 빗겨줘."

이런 엄마의 특성을 알게 된 요양보호사 E도 수시로 빗질을 했다. 머리카락에 빗이 닿으면 엄마는 기분이 좋은지 더 요구했다.

"더 더 더."

치매가 있어도 따뜻한 정서는 본능적으로 기억하는 것 같다. 엄마는 지금 입원 중이다. 언제 다시 집에 올지 기약은 없다. 하지만, 곧 오게 되면 기저귀뿐 아니라 더 많이 빗질해 줄 것이다. 속히 돌아올 수만 있다면 좋겠다.

사회적 돌봄의 범위는 어디까지

엄마의 낯가림 때문에 요양 시설을 알아보는 것을 포기해야 했다. 시설에서의 돌봄은 환자뿐 아니라 보호자를 포함한 가족의 입장도 고려해야 한다. 이용시설에 대한 믿음이 없다면 돌봄을 의뢰할 수 없다. 믿을 수 있더라도 가정에서 생활하지 못하는 마음은 무겁다. 치매 환자를 위한 시설은 곳곳에 많아지고 있다. 하지만, 신뢰할 만한 곳을 찾기란 어렵다. 오히려 너무 많아서 선택할 때 고민이다. 엄마는 10년 동안 비슷한 상황을 여러 번 맞닥뜨렸다. 엄마의 건강 상태와 가족들의 상황에 따라 요양병원과 요양원을 이용했다. 요양병원과 요양원은 차이가 있다.

요양병원은 의료기관으로 '치료'에 목적을 두기 때문에 의사와 간호사가 있으며 건강보험 적용을 받는다.
이와 달리 요양원은 요양을 목적으로 노인복지법에 따라 설치하여 노인장기요양보험에서 재원을 부담한다.

엄마처럼 환자로서 의료 서비스와 돌봄을 받으려면 요양원보다 요양병원을 이용해야 한다. 비용은 훨씬 더 지급한다. 의사와 간호사가 상근하는 장점이 있다. 어느 곳에 가든지 돌봄 서비스를 이용하려면 비용이 발생한다. 이 문제는 때때로 가족들에게 어려움을 줄 수도 있다. 요양원과 요양병원 모두 금액의 차이만 있지 매월 지급해야 하는 비용이 있다. 입원 전 환자와 가족들이 상의해야 한다. 경제적으로 여유가 있으면 실버타운이라고 부르는 조금 더 고급화된 시설을 찾기도 한다. 가족이 직접적으로 돌보기 힘든 상황이라면 때로는 돈이 도움을 준다. 비용부담 문제는 이용자에게 간과할 수 없다.

만약, 환자를 가정에서 돌본다 해도 누군가의 수고가 반드시 뒤따른다. 그런 수고를 무임금으로 하는 것은 바람직하지 않다고 생각한다. 친밀한 가족관계라도 장시간의 돌봄은 소진 가능성이 크다. 특히, 치매 환자와 함께 지낼 때 예상하지 못한 불편이 따른다. 정신적 스트레스 역시 무시할 수 없다. 이런 어려움을 단 한 사람에게만 전가하는 것은 불합리하다. 가족끼리라도 돌봄의 시간과 비용을 나누는 게 합리적이다. 그러나 이것 역시 반대하는 사람이 있다면 진통이 따른다. 하지 않는 사람에겐 답이 없다. 갈등을 줄이려면 누군가 더 돌봄을 감당하는 희생이 필요하다. 치매 환자의 돌봄은 여러 방면에서 고려할 것이 많다. 전문적인 지식과 이해를 기반으로 접근해야 한다. 가족 중 요양보호사가 있더라도 쉬운 일은 아니다.

해마다 요양보호사 자격증을 따는 사람은 증가한다. 그러나 요양복지시설은 구인난을 계속 겪는다. 고강도 노동에 비해 낮은 급여가 가장 큰 문제다. 24시간 노인 돌봄이라 간호사처럼 3교대를 하기도 한다. 노동환경의 개선이 미미해서 종사자들의 이직이 높은 편이다. 고령화 속도를 감안할 때 노인 대상 병간호와 돌봄 문제 역시 사회적으로 계속 대두될 것이다.

엄마처럼 시설 생활보다 가정에 있는 걸 선호하는 환자에 대한 배려도 필요하다. 가족과 협의가 되면 환자가 집에서 생활하는 게 바람직하다. 그러나 하루 평균 3시간 정도의 요양보호사가 오는 돌봄 서비스는 치매 말기로 갈수록 턱없이 부족하다. 별도의 간병인을 두는 경우에는 추가 비용 지급이 불가피하다.

가족 돌봄의 어려움은 치매 환자나 중증 환자 가정의 현실이다. 가족 단위를 넘어 우리 사회는 지속해서 노인과 취약 계층에 대한 사회적 돌봄을 더 구체적으로 논의해야 한다.

10년간 엄마를 돌보면서 치매 환자를 위한 정부 차원의 서비스가 개선되는 것을 확인할 수 있었다. 지자체마다 치매안심센터가 있는 것이 대표적이다. 작년에 이곳에서 기저귀와 물티슈를 무상으로 받았다. 일정 수량만큼 생애 딱 1년만 주는 서비스였다. 주지 않는 것보단 좋았지만 엄마는 물품 지원보단 돌봄 이용 시간이 길게 주어지는 것이 더 절실했다. 아버지가 아직은 건강한 편이라서 엄마 곁을 지키고 있다. 하지만 그렇지 못할 경우, 엄마 역시 돌봄 문제가 생길 것이다. 다른 사람들은 어떻게 돌보고 있을까?

최근에는 고품격 시설과 합리적인 운영을 내세운 다양한 노인 주거복지시설이 등장하고 있다. 노인 인구 증가에 따라 여러 형태의 사업 모델을 개발하고 있다. 대기업이나 대형 금융기관도 관련 사업에 투자하는 추세다. 노인 인구의 가파른 증가에 따른 현상이다. 주거는 모든 사람의 안정적인 생활을 위해 필수적인 환경이다. 주거 환경과 개인 활동에 따라 삶의 만족도가 얼마나 달라지는지 코로나 팬데믹으로 많은 사람이 경험했다. 둘째 딸도 그 시기에 강원도 농촌에 머물렀기 때문에 지역 노인들의 삶을 가까이서 지켜봤다. 주변에 요양원과 요양병원이 있지만 홀로 지내는 노인도 적지 않았다. 건강 상태를 보면 요양원에 있어야 할 것 같은 대상자조차. 오랫동안 익숙하게 살아 온 집을 떠나기 싫은 게 가장 큰 이유다.

둘째 딸이 살았던 곳은 면 소재지였다. 근처에 시장이라고 부르는 상가가 모여 있는 곳이 있었다. 마치 지정석처럼 노인들은 철물점 주변에 모아 둔 의자에 거의 매일 삼삼오오 모였다. 특별한 목적을 가지고 나오는 것은 아니었다. 혼자 집에 있기 무료해서 말벗을 찾아 습관처럼 나왔다. 노인들은 일상인 듯 마주 보고 이야기를 나눴다. 주변 상인들도 익숙한 양 종종 간식을 노인들에게 제공했다. 보건소 직원도 이곳에서 노인들을 만났다. 근처 작은 도서관 옆에 마련한 쉼터도 있었다. 그러나 노인들은 사람들이 지나다니는 이곳을 선호했다. 두 개의 철물점이 마주 보는 이 공간은 동네 사람들이 농협 다음으로 많이 모이는 곳이라고 했다. 사람들과 어울리고 싶은 노인들의 욕구가 고스란히 드러난 것 같았다.

세대를 막론하고 건강하게 오래 살고 싶은 것은 인간의 기본적인 욕구이다. 기대 수명이 점점 늘어나면서 건강에 대한 관심도 높아졌다. 특히, 늙어서도 건강한 삶을 유지하기 위해 웰빙을 넘어 안티에이징에 대한 이야기도 많이 한다. 사회는 모든 세대가 적절히 분포되어 있어야 한다. 하지만 우리 사회는 심각한 저출생 문제를 안고 있다. 더불어 최근에는 젊은 세대의 만혼, 비혼, 무자녀 부부의 증가 현상을 사회 문제로 보는 분위기다. 개인의 선택이라고 보는 견해가 있다. 하지만 가족과 같이 가장 작은 사회가 모여 국가가 되는 것이기에 이런 현상을 간과할 수만은 없다. 시대적 과제로 풀어야 할 이런 주제는 단시간에 쉽게 해결할 수 없다. 그래서 중장기적인 접근이 필요하다.

앞으로 베이비붐 세대가 점차 노인 세대로 진입할 것이다. 100세 시대라고 하니 이들의 돌봄 문제 또한 지금부터 사회적 관심을 기울여야 한다. 이들 중 다수는 건강하고 가치 있는 노년기 삶을 살 것으로 기대한다. 하지만 일부는 사회적 돌봄을 받아야 할 대상이 될지도 모르겠다. 돌봄의 대상자가 되기 전부터 이들의 노후에 대해 이야기해야 한다. 우리는 사회적 돌봄을 어디까지 할지에 대한 주제를 깊이 있게 논의할 필요가 있다. 노년기 마지막 과업은 존엄한 죽음이다. 그러므로 웰다잉에 대해서도 말할 수 있어야 한다. 이런 주제에 대해 미리 생각해보면 어떨까?

'웰다잉 문화 정착을 위해 우리 사회는 앞으로 무엇을, 어떻게, 왜 준비해야 하는가?'

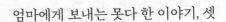

엄마에게 보내는 못다 한 이야기, 셋

작년에 요양원으로 프로그램을 진행하러 갔었어요. 베개를 아기처럼 업고 온 할머니가 있었지요. 아들이 올 시간이라며 밥하러 가야 한다며 당신을 집에 데려다 달라고 조르듯이 이야기를 했답니다. 갑자기 엄마 생각이 났습니다. 엄마도 한평생 밥을 참 많이 하셨죠. 밥을 함께 먹는 식구의 의미를 잘 압니다. 식사는 마음을 모으는 관계에서만 편안하니까요. 엄마가 해 준 음식은 그런 식사였습니다.

아버진 이제 밥하기가 싫다고 하십니다. 그래서 요즘엔 즉석밥을 보내고 있어요. 자주 아버지와 외식을 하고 카페도 갑니다. 그래도 엄마가 해 준 음식만 못해요. 얼마 전, 두툼하게 썬 무를 넣고 삼치 조림을 했어요. 아버지와 밥 한 그릇을 뚝딱 비웠네요. 엄마가 해 준 여러 가지 생선 요리가 생각났어요. 군산에서 살다 온 인숙이란 동생도 생선을 좋아한다고 해서 서로 엄마 이야기를 했답니다. 그랬더니 친정엄마가 직접 손질한 고등어와 가자미를 가져다주지 뭐예요. "나도 엄마가 보고 싶다."라고 했거든요. 신선한 음식 재료로 자식들 먹인다고 뭐든 직접 손질해서 밥상에 올렸던 엄마가 오늘따라 더 그립습니다.

첫째 딸과 돌솥밥과 생선 요리를 먹던 엄마

"정신과 진료일이면 동행한 자식들과 외식하는 날이었다.

아버지도 하루는 엄마 식사 당번을 하지 않아서 좋아했다.

자식들은 엄마와 아버지가 함께 맛있게 먹는 것만 봐도 흐뭇했다.

부모도 자식들이 먹는 것을 보면 그랬을 것이다."

아버지가 준비한 특별한 식탁에서 좋아하는 엄마

"아버지는 귀찮을 법도 한데 휴대용 가스레인지를 식탁에 올렸다.

삼겹살과 목살을 넉넉하게 사와 저녁상을 차렸다.

가끔 퇴근길에 들린 둘째 딸에게도 어서 앉아 먹으라고 했다.

엄마는 신이 난 아이 같다."

4장

그녀를 떠나보내며, 마지막 인사

돌고 돌아 다시 집으로 온 엄마

엄마는 요양병원과 요양원에 갔지만 모두 적응하지 못했다. 더 정확하게 말하면, 스스로 낯선 환경으로 받아들이고 적응하지 않았다. 환자가 부적응하면 집으로 돌아와야 한다.

요양원과 요양병원, 자식들 집을 돌고 돌다가 결국 엄마는 당신의 집으로 왔다. 아버지는 긴 한숨을 쉬었지만 외면할 수 없었다. 다시 한 번 요양원에 보내는 일은 하지 말자고 했다. 여러 번의 부적응 경험은 엄마에게 큰 고통이었던 것 같다. 치매 환자가 되었다고 엄마의 생활 환경을 서둘러 바꾼 것이 문제는 아니었을까? 가족들은 불가피한 선택이라고 생각했다. 하지만 환자였던 엄마의 처지를 생각하면 최악의 상태였을 수도 있다. 치매 초기엔 엄마의 이상 행동을 아버지가 오롯이 감당하지 못했다. 그래서 자식들에게 불편을 호소하면 엄마의 요양원 입소를 자연스럽게 말했다.

두 번의 요양원 부적응에도 또다시 요양원을 찾아야 했다. 세 번째 요양원은 집 근처였다. 아버지가 산책하다 우연히 발견한 곳이었다. 아버지가 요양원 이야기를 먼저 꺼낸 건 처음이었다. 가까운 거리가 장점이었다. 하루 한 번씩 엄마 면회를 할 수 있으니 괜찮을 것이라 했다. 둘째 딸에게 계약을 서두르길 원했다. 말은 한번 알아보라고 했지만 이미 마음은 정한 눈치였다. 돌봄의 짐을 내려놓고 싶은 아버지의 심정을 둘째 딸도 알아챘다. 계약을 재촉하는 말 대신 시설에 대한 장점을 강조하는 것으로 아버지의 버거움을 이해했다.

의외로 입소 후 근거리 장점이 문제가 되었다. 동네 구석구석에 뭐가 있는지 훤히 알고 있는 엄마는 요양원에 방해가 되는 행동을 했다. 생활한 지 두 달쯤 지났을 무렵, 요양원에서 보호자를 불러 둘째 딸이 찾아갔다. 상담실 직원은 엄마에 대해 먼저 이야기를 꺼냈다. 밤마다 창문으로 탈출 시도를 한다며 부적응이 예상된다고. 엄마가 생활하는 방의 창문은 아래쪽만 살짝 열리는 구조여서 절대 빠져나갈 수 없었다. 출입문 역시 직원용 카드가 없으면 작동하지 않았다. 외부로 나가는 길은 모두 차단되었다. 사실상 탈출은 불가능하다. 요양원의 속내를 알고 싶어서 상담실장을 별도로 만났다.

"여긴 자식들이 버리는 곳이야. 들어오면 절대 못 나가."

나중에 입소한 같은 방 할머니들에게 엄마가 한 말이었다. 그 말을 자식들에게 그대로 옮긴 게 화근이었다. 엄마는 요양원의 영업을 방해한 것이다.

"저 문은 카드가 없으면 절대 안 열려. 불나면 모두 죽어."

면회 갔을 때 둘째 딸에게 엄마는 불안한 듯 이렇게 말했다. 엄마의 불안을 알았지만, 막연한 적응을 기대했다. 아버지와 자식들의 생활을 고려해 입소를 서두른 것이 결국 탈이 났다. 상담실장은 엄마의 부적응을 걱정하는 투로 말을 이어갔다. 하지만, 진심이 무엇인지 파악할 수 있었다. 엄마가 하는 말로 입소자들이 떠날까 봐 염려하는 것이 고스란히 드러났다. 보호자의 빠른 처분을 바란다고 말했다. 엄마를 데리고 나가란 소리였다. 상담실장은 더 좋은 곳을 알아보라는 말을 덧붙였다. 불쾌했지만 그곳에 있을 수는 없었다. 쫓겨나는 기분으로 이용계약을 철회했다. 다시 집으로 엄마를 모시고 왔다. 엄마는 속이 타는 아버지와 달리 당신 집에 와서 좋다고 했다. 아버지의 한숨이 다시 이어졌다. 이 생활도 길게 가지 못했다. 아버지가 힘들어지자 자식들에게 다시 전화를 자주 했다. 자식들도 어느 정도 불편의 목소리를 듣다가 더는 견디기 힘들면 요양원을 다시 알아보는 쪽으로 의견을 모았다. 지난번 일도 있고 해서 이번엔 월 이용료가 비싸더라도 요양병원으로 옮기기로 했다. 엄마가 치매 환자였기 때문에 더 자주 시설 돌봄을 떠올린 것 같다.

노인 돌봄 시설은 종사자에 대한 믿음이 중요하다. 그러나 매번 이 부분을 판단하기는 쉽지 않았다. 우리가 요양 시설을 선택한 이유 중 하나는 엄마의 치매 증상으로 생긴 아버지의 버거움 때문이었다. 엄마의 치매 증상이 심해질수록 아버지는 외출하지 못했다. 그러면 다시 불만을 토로했다. 자식들은 그런 상황이 되면 서둘러 요양병원을 알아봤다.

"내가 왜 치매야?"

처음에 엄마가 한 말이었다. 화를 내면서 둘째 딸에게 주먹을 불끈 쥐어 보이기도 했다. 엄마의 낯선 행동에 자식들도 힘들었다. 하지만 엄마 자신도 치매 환자의 모습을 서서히 인식하면서 불안했던 것 같다. 초기에 막힌 공간에 들어가면 엄마는 자주 흥분했다. 입소 상담을 하러 간 요양병원에서도 마찬가지였다. 상담실 문이 닫히자 갑자기 내보내 달라고 소리쳤다. 둘째 딸이 관계자를 만나고 있는 동안이었다. 복도에 누구라도 지나가면 소리를 질렀다.

"야~~~."

안정이 안 되는지 갑자기 손에 닿는 물건을 던지려 했다. 다행히 그곳은 새로 만든 병실이어서 집기가 많지 않았다. 낯선 곳에 있기를 거부했던 엄마는 입소 상담일 때부터 저항했다. 둘째 딸이 좋은 말로 진정시키려 해도 통 말을 듣지 않았다. 말릴수록 더 거칠게 행동했다. 엄마의 이런 모습을 보고 나간 간호사가 여러 번 들락날락했다. 거친 엄마의 행동 때문인지 1인실에서 더 기다리도록 배려했다. 하지만 그곳에서도 엄마는 소리 지르기를 멈추지 않았다. 기력이 떨어질 때만 잠시 주춤했을 뿐이다. 둘째 딸에게 왜 왔냐며 큰 소리로 따지듯 말했다. 두어 시간쯤 흘렀다. 중간중간 드나들며 엄마를 살폈던 수간호사가 병실로 찾아왔다. 오기 전까지 분명히 있던 병실이 갑자기 사라졌다. 다른 곳을 알아보는 게 좋다고 했다. 몹시 불쾌했지만 따를 수밖에 없었다. 엄마 같은 환자에게 내줄 병실은 없다는 뜻으로 해석했다. 씁쓸함과 측은함이 밀려왔다.

더 머문다고 달라질 건 없었다. 둘째 딸은 엄마와 함께 돌아섰다. 주체하지 못하는 눈물을 훔쳐야 했다. 주차장까지 내려오는 동안 마음은 고요하지 못했다. 고개를 들지 못하는 둘째 딸을 향해 엄마가 물었다.

"나 때문에 그래? 왜 울어?"

둘째 딸은 대답하지 못했다. 똑같은 질문에 고개만 저었다. 수간호사가 안타깝다며 주차장까지 배웅했다. 떠나기 전, 종이 한 장을 내밀었다. 아는 간호사가 있는 곳이라고 했다. 또다른 요양병원 전화번호가 적혀 있었다. 엄마의 상태를 고려해 그날 다시 알아보는 것은 무리라고 판단했다. 또 한번 쫓겨난 기분으로 엄마를 모시고 나왔다. 그렇게 엄마는 돌고 돌아 당신이 원하는 집으로 왔다.

*
사라진 그녀의 집은 어떤 곳이었을까

옥상과 마당엔 푸성귀로 가득했던 엄마의 집이 사라졌다. 둘째 딸이 열 살 때부터 살았던 곳이다. 벽돌과 콘크리트로 지워진 단층이었다. 큰 도로 옆이었고 새로 집들이 건축되는 동네였다. 1970년대는 요즘처럼 주택가에 차들이 많이 다니지 않았다. 공터처럼 아이들에게 저절로 생긴 좋은 놀이터가 많았다.

방과 후 학원에 다니는 문화도 없었다. 시간만 나면 아이들은 삼삼오오 모여 놀았다. 집 앞에서 논다고 나무라는 어른도 거의 없었다. 층간 소음 문제로 실랑이하지도 않았다. 아이들에겐 동네에서 뛰어노는 게 마치 천국 같았다.

가정당 평균 3~4명 정도의 형제가 있었다. 많게는 8남매까지 있는 집도 있었다. 초등학교도 동네에 딱 하나뿐이라 모두가 동창이었다. 학교가 가까워질수록 친구들을 많이 만났다. 대부분 아는 사이였다. 동네 아이들뿐 아니라 어른들도 서로 잘 알고 지냈다. 허물없이 지내는 관계도 있었다. 자식들과 노는 친구가 누구네 집 아이인지 어른들도 쉽게 구분했다. 특별히 괴롭히는 아이는 없었다. 가끔 좋아하는 마음을 반대로 표현하며 짓궂은 장난을 하는 아이들이 있긴 했다. 혹여 약하다고 놀리면 손위 형제들이 와서 놀린 아이를 찾아서 따끔하게 혼을 냈다. 형제가 많은 아이는 든든한 지원군을 가진 셈이다. 둘째 딸도 위로 언니와 오빠를 두고 있었다. 집단 괴롭힘을 상상하기 힘들었다. 한동네에 살면서 대부분 이웃사촌처럼 가깝게 지냈다. 놀다가 가까운 친구 집에서 밥을 얻어 먹는 것도 자연스러웠다. 밥 먹고 가라는 친구 부모의 말도 부담스럽지 않았다. 동네 아이들은 나이 차가 있어도 잘 어울렸다. 아이들이나 어른 모두 격이 없이 지냈다. 상부상조라고 큰일에 품앗이하는 문화가 있던 시절이었다.

그 동네로 이사한 후 둘째 딸은 더는 이사하지 않을 거라는 생각에 좋아했다. 주변에 무허가라고 부르는 세대가 많았다. 언제 철거될지 모른다는 불안감으로 사는 사람들이 있었는데 종종 철거당하는 집이 있었다. 이사할 때 식구가 많으면 주인이 쫓아낸다는 말도 무성했다. 양심 없는 집주인을 만나면 전기나 수도 요금을 바가지 쓴다는 말도 돌았다. 세입자에게 자기가 쓴 것까지 청구하기 때문이다. 집 없는 설움이었다.

엄마는 자식 넷에 친정의 남동생이 수시로 드나드는 통에 가능한 한 빨리 집 장만을 하려고 애썼다. 아버지는 둘째 딸의 초등학교 입학식에 참석하고 며칠 뒤에 중동의 근로자로 떠났다. 2년 정도 꼬박꼬박 붙여주는 아버지의 월급을 모아 여동생의 도움을 더해 엄마는 어렵게 집을 장만했다. 이후 엄마는 빌린 돈을 빨리 갚기 위해 허리띠를 졸라매며 살았단 말을 자주 했다. 제법 큰돈이었던 것 같다. 크면서 엄마의 속사정을 조금씩 알게 되었다. 이사 온 당시엔 둘째 딸은 이전보다 넓어진 집이어서 마냥 좋기만 했다.

이사하기 전의 집은 골목길 안에 있었다. 낮은 지붕의 집들이 옹기종기 모여 있었다. 가끔 친구의 집에 초대받은 둘째 딸은 헷갈렸다. 골목을 되돌아 나와 친구 집을 다시 찾곤 했다. 넓은 도로가 있는 집으로 이사해 길을 잃어버릴 걱정은 하지 않아도 되었다. 하지만 이사한 동네조차 상하수도가 잘 정비되지 않았다. 그래서 폭우가 쏟아지는 여름이면 침수된 집들이 꽤 많았다. 맨홀에 발이 빠질 수 있다며 어른들은 주의를 당부했다. 비가 많이 오는 날이면 엄마는 외출하지 말라고 했다. 둘째 딸은 불어나는 물이 무서워 밖에 나가는 것은 아예 생각도 못 했다. 인근 하천이 범람할까 걱정했던 어른들은 장마철이면 교각이 보이는 곳에서 물이 불어나는 속도를 살폈다. 인도와 차도를 구분할 수 없을 만큼 비가 오면 휴교령이 내렸다.

집 마당까지 물이 역류했던 여름날이 있었다. 연탄보일러가 있는 지하실까지 물이 차올랐다. 겨울을 대비해 엄마가 쌓아 둔 연탄 중 반 이상이 무너졌다. 지하실 바닥이 온통 숯을 풀어놓은 듯 검게 변했다. 줄을 맞춰 세워 둔 남은 연탄이 위태롭게 버티고 있었다. 마른 연탄을 한 장이라도 더 건지기 위해 가족이 총동원되었다. 퍼낼 수 있는 용기라면 뭐든 들고 지하실로 향했다. 작은 힘이라도 보태기 위해 둘째 딸도 거들었다.

물난리를 겪은 다음 해, 상하수도 공사가 시작되었다. 엄청나게 큰 콘크리트관이 동네로 들어왔다. 매설 장소마다 관이 수십 개씩 놓였다. 본격적인 공사가 시작되기 전까진 그 주변은 아이들의 새로운 놀이터였다. 아이들 키보다 높은 관은 어마어마했다. 올라가 뛰어다녀도 거뜬할 만큼. 징검다리처럼 넘나들며 잡기 놀이하기에 안성맞춤이었다. 관끼리 이어진 아래쪽 틈 사이는 술래가 잘 찾지 못하는 장소였다. 누구라도 숨바꼭질 장소로 사용했다. 둘째 딸은 잡기 놀이를 제일 신나게 했다. 관이 워낙 커서 위에 서 있기만 해도 술래와 일정 거리를 유지했다. 쉽게 잡을 수 없어 술래가 되면 둘째 딸 역시 골탕을 먹었다. 약이 오른 아이들이 세 번 이상 연거푸 술래를 못하도록 규칙을 바꿨다. 그래서 더 자주 모여 즐겁게 놀았다. 그때를 떠올리면 지금도 웃음이 나온다.

충청도에서 서울로 상경한 아버지와 엄마가 힘을 합쳐 처음으로 산 집이었다. 두 분에게 제2의 고향 같은 곳이었다. 아파트로 이사 오기 위해 훗날 아버지가 그 집을 팔았다. 오래 살았던 만큼 집은 점점 더 낡았다. 아버지는 정이 들었는지 팔 때 많이 아쉬워했다. 아마 계속 살았으면 끝도 없이 수리했을 것이다. 사는 동안에도 여러 번 수리했다. 기와를 갈고 담도 벽돌로 새로 쌓았다. 대문과 창호를 교체했으며 양변기와 욕조가 있는 욕실도 만들었다. 싱크대와 식탁을 놓을 수 있는 입식 주방으로 바꾸었다. 골조 빼고 모두 고친 셈이다. 자식들은 앞으로 연로한 아버지가 수리하며 살기엔 무리라고 생각했다. 그래서 빨리 파는 게 답이라고 했다. 그 말조차 아버지와 엄마는 섭섭해했다. 가장 큰 어려움은 휠체어 이동이었다. 대문과 현관의 턱이 휠체어 사용을 방해했다. 적절한 매수자가 나타났을 때 바로 파는 게 현명하다며 두 분을 자식들이 설득했다. 이사를 온 뒤에 두 분은 그 시절의 생활에 대해 자주 떠올렸다.

아버지는 집이 철거되어 사라졌다고 해도 이사 온 후 궁금해했다. 막내아들에게 집터가 어떻게 변했는지 물었다. 막내아들이 신축을 위해 가림막을 설치한 외관 사진을 찍어 아버지에게 보여주었다. 사진을 본 후에도 아버지는 현장을 직접 보겠다며 길을 나섰다. 이제 혼자 가기엔 멀어졌다고 했다. 하지만, 한사코 간다고 우겼다. 아직 그 동네에 사는 친구의 이야기를 꺼내면서. 친구의 건강이 궁금하다는 이유를 들면서 겸사 겸사 다녀오겠다고 해서 더는 말릴 수 없었다. 출발하면서 아버지는 자신이 먼저 죽을지 그 친구가 먼저 죽을지 알 수 없다며 둘째 딸을 쳐다봤다. 한번만이라도 친구를 더 보고 싶어 하는 아버지의 간절함이 느껴졌다. 귀가한 아버지는 엄마에게 동네 이야기를 전했다. 아버지의 친구는 이젠 자리보전하고 누워만 있다고 했다. 아버지가 이사 온 후에 집을 팔고 나간 이웃들에 대해서도 이야기했다. 곧 떠날 예정인 이웃에 대해서 말하자 엄마도 물었다.

"수진이네 집도 팔렸어?"

아버지가 수진이네 근황을 전했다. 늦둥이까지 낳은 자식 넷을 키우며 사는 이웃 중 하나였다. 수진이네도 버티다가 집을 팔아서 곧 이사할 것이라고 했다. 엄마가 새벽예배를 다녔던 평화교회에 대해서도 물었다. 아버지는 교회 주변의 변화에 관해 설명했다. 교회는 그대로 있지만, 곧 주차장이 있는 새 건물을 지을 예정이라고 덧붙였다. 엄마가 교회 건축비가 어디서 나서 짓냐고도 물었다. 교회 신축을 위해 한 장로가 애쓰고 있다는 말을 아버지가 하자 엄마가 더 궁금해했다. 한 장로는 둘째 딸 동창의 아버지이기도 했다. 엄마와 친구처럼 지냈던 한 장로의 부인에 대해서도 아버지는 들은 이야기를 엄마에게 옮겼다. 건강이 좋지 않아 고생하고 있다고. 엄마가 궁금해하는 다른 이웃에 관한 이야기까지 모두 했다. 그날 엄마는 아버지와 오랜 시간 사라진 집터 주변에 사는 사람들에 대한 기억을 떠올렸다. 아버지는 옆집에 살던 유정이네는 신축을 해서 잘 살고 있다고 했다. 엄마가 이사할 무렵, 유정이네도 집을 팔고 인근 아파트로 이사할 계획이었다. 그런데 늦둥이까지 자식 넷이라 여섯

명의 식구가 살 수 있는 대형 평수 아파트를 쉽게 구하지 못했던 것 같다. 차라리 그 돈이면 신축하는 편이 낫다고 아저씨가 말한 적이 있었다. 유정이 엄마는 아파트로 이사하고 싶어 했지만, 아저씨의 계획대로 한 모양이었다. 동네 구석구석을 돌아보고 온 아버지는 엄마와 한동안 옛이야기를 더 나누었다.

두 해 정도 지나서 둘째 딸은 아버지와 엄마를 모시고 그 동네를 찾았다. 사라진 집터에는 5층짜리 건물 두 채가 우뚝 서 있었다. 이미 이사 간 이웃들이 팔고 나간 곳도 신축 건물이 생겼다. 엄마는 사라진 집터가 아쉬운지 동네 한 바퀴를 돌아보고 싶어 했다. 둘째 딸은 엄마를 부축하며 나란히 걸었다. 맞은편에서 누군가 다가오고 있었다. 점점 가까워지자 그쪽에서 엄마를 알아보고 먼저 손을 흔들었다. 잘 아는 사이 같았다. 마주 볼 정도로 거리가 좁혀지자 엄마는 그분과 손을 맞잡았다. 한참 동안 서서 두 사람은 대화를 나누었다. 아주머니가 지나간 후 엄마는 아버지와 또 한 번 1970~1980년대 과거의 이야기를 시작했다. 동네와 연관된 많은 것을 기억하고 있는 엄마에게 적잖이 놀랐다. 둘째 딸이 아까 만난 아주머니에 관해 물었다.

"어, 저기 살던⋯."

40년이 넘었지만 또렷하게 기억하는 일이 있었다. 치매 환자였던 엄마의 기억을 붙잡고 있는 이유가 궁금했다.

'엄마에게 사라진 집은 어떤 의미였을까?'

이후로 다시 그 동네에 간 적은 없다. 치매가 아니었다면 여전히 두 분은 그 집에 살고 있을지도 모르겠다. 넉넉하지 않은 살림이었지만 엄마는 건강했다. 자식들을 키우는 보람이 컸던 집이었다. 엄마가 힘들었지만 좋은 정서로 기억하는 집이었다. 부부가 힘을 합쳐 장만한 처음 집을 잊지 못하고 있었다. 어쩌면 엄마와 아버지와 같이 늙어가는 집이었는지도 모르겠다. 낡은 집만큼 오래된 추억이 겹겹이 있었다. 집이란 기억의 장소 같다. 엄마에게 사라진 집이 그랬던 것 같다. 기억은 때때로 놀라운 기적처럼 잃어버린 시간을 되돌려 놓는다.

둘째 딸은 엄마가 꺼낸 옛 기억 속 이야기로 잠시 자신의 10대 유년 시절을 회상했다.

이사 온 집 앞에서 둘째 딸과 동네 아이들

"둘째 딸(윗줄 상)은 동생인 막내아들(두 번째 줄 가운데)과

동네 아이들을 데리고 선생님 놀이를 자주 했다.

삼삼오오 동네 아이들이 더 많아지면 숨바꼭질, 잡기 놀이를 하며 신나게 지냈다."

엄마와 자식 넷

"결혼해서 처음으로 엄마와 아버지가 장만한 집의 딸들 방이다.

아버지 덕분에 가족들은 더 이상 남의 집에서 살지 않았다.

종종 귀한 장난감도 얻었다. 막내아들은 자기 키만한 장난감총을

아버지의 노동의 대가로 가질 수 있었다."

*

그녀를 챙기는 한 남자와 똘똘이☝

아픈 엄마를 챙기는 아버지는 60년지기 친구였다. 둘은 서로 잘 알았지만 때때로 동상이몽처럼 다른 생각을 했다. 둘째 딸은 아버지와 엄마를 보면서 부부로 산다는 것에 대해 생각했다.

노부부의 애틋한 실화를 바탕으로 한 국내 다큐멘터리 영화 〈님아, 그 강을 건너지 마오〉가 있었다. 백발의 두 노인이 서로를 천생연분으로 느끼며 사는 모습이었다. 긴 시간 동안 사랑하는 마음을 유지하는 비결에 시청자들은 주목했다.

'사랑은 시간과 정비례할까?'

아버지와 엄마를 보면 그런 것도 같다. 엄마가 치매 진단을 받기 전까지 아버지와 엄마는 마찰 없이 잘 지냈다. 두 사람의 노년이 이렇게 흘러갈 것이라 예상하지 않았다. 그래서 아버진 이전과 달리 가끔 화를 냈다. 대상자도 없이 혼자 붉으락푸르락했다. 그러면서도 끝까지 엄마 곁을 지키는 것이 도리라고도 말했다. 고단한 하루하루를 보내는 엄마만큼 아버지도 고단한 삶을 살고 있었다.

어느 날, 아버지가 자식들에게 엄마를 더는 요양원에 보내지 말라고 했다. 이후 당신이 끝까지 엄마 곁에 있겠다고. 아버지가 처음부터 이런 약속을 한 건 아니었다.

둘째 딸에게 아버지는 아내가 치매란 소리를 듣고 억울하다고 말했다. 억울함으로 종종 울었다. 엄마를 위한 눈물이었다. 아버진 남편으로서 아내와 살면서 호강은커녕 고생만 시켰다고 말했다. 그래서 엄마가 몹쓸 병에 걸린 것만 같다고도 했다. 자식 넷 모두 출가해서 이제 겨우 살 만 했는데 치매라니 말도 안 된다며 울먹였다. 차라리 수술해서 낫는 병이면 좋겠다고까지 했다. 왜 엄마가 치매란 병에 걸렸는지 모르겠다며 안타까워했다. 술도 먹지 못하는 아버지는 길게 한숨만 쉬었다.

엄마는 젊은 날, 아버지가 없는 시간 동안 자식 넷을 돌봤다. 집 하나라도 빨리 장만하려고 애썼다. 아버지 역시 가족을 위해 중동의 근로자로 10여 년간 일했다. 2~3년에 한 번꼴로 귀국했다. 올 때마다 자식들은 쑥쑥 자라 있었다. 25일 아버지의 월급날에 맞춰 찾아왔던 시어머니를 엄마는 모질지 못해 원하는 것을 해주었다. 마음과 몸 고생을 모두 감당한 엄마를 떠올리며 아버진 가슴 아파했다. 그래서 가끔은 자식들보다 엄마를 보며 더 많이 울었다.

엄마가 가끔 소화불량으로 체하면 아버지는 걱정했다. 젊었을 때 제때 밥을 먹지 못하고 일해서 생긴 병이라고 했다. 그래서 엄마가 아무것도 먹지 않으려 할 때면 아버진 더 많이 애를 썼다. 엄마의 입속에 숟가락을 자주 넣은 이유였다. 자식들이 뭐라고 해도 당신밖에 못 한다며 아버지는 아내를 향한 뚝심은 대단했다. 20대에 만나 60년을 함께 살아온 사이였다. 부모와 형제보다 더 긴 세월을 함께 보냈으니 그럴 만하다. 결혼 서약처럼 지금 엄마와 아버지는 검은 머리가 둘 다 파뿌리처럼 힘없고 하얗게 변했다. 아버지는 요즘 엄마의 빈자리를 미리 걱정한다. 그래서 치매라도 좋으니 당신 곁에 살아 있으라고 말했다. 아내를 먼저 떠나보낸 친구들을 통해서 익히 고독의 의미를 알고 있었다. 그렇게 말한 친구도 하나둘 떠나기 시작했다.

치매 환자의 보호자로 10년 동안 엄마 곁에 있었던 아버지였다. 가끔 엄마의 이상 행동으로 투덜거리긴 했다. 하지만, 마지막까지 엄마를 돌볼 사람은 당신이라고 생각했다. 경제적으로 어려운 시절에도 둘은 다투지 않았다. 이런 두 사람 사이에 약간의 틈이 생기기 시작한 때가 있었다. 끼어드는 누군가가 있었기 때문이다. 그에게 아내인 엄마가 처음으로 질투를 느꼈다.

똘똘이를 엄마가 째려 봤다. 아버지 곁에 바짝 다가섰기 때문이다. 두 사람 곁으로 똘똘이가 온 것은 엄마가 치매 진단을 받기 전이었다. 생후 3개월에 온 똘똘이에게 할아버지라고 소개한 아버지는 지극정성으로 돌봤다. 똘똘이는 처음에 아버지 못지않게 엄마도 잘 따랐다. 셋은 아주 잘 지냈다. 자주 산책했고 같이 외출했다. 엄마가 치매 환자가 되기 전까지. 이후 똘똘이는 아버지랑만 외출했다. 그런 날이 많아지면서 아버지에게 밀착되어 버렸다. 다른 사람을 따르지 않았다. 간식으로 회유해도 좀처럼 마음을 주지 않았다. 아버지가 외출하면 현관문 앞에서 목을 빼고 기다렸다.

"맨날 개한테만 신경 쓰고."

엄마의 말에 아버지는 아니라고 웃어넘겼다. 하지만 그런 측면이 전혀 없는 것은 아니었다. 똘똘이의 행동을 보면 주변 사람들도 엄마의 말이 맞는다고 느낀다. 엄마가 이젠 똘똘이를 봐도 아무런 반응을 보이지 않는다. 질투마저 귀찮아진 모양이다.

건강했을 때 엄마는 아버지에게 제일 잘했다. 자식들이 과하다며 뭐라 해도 면 속옷까지 다림질할 정도로 챙겼다. 귀찮아하지 않고 진심으로 아버지를 섬겼다. 이른 아침, 현장 일을 나가는 아버지를 위해 매번 미숫가루를 손수 만들었다. 아버지가 집에 올 시간에 맞춰 저녁밥을 짓는 것은 당연했다. 이런 엄마여서 집에 누구라도 오면 식사만큼은 정성스럽게 준비했다. 엄마의 성격이었다. 그래서 엄마의 집에 오는 사람은 절대 굶지 않았다. 아버지는 젊은 시절, 국이 없으면 반찬이 없다고 하는 사람이었다.

"오늘은 무슨 국을 끓이나?"

국에 대한 걱정은 엄마의 일과 중 하나였다. 특히 아버지를 위해 엄마는 한겨울에 소고기뭇국을 자주 끓였다. 겨울철 무가 유난히 달아서 그런 것 같다. 뜨거운 국물맛이 좋아 설날엔 가족들이 다 같이 먹었다. 소고기 양지로 국물을 내서 듬성듬성 썬 무를 넣고 끓인다. 무를 너무 얇게 썰지 않는 게 중요하다. 간은 적당량의 소금이나 조선간장으로 하면 된다. 먹기 전에 송송 썬 대파를 듬뿍 넣어야 맛이 좋다. 소고기뭇국과 더불어 김칫국도 겨울철에 자주 올렸던 메뉴였다. 항아리에서 갓 꺼내 온 김장김치가 주재료였다. 김치의 속을 털어내고 송송 썰어 준비한다. 멸치와 다시마로 우려낸 육수에 썰어 놓은 김치만 넣으면 끝이다. 이미 김치에 간이 되어 있어서 별도로 간을 하지 않아도 된다. 그래도 싱겁다면 소금이나 새우젓을 조금 더 넣으면 된다. 손이 많이 안 가는 국이다. 콩나물이나 어묵이 있으면 김치가 끓어오를 때 한 주먹 정도 넣어도 좋다. 이젠 기억 속 별미가 된 엄마표 국이다.

엄마의 치매가 아버지의 식습관까지 바꿨다. 국 없이 하는 식사도 익숙해졌다. 아버지는 직접 빵을 굽고 잼만 발라 블랙커피 한잔으로 해결하기도 했다. 엄마 대신 어설프지만, 국도 끓인다. 몇 년 전부턴 단골 반찬 가게를 만들었다. 10년이면 강산도 변한다는데 벌써 여섯 번이나 강산이 변할 만큼 엄마와 사셨으니 그동안 많은 변화를 겪었을 것이다. 그중에 최근 10년간의 생활도 강산이 변할 만큼의 짧지 않은 시간이다. 그러니 아버지도 주부 역할을 하는 것이다. 엄마도 변했다. 삼각관계에 있던 똘똘이를 더는 째려 보지 않는다. 똘똘이도 달라졌다. 아버지보다 엄마 편을 들 때가 있다. 난청으로 엄마가 불러도 못 듣는 아버지에게 똘똘이는 엄마가 부른다고 직접 달려갔다. 밖에서 사람이 오거나 전화벨 소리를 아버지에게 대신 알려준다. 10년이 지나는 동안 엄마 곁을 지킨 아버지와 함께한 똘똘이마저 엄마가 치매 환자인 줄 아는 눈치다. 밤에 엄마의 신호를 똘똘이는 누구보다 빨리 알아챘다. 침대에서 들리는 작은 소리는 똘똘이만 알아듣는다. 둘째 딸이 와 있을 때도 대신 신호를 알려주었다.

한번은 새벽에 엄마가 입이 말랐는지 물을 찾은 모양이다. 잠결이라 잘 듣지 못했다. 계속 자고 있는데 방문을 열고 똘똘이가 들어와 둘째 딸을 깨웠다.

"멍멍멍."

아버지와 똘똘이 때문에 엄마는 힘들지만, 아직 잘 버티고 있다.

중동에서 목수 근로자로 일했던 젊은 시절 아버지

"아버지는 타향에서 가족이 많이 보고 싶었을 것이다.

하지만 가족을 위해 그리움을 참으며 일했다. 그래서 자식 넷은 감사했다."

화원에 간 엄마와 아버지, 그리고 똘똘이

"아버지는 엄마가 좋아하는 꽃을 보기 위해

종종 똘똘이도 데리고 동네에 있는 화원에 가곤 했다."

엄마를 사랑했던 똘똘이

"애견 똘똘이는 난청인 아버지와 잠든 둘째 딸을 깨워 엄마를 함께 돌봤다.

생후 3개월 때 와서 10년도 넘게 아버지가 엄마를 돌보는 것을 지켜 봤다.

똘똘이도 더는 엄마가 질투의 대상이 아니다.

똘똘이와 엄마도 사랑하는 사이가 되었다."

＊
떡값을 세게 부르는 김여사의 속마음

엄마는 부지런했다. 게으르지 않으면 어디서든 먹고살 수 있다고 했다. 신용을 잃지 말라고 자주 강조한 엄마는 삶으로 실천했다. 남에게 피해를 주지 말라는 말도 덧붙였다. 부모와 자식 간에도 서로 걱정할 대상이 되면 안 된다고 했다. 그런 엄마가 치매 환자가 되어 당신의 소신대로 살지 못하고 있다. 노력 없이 바라는 것은 헛된 꿈이라고도 했다. 그런 꿈을 꾸는 것 자체가 욕심이라며. 그래서 엄마는 복권 같은 것은 절대 사지 못하게 했다. 엄마와 달리 아버지는 가끔 복권을 사면서 당첨의 꿈을 꾸었다.

"복권을 살 돈이 있으면 차라리 설렁탕이나 한 그릇 사 먹어."

엄마의 말에도 아버진 한 달에 한 번 정도 오로지 자식을 위해 소액을 복권 사는 일에 투자했다. 아버지의 관점에선 투자가 맞다. 둘째 딸이 아버지에게 물었다.

"일주일에 얼마나 사세요?"

"왜?"

"그냥 궁금해서요. 엄마가 싫어하시니까."

"5장."

아버진 1~2만 원 정도로 큰 꿈을 꾸셨다.

"당첨되면 뭐 하시게요?"

엄마와 다른 둘째 딸의 물음에 화색이 돌았다. 아버지는 종종 당신의 계획을 둘째 딸에게 펼쳤다.

"1억은 첫째 딸 주고, 1억은 장남 주고, 1억은⋯."

둘째 딸은 확률이 낮은 꿈인 줄 알면서도 아버지에게 말했다.

"당첨되면 아버지 다 쓰세요. 전 아무것도 안 주셔도 돼요. 아버지 돈이니까 돌아가시기 전에 다 쓰고 가세요."

아버지가 둘째 딸의 말에 빙그레 웃으며 쳐다봤다.

"왜?"

이유를 물었다.

"전 제가 벌어서 잘 살게요."

그러면 아버진 또 웃었다. 몇 해 전 두 분을 위해 둘째 딸은 역모기지론으로 주택연금을 신청했다. 매달 많지 않지만, 아버지가 생활할 만큼 돈이 나온다. 병간호에 필요한 돈은 자식 넷이 해결하고 있었다. 병원비 부담만 크지 않다면 아버진 살 만하다. 설렁탕을 사 먹으라고 해도 복권을 사 오는 날이면 엄마가 메뉴를 바꿨다.

"그럼, 차라리 빵이나 사 오던지."

둘째 딸은 엄마의 말에 피식 웃었다.

엄마가 어느 날부터 자식들이 오면 돈을 달라고 했다. 낯선 부탁이었다. 필요한 게 있으면 사다 드린다고 했지만, 콕 찍어 돈이라고 해서 이유가 궁금했다.

"뭐 하게?"

엄마의 표정은 사뭇 진지했다.

"떡 사 먹으려고."

어리둥절한 둘째 딸이 엄마를 다시 쳐다봤다.

"떡을 얼마나 사드시려고 돈을 달라고 하셔?"

자식들이 올 때 좋아하는 떡을 자주 사 오는 터라 물은 것이다.

"아주 많이."

이어 무조건 돈을 많이 주면 좋겠다고 해서 둘째 딸이 다시 엄마를 물끄러미 쳐다봤다. 엄마가 빙그레 웃어 둘째 딸이 따라 웃었다.

"그럼, 나도 일 많이 해야겠네."

많은 돈이 없이도 잘 살았던 엄마가 떡값을 세게 불렀다.

"알겠어. 돈 많이 벌어서 엄마 많이 갖다줄게."

둘째 딸의 말에 엄마가 환하게 웃으며 좋아했다.

둘째 딸은 '떡값을 세게 부르는 이유가 뭘까?'라고 곰곰이 생각했다.

둘째 딸이 열 살 무렵, 엄마는 재래시장에서 떡집을 했다. 백일이나 돌잔치, 결혼식과 회갑연에 맞춤 떡을 주문하는 사람이 많았다. 주문이 많으면 엄마는 가게 안에 딸린 작은 방에서 쪽잠을 자며 떡을 만들었다. 여름이면 큰 도로에 나가 좌판을 펼치기도 했다. 시장 안쪽에 있던 가게는 요즘 같은 현대식이 아니었다. 시장 통로는 종종 빗물이 샜다. 에어컨이 설치된 상점이 거의 없었다. 선풍기에 의지하다 보니 오후 늦게까지 팔지 못한 떡은 쉽게 상했다. 특히, 팥이나 콩으로 속을 채운 떡이 그랬다. 적극적으로 팔아야 자식들을 돌볼 수가 있었다. 엄마는 무더위를 마다하지 않았다. 가끔 이런 엄마의 노력에도 팔리지 않은 떡들은 가족들의 차지가 되었다. 특히, 하얀 앙금이 들어간 반달 모양의 개피떡은 단골 메뉴로 즐겨 먹었다.

어린이날 바쁜 엄마를 대신에 첫째 딸은 동생들을 데리고 어린이대공원에 갔다. 그 떡을 도시락으로 준비해서. 둘째 딸도 그날을 기억하고 있다. 사람들이 너무 많아 놀이기구 근처에는 가지 못했다. 아무것도 타지 못하고 동물들만 구경하다 지쳤다. 작은 언덕에 첫째 딸이 자리를 깔았다. 엄마가 싸 준 떡을 동생들과 나눠 먹었다. 어린이 세상이라는 날까지 먹었는데도 떡이 질리지 않은 게 신기할 정도다. 둘째 딸을 비롯해서 여전히 가족들은 엄마가 만들고 남으면 먹었던 그 시절 그 떡을 좋아한다.

치매 약을 먹으면서 엄마는 한때 입맛을 잃은 사람처럼 식사를 거의 하지 못했다. 급격하게 살이 빠졌다. 혼자 서 있기 힘들 정도까지 말랐다. 아버지는 몹시 걱정했다. 아내를 위해 뭐라도 해야 했지만, 방법을 찾지 못했다. 그러다 우연히 사 온 떡을 엄마가 잘 먹는 것을 보았다. 이후로 계속 떡을 사 왔다. 엄마도 당신이 떡집을 할 때 먹었던 떡임에도 좋아했다. 주로 인절미와 새하얀 개피떡이었다. 거의 매일 먹다 보니 떡집에서 서비스를 줄 정도였다. 자식들도 가면 사장님이 엄마 때문인 줄 알아봤다. 떡 덕분에 엄마는 다시 살이 올랐다. 나중엔 탄수화물 과다 섭취로 의사에게 떡 섭취를 줄이라는 주의까지 받았다. 그렇게 맛있는 떡을 지금 엄마는 입에 대지도 못한다.

엄마가 심하게 아픈 날이면 첫째 딸은 종종 시루떡이나 약밥을 직접 만들어 왔다. 엄마의 손맛을 이어받았는지 비슷한 맛을 냈다. 누워서 지내는 시간이 많은 엄마가 누구를 위해 떡값을 자꾸만 챙기는 것인지 알수 없었다. 당신이 직접 쓰지도 못하는 떡값을 세게 부르는 진짜 이유가 둘째 딸은 몹시 궁금했다. 이유를 몰랐지만, 용돈을 자주 건넸다.

"엄마, 여기."

봉투를 내밀면 세뱃돈 받는 아이처럼 좋아했다. 때때로 봉투까지 흔들었다. 둘째 딸에게 여신 고맙다고 했다. 젊었을 땐 지금보다 훨씬 많은 돈이 필요했을 것이다. 자식 넷의 학비와 생활비, 시댁과 친정의 동생 뒷바라지에 각종 경조사까지. 많은 것을 배우지도 가진 것도 없었던 엄마에게 장사는 현금을 얻기에 유용한 수단이었다. 떡집을 한 이유가 거기에 있었다. 가족을 위해 늦은 밤까지 떡을 만들었던 엄마의 모습을 둘째 딸은 기억하고 있다. 돈 걱정을 하던 모습도. 내색하진 않았지만, 자식들 등록금이 나오는 시기가 되면 어렸지만, 엄마의 그늘진 얼굴을 알아챘다. 자라면서 엄마의 시름을 어렴풋이 더 많이 이해했다. 떡값을 세게 요구하는 이유가 분명 있을 것 같아 둘째 딸은 가능한 한 신권이나 깨끗한 지폐로 봉투를 챙겼다.

엄마는 떡값이 생기면 성경책 사이에 봉투째 넣었다. 가끔 둘째 딸에게 직접 넣어두라고 했다. 책갈피를 넘기면 사이사이 여러 개의 봉투가 그대로 있었다.

"하나도 안 썼네."

둘째 딸이 봉투를 세면서 말했다. 엄마는 나중에 다 쓸 거라고 했다. 한번은 엄마가 둘째 딸에게 귓속말처럼 작게 말했다.

"네 아버지가 봉투 다 가져갔어."

아버지에게 확인했지만, 아니라고 했다. 살림을 아버지가 도맡아 한 뒤로는 명절이면 엄마 대신 자식들이 아버지한테 봉투를 건넸다. 그 때문에 엄마가 오해한 것이다. 이후로 둘째 딸은 아버지와 엄마의 봉투를 따로 준비했다. 금액과 상관없이 엄마는 기뻐했다. 엄마가 모아 놓은 떡값 돈 봉투가 열리는 날이 있었다.

"이쁜 것들."

손자녀들이 오면 한 명씩 이름을 부르며 당신의 것을 흘려보냈다. 자신을 위해선 떡값을 쓰지 않았다. 오로지 손자녀에게 할머니의 마음으로 전했다. 주로 어린이날이나 생일이었다.

"할머니, 나도 줘야죠."

서른 살이 넘은 큰조카가 장난처럼 말하면 방긋 웃고 정말로 봉투를 열었다. 가끔 아버지를 재촉하기도 했다.

"당신도 빨리 줘야지."

스무 살 이상 손자녀에게 줄 용돈을 생각하지 않은 아버지는 당황했다. 엄마가 손짓까지 하며 빨리 주라고 했다. 아버지는 어쩔 수 없어 예상하지 않은 지갑을 열었다. 둘째 조카도 할아버지 앞으로 양 손바닥을 포개어 내밀고 애교를 부렸다.

"할아버지 저도 주세요."

다 큰 손녀들까지 챙기는 날이 종종 있었다. 여러 장의 신사임당 얼굴이 들락날락 분주했다. 몇 장을 줘야 할지 잠시 고민하는 눈치였다. 손자녀를 사랑하는 할머니의 마음으로 열린 봉투 개봉이 끝나면 이번엔 자식들의 지갑이 열렸다. 첫째 딸부터 형편껏 손자녀들에게 흘려보낸 것 이상으로 엄마의 빈 봉투를 다시 채웠다. 엄마의 떡값이 다시 쌓였다. 전보다 더 세게 떡값을 불러도 좋다. 그러니 엄마가 건강하게 침대를 박차고 일어났으면 바랄 게 없다.

*

구사일생! 엄마를 살린 삼다수

엄마가 저녁 식사 후 심하게 토했다. 둘째 딸이 와서 반갑다며 삼겹살을 먹은 게 화근이었다. 맥없이 자리를 깔았다. 소화제도 소용이 없었다. 늦은 밤, 호흡이 거칠어지고 열이 올랐다. 응급실을 찾아 몇 가지 검사를 받았다. 검사 결과는 급성 쓸개염이었다. 바로 수술하라고 했다. 다른 선택을 할 수 없어 입원 절차를 밟았다. 식사를 전혀 하지 못하니 차라리 입원 치료를 받는 게 낫다고 생각했다. 며칠 전부터 계속 옆구리가 아프다고 한 엄마의 말을 단순 근육통으로 해석했다. 며칠간 정형외과만 다녔다.

치매 환자에게 새로운 질병이 나타나면 때때로 원인을 파악하기 어렵다. 정확하게 자신의 상태를 전달하지 못하기 때문이다. 더 세심한 돌봄이 필요하다. 엄마도 아픈 부위에 관해 물으면 위치만 가리켰다. 통증에 관해 더 자세히 말해 보라고 하면 그냥 "아야"라고만 했다. 심한 구토 증상의 원인을 찾은 건 다행이었다. 하지만 수술을 앞두고 있어 우려하는 마음이 가득했다. 기력이 없는 상태로 수술을 받아서인지 회복은 더디기만 했다. 이후로 어찌 된 일인지 생수 이외엔 전혀 먹지 않았다. 허기를 느낄 만도 한데 도통 먹는 것에 관심을 보이지 않았다. 가족들의 걱정은 다시 늘었다.

여러 날이 지나도 차도가 없어 이상할 정도라고 생각했다. 배가 고프지 않냐고 엄마에게 둘째 딸이 물으면 아니라고 고개를 저었다. 아주 적은 양의 물만 삼켰을 뿐 식사는 입도 대지 않았다. 통조림으로 된 환자용 관리 제품을 사 왔지만 마찬가지였다. 가족들의 근심이 깊어졌다.

일주일간 목만 축이더니 물조차 거부했다. 아버지가 숟가락으로 물을 억지로 넣어도 밀어냈다. 수술 후유증인가 싶었지만, 의사는 관련성이 없다고 일축했다. 오히려 수술은 잘되었다고 했다. 물이라도 많이 마시라고 해도 엄마는 여전히 삼키지 못했다. 조금씩 넣어도 입술 밖으로 새어 나오는 게 더 많았다. 아버지는 엄마가 삼킬 때까지 입에서 숟가락을 빼지 않았다. 목구멍으로 물이 넘어갈 때까지 기다렸다. 아버지의 이런 노력에도 소용이 없었다. 엄마는 눈에 띌 만큼 마른 체형으로 변해갔다. 또다시 입원을 고심했다. 그렇게 몇 주가 흘렀다. 큰일 날 것 같아 내과를 찾았다. 필요한 영양분을 수액으로 공급받았다. 입술 밖으로 흐르더라도 아버지는 단 한 방울의 물이라도 엄마의 입속에 넣고 말겠다는 듯이 숟가락을 들었다.

"여보, 이거 먹어야 해. 얼른 아 ~ 해봐."

절절한 아버지의 부탁에도 엄마는 쉽게 협조하지 않았다. 죽음을 작정한 것은 아닌지 의심이 들 정도였다. 둘째 딸도 걱정이 앞섰다. 일부러 그러나 싶기도 해서 엄마를 더 자주 살폈다.

"엄마, 뭐라도 먹어야 살지."

엄마가 스스로 생을 마감할 의도가 없다는 것을 알면서도 전혀 먹지 않아서 혹시 하는 생각마저 들었다. 걱정하며 옆에 있는 아버지와 둘째 딸을 반쯤 풀린 눈으로 엄마가 쳐다봤다. 오래 뜨지 못하고 양쪽 눈을 감았다. 아니 저절로 감겼다고 봐야 맞다. 눈을 뜰 힘조차 사라진 듯 보였다.

'정말 어떻게 되는 거 아냐?'

이런 마음이 들어 둘째 딸은 초조했다.

"엄마, 물이라도 많이 먹자. 제발."

아무리 말을 시키고 달래봐도 소용없었다. 소리를 낼 힘도 없는지 엄마는 아무 반응도 보이지 않았다. 물도 마시지 않고 질문에 대답도 하지 않았다. 가끔 아니라는 듯 고개만 가로저었다.

정신과 진료일에 의사에게 엄마의 상태를 보고했다. 혹시라도 엄마가 식음을 전폐할 수 있는지도 물었다. 바뀐 의사는 그런 경우가 전혀 없는 건 아니라고 했다. 하지만 엄마의 성향으로 봐서 그건 아닐 것 같다고 했다. 둘째 딸은 한시름 놓았다. 그러나 여전히 엄마가 먹는 것을 거부했다. 벼랑 끝에 필사적으로 매달린 사람을 살리려는 듯 아버진 어떻게 해서든 물을 넣으려 했다. 숟가락을 들고 엄마의 입술을 두드리듯 반복하자 엄마의 입속에 물이 조금씩 들어갔다. 다행이라 여겼다. 그러나 엄마도 요령을 피웠다. 입속에 물고 있다가 아버지가 돌아서면 뱉었다. 삼키지 않는 엄마와 무슨 수를 써서라도 삼키게 하려는 아버지의 긴 싸움이었다. 단식하는 사람도 물은 마시는데. 힘든 시간이 흐르고 있었다.

어느 날 아침, 엄마의 입에서 소리가 가늘게 들렸다. 기운 없는 엄마가 자발적으로 소리를 낸 것이다. 반가워 둘째 딸은 즉시 달려갔다. 하지만 전혀 알아듣지 못했다. 발음이 모두 뭉개진 소리를 냈기 때문이다. 가까이 다가서도 도무지 이해할 수 없었다.

"엄마, 뭐라고?"

크게 이야기해 보라고 해도 소용이 없었다. 입가에 손을 올려 나팔을 불었다.

"더 크게, 다시."

엄마의 입술에 둘째 딸은 귀를 가까이 댔다. 허사였다.

"뭐라고?"

환자의 입술이 열렸다 다물어졌다.

"뭐, 오빠 오라고?"

고개를 저었다. 두 아들 이름에 '수' 자 돌림이 있었기 때문에 둘째 딸이 또 물었다.

"그럼, 막내?"

역시 아니었다.

"그럼, 무슨 말이야? 무슨 수라고 하는 것 같은데."

아버지도 가까이 다가왔다.

"다시 말해봐."

아내의 입술에 귀를 대 보았지만 모르겠다고 했다.

"엄마, 다시 한 번 말해 봐요. 뭐라고?"

엄마의 입술이 조금 전보다 힘이 들어갔다.

"뭐, 삼다수?"

깜짝 놀라 맞는지 되물었다.

"삼다수? 맞아?"

엄마가 고개를 끄덕였다.

"오빠, 엄마가 삼다수 드시고 싶대."

급하게 편의점으로 간 큰아들이 500ml 두 병을 사 왔다. 주는 대로 엄마가 물을 받아 마셨다. 신기했다. 그날 이후 삼다수 생수병을 보면 이상하게 엄마가 거부하지 않았다. 평상시엔 생수를 전혀 입에 대지도 않던 엄마였다. 끓인 보리차나 옥수수 차를 즐겨 마셨다. 갑자기 삼다수를 왜 찾았는지 궁금했다. 이유를 이후로도 계속 알지 못했지만, 구사일생이었다.

다음 날부터 신기한 일이 계속 벌어졌다.

"엄마, 삼다수야. 아~~~."

그러면 엄마가 자발적으로 입을 벌렸다. 가족들은 기적의 물이라고 불렀다.

"우리 엄마를 삼다수가 살렸네."

2000년대 초반 한 공영방송은 '물은 생명이고 물은 곧 지구'라는 캠페인 구호를 사용했다. 엄마에게 삼다수가 그랬다. 음식을 전혀 먹지 않으려 했던 엄마에게 물은 생명 유지를 위해서라도 삼켜야만 하는 물질이었다. 우연히 엄마가 내뱉은 말 한마디로 가족들은 엄마에게 생명 같은 물을 주기 시작했다. 삼다수를 조금씩 마시면서 약간의 기력을 되찾았다. 그러나 물만으로는 안 될 것 같았다. 다시 주기적으로 내과를 찾아 수액으로 보충했다. 수액 역시 물의 형태니까 생명 유지에 도움이 되었다. 둘째 딸은 삼다수를 한 상자씩 주문했다.

"아픈 엄마랑 있는 게 없는 것보다 행복한 거야."

부모를 모두 떠나보낸 J언니의 말이다. 엄마가 곁에 있을 때 더 잘하라고 했다. 이어 엄마 앞에서 많이 웃고 떠들라고도 말했다. 아픈 사람 앞에서 웃고 떠드는 가족의 얼굴을 떠올리기 어려웠다. 하지만 즐거운 기운을 엄마가 느끼게 해 주라는 뜻을 이해했다. 쇼펜하우어의 "고통이 없는 상태가 행복한 게 아니라 견디는 것 자체가 행복이다"란 말의 의미와 같았다. J언니가 자기 경험에서 얻은 말을 전한 터라 둘째 딸은 실천하려고 애썼다. 그래서 엄마에게 좋은 정서를 주려고 J언니의 조언처럼 행동했다. 둘째 딸은 물을 따르면서 술을 마시는 사람처럼 소리를 내며 깔깔깔 웃어 보였다.

"카"

엄마가 쳐다봤다.

"엄마도 해봐. 자, 마셔봐요. 꿀꺽꿀꺽. 그리고 웃어봐요."

어린아이 대하듯 둘째 딸은 엄마를 대했다. 엄마가 물을 잘 삼키면 아버지도 칭찬했다.

"아이고, 잘 마셨네요."

"다 마셔주셔서 감사합니다."

좋은 기운을 엄마에게 계속 전했다. 엄마가 웃고 기운을 차리라고.

"삼다수 물 맛있지요?"

엄마는 조용히 고개만 끄덕였다. 둘째 딸은 엄마를 보며 물을 벌컥벌컥 들이켰다.

"캬, 물맛 좋다."

그 모습을 바라본 엄마가 종종 둘째 딸에게 먼저 물을 달라고 했다.

"물 더 줘."

느리지만 엄마가 당신의 의사 표현을 분명하게 전달했다. 엄마에게 가족들은 서로 물을 먼저 주겠다고 했다.

"알겠습니다. 삼다수 대령이요."

컵에 따른 물을 한 숟가락씩 정성껏 엄마의 입속에 넣었다. 생명을 살리는 마음으로. 엄마에게 물은 생명이고, 생명이 있는 엄마는 가족들의 우주였다.

제주도 여행에서 아버지와 엄마

"치매 전에 떠난 제주도 여행에서 엄마는 아버지와 많이 웃었다.

이곳에서 엄마는 삼다수를 마셨다. 꺼져가는 불씨를 살리듯이

기억 속 삼다수 한 모금이 엄마의 생명을 연장시켰다."

집 근처 공원에서 엄마와 아버지

"코로나 팬데믹 상황 속에서 외출이 자유롭지 못한 엄마를

휠체어에 앉히고 아버지는 똘똘이와 함께 종종 산책했다.

건강한 아버지 덕분에 엄마는 이렇게라도 바깥 공기를 쐬고 왔다."

*
숨 가쁘게 돌아가는 엄마의 시간

"가래가 너무 많이 끓어."

둘째 딸은 몸을 일으켜 세웠다.

"영상통화로 바꿔봐."

첫째 딸에게 온 전화였다. 굵은 장맛비가 온종일 내리는 저녁이었다. 화면 속 엄마는 몹시 힘들어 보였다. 가래 끓는 소리가 비처럼 거칠었다.

"언제부터?"

첫째 딸은 울먹이며 설명했다. 오후에 와서 보니 엄마가 말을 시켜도 눈도 못 뜬다고. 가래 때문에 계속 쌕쌕거린다며 어떻게 해야 하냐고 걱정했다.

"빨리 혈압 체크하고 산소 포화도 재봐."

며칠 전부터 둘째 딸 대신 친정에 와 있는 첫째 딸에게 재촉했다.

"산소포화도는 어떻게 재는지 몰라?"

둘째 딸이 첫째 딸에게 빠르게 사용법을 전달했다.

"84."

계속 낮은 숫자를 부르는 첫째 딸의 목소리 사이로 엄마의 가래 끓는 소리가 심상치 않았다.

"위험해. 빨리 산소마스크 갖다 대."

119에 신고부터 하라고 한 뒤 둘째 딸은 서둘러 짐을 챙겼다. 방학이라 집에 와 있는 손자가 곤히 자고 있었다. 둘째 사위는 쏟아지는 비 때문에 집 주위를 살피러 나갔다. 강원도로 온 이후 궂은비가 오면 으레 하는 일이었다. 마른장마라더니 예보가 빗나갔다. 어깨에 떨어진 비를 털며 둘째 사위가 들어왔다.

"응급상황이야. 바로 올라가야 해."

짐을 챙기는 둘째 딸을 보며 무슨 뜻인지 알겠다며 고개를 끄덕였다.

"다 챙겨서 가. 금방 못 오겠네."

봄부터 비슷한 상황이 여러 번 있었던 터라 둘째 사위도 바로 알아챘다. 잠결에 응급이란 소릴 들었는지 손자도 눈을 비비며 몸을 일으켰다.

"저도 같이 갈래요."

다급한 마음에 둘째 딸이 재촉했다.

"빨리 챙겨. 바로 출발할 거야."

둘째 딸이 바쁘게 움직이자 손자는 이불을 박차고 침대를 신속하게 빠져나왔다. 대답만큼 짐도 신속하게 챙겼다. 현관으로 나오자 빗줄기는 더 강해졌다. 바람이 우산을 반쯤 뒤집었다. 시동을 걸고 내비게이션을 켰다. 다행히 평상시처럼 예상 소요 시간은 2시간이었다. 운전석 창문 밖에 둘째 사위가 우두커니 서 있었다. 차 안을 보며 걱정스러운 얼굴을 했다.

"운전 조심해."

둘째 딸은 고개만 끄덕였다. 세찬 비를 맞고 있어 얼른 들어가란 손짓을 했다. 둘째 딸이 빠르게 후진 기어를 넣었다.

"할머니는 어느 병원으로 가신대요?"

엄마 생각에 빠져 있던 둘째 딸을 손자가 깨웠다. 때마침 진동벨이 울렸다.

"이모한테 왔는데?"

운전 중이라 대신 받으라고 했다. 손자는 통화 후 내용을 전달해 주었다. 엄마는 이미 인근 대학병원으로 이송 중이었다. 강한 빗줄기를 뚫고 고속도로에 진입했다. 다행히 차는 많지 않았다. 응급차 안에 있을 엄마를 떠올렸다. 앞이 빗길이라 보이지 않았다. 둘째 딸은 비상등을 켰다. 가장 빠른 와이퍼로 작동을 변경했다. 여전히 분간하기 어려울 정도로 세차게 비가 내렸다. 생사를 넘나드는 엄마처럼 사방은 어둡기만 했다.

엄마집에 도착하자 아버지만이 초조하게 기다렸다. 둘째 딸은 뜬눈으로 밤을 보냈다. 엄마의 입원 소식이 전해졌다.

안방에 엄마의 빈 침대가 덩그러니 눈에 들어왔다. 엄마만 없을 뿐인데 안방은 너무 커 보였다. 온 집안이 휑해서 쓸쓸하기까지 했다. 아버지 역시 엄마의 빈자리가 눈에 들어오는지 정리할 것도 없는 침대 주변을 쓸고 또 닦았다. 아직도 코로나 상황이라 병원엔 보호자가 한 명밖에 들어갈 수 없었다. 어젯밤에 응급실로 간 첫째 딸에게 간단하게 상태를 들었다. 첫째 딸의 연락을 가족들은 기다리고 있었다. 간밤에 찍은 짧은 동영상 하나가 형제들 단톡방에 올라왔다. 엄마와 첫째 딸의 대화 내용이었다.

"엄마, 지금 여기 어디야?"

첫째 딸의 질문에 가래를 가득 머금은 엄마가 대답했다.

"병원."

"조그맣게."

기력을 되찾았는지 한밤중 엄마의 목소리는 제법 컸다.

"○○대학병원."

엄마는 자신이 있는 곳을 정확하게 알고 있었다.

"지금은 저녁이야. 조용히 해야 해."

작게 벌린 엄마의 입술 사이로 가래 끓는 소리가 쌕쌕거렸다.

"아니야!"

여러 날 듣지 못한 엄마의 목소리였다. 둘째 딸은 소리만으로도 반가웠다. 혹시라도 말하는 것을 잊어버렸을까 봐 노심초사했다. 첫째 딸도 반가웠는지 동영상으로 엄마의 목소리를 공유했다. 대화가 이어졌다.

"난 누구야?"

첫째 딸의 물음에 아랫니를 드러낸 엄마가 힘을 주어 대답했다.

"딸~~~."

엄마의 모습이 순한 유치원생처럼 보였다.

"맞았어요. 지금은 잘 시간이니까 조용히 합시다."

촬영 시간을 보니 조용히 해야 할 것 같았다. 이후 엄마는 첫째 딸의 말처럼 조용히 수면 상태로 들어갔다. 입술을 꼭 다물고. 엄마가 다시 의식을 되찾았다.

엄마와 함께 갔던 정신과 초진일이 생각났다.

"여기 어디예요?"

의사가 물었다. 현실감각 능력이라고 부르는 지남력을 확인하기 위한 질문이다. 날짜, 시간, 장소, 사람에 관한 질문을 통해 환자의 감각 상실이나 변화와 같은 이상 유무를 판단할 때 주로 쓰인다. 엄마처럼 치매나 인지 장애, 기억 상실 환자의 상태가 어느 정도인지 파악하는 데 도움을 준다. 의사의 질문에 엄마는 웬만한 건 다 대답했다. 대체로 아는 것은 정확했다. 그런 엄마가 지금은 섬망 증상으로 행간을 알 수 없는 말을 자주 했다. 낮에도 꿈속에 있는 사람처럼 현실과 동떨어진 말을 하기도 했다. 이랬던 엄마가 자신이 입원실에 있는 상태를 정확하게 알고 대답했다. 위험한 고비를 벌써 여러 번 넘겼다. 이번에도 잘 견디길 둘째 딸은 기도했다.

"제발, 설마 지금은 아니겠지요."

엄마의 빈 침대를 둘째 딸은 다시 쳐다봤다. 치매 환자 이전까진 침대를 사용해 본 적이 없는 엄마였다. 이젠 침대 없인 생활 자체가 어렵다. 높낮이 조절이 가능한 환자용 침대를 주문한다고 했을 때 엄마는 그만두라고 거절했다. 평생을 요만 깔고 잔 탓이었다. 그러나 거동이 불편해지자 당신 스스로 소파에서 일어나지 않았다. 밤잠도 소파 위에서 해결하는 것을 본 후 침대를 주문했다. 이후 엄마는 침대에서만 잤다.

엄마가 다시 입원했다. 빈 엄마의 침대를 본 둘째 딸은 마음이 허전했다. 입원이 길어지자 아버지는 거실로 나갔다. 둘째 딸 역시 엄마의 빈 침대가 보이는 안방에 들어오고 싶지 않았다. 환자용 침대가 들어온 첫날부터 아버진 아내가 있는 아래쪽에 당신의 이부자리를 깔았다. 엄마의 침대 주변엔 온통 환자용 물품뿐이다. 이동식 변기, 일회용 비닐장갑, 물티슈, 갑 티슈, 일자형 기저귀, 팬티형 기저귀, 가재 손수건, 턱받이 앞치마, 피부 질환 연고 등등. 모두 제자리에 놓여 있다. 물품의 주인만 돌아

오지 못하고 있을 뿐.

"엄마!"

나지막이 불렀다. 문밖에서 엄마의 빈 침대를 바라봤다. 고개를 돌리니 거실 소파 위에 모로 누운 아버지의 굽은 등이 보였다. 엄마만큼 늙은 아버지도 측은했다.

둘째 딸은 아버지를 보며 '지금 무슨 생각을 하고 계실까? 잠드신 것일까? 아니면 잠든 척을 하는 것일까?'라는 생각을 했다.

사람이 든 자리는 몰라도 난 자린 금방 티가 난다는 말이 있다. 둘째 딸은 엄마의 난 자리에 잠이 오지 않았다.

*

설마 오늘은 아니겠지

"119! 빨리빨리!"

막내아들을 기다리며 가쁜 숨을 몰아쉬던 엄마를 더는 지켜볼 수 없어 둘째 딸이 버튼을 눌렀다. 아침에 퇴원한 엄마의 몸이 뜨거워지기 시작했다. 가래도 더 심하게 끓었다. 체온이 0.1도씩 올라가고 있었다. 엄마의 숨이 턱 밑까지 찬 듯 보였다. 산소호흡기에 의지하면 시간을 조금은 연장할 수 있었다. 하지만 엄마는 연명치료를 거부했다. 힘든 결정이었지만 가족 모두 엄마의 결정에 동의한 상태였다. 짧은 시간이라도 집안에서 편안하게 지내고 싶은 엄마의 마지막 바람이었다.

귀가한 엄마는 익숙한 당신의 침대에 누워 가족 한 사람씩 눈을 맞추고 몇 마디씩 건넸다. 콧줄로 환자식 일부와 처방받은 약까지 먹었다. 오후 다섯 시까진 의식이 있었다. 아직은 잘 견디는 듯했다. 그러나 저녁 여덟 시 이후, 호흡이 가빠졌다. 그렁그렁 가래 소리가 숨을 막는 듯했다. 막내아들과 통화할 때 소리를 내지 못했다. 그러나 이미 눈가는 촉촉했다. 무언으로 막내아들을 애타게 부르고 있었다.

"엄마, 막내 보고 싶어?"

둘째 딸의 물음에 힘없이 눈꺼풀만 감았다 떴다.

"오라고 할까?"

엄마는 한 번 더 힘겹게 고개를 끄덕였다. 막내아들이 바로 출발했다. 기다리는 동안 혈압과 산소포화도는 계속 낮아졌다.

87...

81......

72.........

60............

가정용 산소마스크를 엄마의 코와 입에 밀착시켰다. 떨어지는 숫자가 믿기지 않아 건전지까지 교체했으나 나아지지 않았다.

"어떻게?"

가족들의 입술과 마음이 모두 타들어 갔다. 엄마의 팔다리를 주무르고 냉매로 얼굴의 열기를 식혔지만, 변화가 없었다.

"막내를 봐야 하는데…. 구급차가 먼저 도착하면 어떻게…."

큰아들이 막내아들에게 다시 전화를 걸었다. 아직 10분은 더 걸린다고 했다. 이동 중인 구급차 안에서 응급구조사가 엄마의 상태를 확인하며 계속 지시했다. 엄마가 사선을 넘고 있음을 직감했다. 아버지는 가늘게 떴다 저절로 감기는 엄마의 눈을 보고 더는 볼 수 없는지 눈물을 터뜨렸다.

"여보, 나 보여? 눈 좀 떠봐."

"엄마! 엄마!"

"막내 오고 있어. 조금만 힘을 내요."

큰아들과 둘째 딸도 엄마를 불렀다. 하지만, 점점 초점을 잃어가고 있었다.

"엄마, 조금만 더 힘을 내…. 지금은 안 돼."

"보고 싶은 막내 봐야지."

"여보! 여보!"

엄마를 위해 제일 나은 선택을 한 것이라고 믿었다. 마지막 순간이 이런 것이라면? 둘째 딸은 요양 시설에 가서 임종하는 것만은 피하고 싶었다. 코로나 상황이라 가족면회도 어렵다. 엄마가 힘들어하자 다시 초조했다. 그 순간 똘똘이가 크게 짖었다. 막내아들이 구급차보다 먼저 도착했다. 급하게 손만 닦고 들어 온 막내아들이 엄마 곁으로 다가왔다.

"엄마, 나 왔어."

몇 번 더 부르자 엄마는 힘겹게 실눈을 떴다. 막내아들을 살갑게 쳐다봤다. 곧이어 구급차도 경광등을 밝히며 아파트 동 입구에 도착했다.

세 명의 구조사가 들어왔다. 엄마의 호흡 상태를 확인하고 몇 가지 짧은 질문을 했다. 이어 엄마에게 산소를 공급했다. 추가 질문에 두 딸이 동시에 대답했다.

"한 분만 대답하세요."

다급한 상황에 처치하는 것을 이해는 했다. 그래도 다소 사무적이라고 느꼈다. 위기 상황에 있는 가족의 마음을 더 헤아리지 못하는 것 같아서 살짝 불편하기도 했다. 퇴원했던 병원 응급실로 다시 가기로 결정했다. 이송 침대로 옮겨지는 엄마의 부은 하체가 고스란히 드러났다. 콧줄과 소변 줄을 빠르게 정리한 구조사들도 서둘렀다. 거실로 나가면서 침대가 살짝 흔들렸다. 기우뚱해진 침대 위의 엄마가 먼저 보였다. 반사적으로 둘째 딸은 침대 곁으로 다가섰다.

"다 보고 있어요."

앞쪽에 있던 구조사가 먼저 말했다. 급한 마음에 엄마가 다칠까 봐 둘째 딸이 한 행동이었다.

"네. 알겠습니다."

방해할 생각이 전혀 없었지만, 결과는 달랐다. 둘째 딸은 뒤로 조용히 물러났다. 한 사람만 구급차에 탈 수 있는 규정을 알고 있는 첫째 딸이 이미 가방을 메고 뒤따랐다. 남은 가족도 주차장으로 향했다. 구급차가 먼저 빠져나가도록 큰아들 차에서 모두 기다렸다.

출발 직전, 구조사 한 명이 갑자기 큰아들 차로 다가왔다.

'무슨 일이지? 설마 엄마가….'

이송 칸의 문은 닫혀 있었다. 중요한 일인가 싶어 둘째 딸만 하차해서 이유를 물었다.

"구급차 뒤에 바짝 따라오시면 안 됩니다."

둘째 딸은 '그 말을 하기 위해서 왔다고?'라고 생각이 들자 언짢았다.

"네. 알겠습니다. 당연히 그렇게 하진 않죠."

둘째 딸은 최대한 공손하게 말했다. 당연한 일을 당부하는 것을 보니 구급차 뒤를 따르는 운전자들이 있는가 싶었다.

둘째 딸은 '지금은 일분일초가 아까운데 굳이 저런 말까지….'라고 생각했다.

"뭐래?"

조수석으로 돌아온 둘째 딸에게 큰아들이 물었다.

"구급차 뒤에 바짝 따라붙지 말라고…."

큰아들 역시 당연한 거 아니냐고 말했다. 되돌아간 구조사를 태운 구급차가 경광등을 밝히며 떠났다. 큰아들 차도 뒤이어 병원으로 출발했다.

진료가 모두 끝난 평일 저녁의 대학병원 주변은 조용했다. 응급실과 코로나 검사 부스만 사람들이 드나들었다.

둘째 딸은 심장 뛰는 소리가 '두근두근' 하고 들리는 것만 같았다. 입술도 빠르게 마르는 느낌이었다. 아버지는 벌써 눈물바다였다. 응급실에 있는 첫째 딸이 소식을 전했다. 앞으로 빠르면 1시간, 길면 3시간 또는 4시간 안에 엄마가 임종할 가능성이 크다고.

본관 건물 뒤쪽 벤치에 앉은 세 사람은 장례를 논의했다. 몇 주 전부터 넣고 다녔던 장례식장 명함을 형제 단톡방에 둘째 딸이 먼저 공유했다. 막내아들은 작년에 찍은 표정 좋은 엄마의 사진을 올렸다. 주름진 얼굴에 엷은 미소를 띠고 있었다.

"그래. 이걸로 하자."

첫째 딸에게 다시 연락을 받으면 어떻게 움직일지 상의했다. 이후 각자 몇 군데 전화로 상황을 알렸다.

"두 명까지만 가능하대."

임종이 임박해지면 엄마를 다시 볼 수 있는 가족의 숫자를 첫째 딸이 알려주었다. 코로나 재확산으로 다시 통제가 심해졌다.

"단, 두 명?"

옆에 계신 아버지를 보았다.

"아버지는 당연히 들어가셔야죠."

둘째 딸이 아버지를 챙겼다. 첫째 딸에게 전화가 왔다. 입원 기간 내내 첫째 딸은 엄마랑 있었다며 자기 말고 동생 중 한 명이 임종 면회를 하라고. 두 명의 아들이 둘째 딸을 지목했다.

"그동안 계속 엄마를 돌봐드렸고, 아버지 위로도 잘해 드릴 수 있으니까 네가 들어가."

큰아들이 먼저 말했다. 막내아들도 둘째 딸이 좋겠다고 했다.

"그래, 작은누나가 아버지랑 엄마 한번 더 봐."

그러나 둘째 딸은 엄마를 생각하며 큰아들에게 양보했다.

"오빠가 들어가는 게 좋겠어. 일하러 다니느라 엄마를 제일 못 봤잖아. 나도 봄부터 계속 집에 와 있어서 언니처럼 엄마를 많이 봤으니까 오빠가 엄마 한번 더 봐. 그게 좋겠어."

연락을 받으면 아버지와 큰아들이 엄마를 마지막으로 한번 더 보기로 최종 결정했다. 짧은 시간이라면 엄마가 더 보고 싶어 하는 사람이 들어가는 게 맞는다고 생각했다.

벤치에서 장례 준비를 논의하고 있는데 첫째 딸이 다시 전화했다. 의사가 갑자기 집이 가깝다고 하니 기다리고 있는 가족들에게 귀가해서 대기하라고 했다고. 엄마의 상태를 더 지켜보는 게 좋다는 소견으로 바뀌었다고 전했다. 의사의 지시를 따르기로 했다. 엄마의 상태가 임종 고비를 넘긴 모양이다.

둘째 딸은 엄마가 조금 더 버티어 주기만을 간절히 기도했다. 산소를 최대치로 공급하고 있으나 산소포화도가 올라가지 않는다고 다시 엄마의 상태가 전해졌다. 그러나 의사가 최선을 다해 보겠다고 했다. 가족들은 집에 가서 기다리기로 했다. 남은 건 기다림뿐이다. 엄마가 다시 위급해지면 목에 삽관할 수도 있다고 했다. 가족들에게 그 결정을 미리 해달라고 또 연락이 왔다. 가족들은 엄마가 사전에 한 이야기가 있어서 그것엔 동의하지 않았다. 환자의 뜻을 의사에게 밝혔다. 그 때문인지 이후 별다른 연락이 없었다. 밤이 더디게 지나가고 있었다.

둘째 딸은 '설마 오늘은 아니겠지?'라고 생각했다.

엄마 소식을 기다리다 둘째 딸은 깜빡 잠들었다. 꿈속에서 엄마를 부르는 자기 목소리에 깬 후 시계부터 봤다.

새벽 4시 50분. 휴대전화기를 보니 아무런 연락이 없었다. 며칠 전 병원에서 엄마가 첫째 딸에게 한 말이 생각났다.

"나 아버지 보고 싶어, 엄마도 보고 싶고."

희미했지만, 엄마가 돌아가신 당신의 부모를 보고 싶다고 정확하게 말했다. 고인이 된 부모에게 가고 싶다는 말의 의미를 잘 알고 있다.

"엄마!"

둘째 딸은 휴대전화기 키패드를 눌렀다. 첫째 딸은 받지 않았다. 몇 번 더 걸자 겨우 연락이 닿았다. 첫째 딸이 엄마 상태를 전해주었다. 가래가 많이 끓어 계속 빼냈고 산소도 최대치로 공급하고 있다고. 하지만, 여전히 상태는 좋지 않아서 호전은 없다고 했다. 삽관하지 않으면 대학병원이라 재입원하기 어려울 것 같다는 의사의 말도 덧붙였다. 엄마가 집으로 올 수는 없었다. 의사가 병원 간 이동을 의미하는 전원을 요구했다. 날이 밝으면 다른 곳으로 옮겨야 한다며 병원을 어디로 갈지 첫째 딸이 물었다.

아침 7시, 사설 응급차로 첫째 딸의 집이 있는 중형 병원 응급실로 이동했다. 전원 처방에 따른 조치였다. 다행히 전날 임종 신호에도 엄마는 호흡하고 있었다. 무사히 또 한고비를 넘긴 것이다.

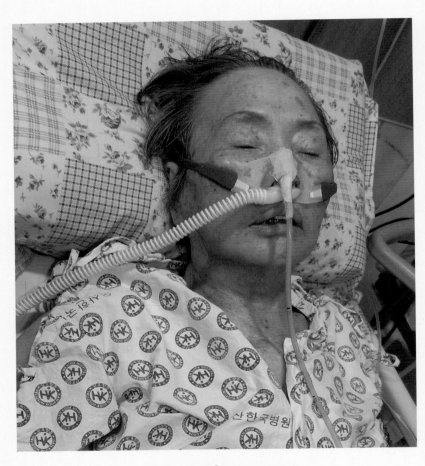

병원에서 위태롭게 버티는 엄마

"가족들은 엄마의 임종 면회를 순서대로 했지만,

엄마는 그 순간에는 가족을 알아보지 못했다."

사랑하는 엄마가 치매였을 때

사선을 넘는 마지막 순간까지 애타게 찾았던 막내아들의 어린 시절

"막내아들이 초등학교에 들어가기도 전이다.

아버지가 선물로 사온 장난감 비행기를 들고 있다.

난산으로 얻은 막내아들은 엄마가 끝까지 보고 싶어한 존재였다."

개똥밭에 굴러도 이승이 낫다는데

다시 가래로 힘든 엄마가 더 자주 쌕쌕거렸다. 기계장치로도 뺄 수 없는 가래로 힘들다고 한 지 벌써 며칠이 지났다. 엄마의 호흡은 더 거칠어졌다. 잠시도 잠을 이루지 못했다. 가래약조차 도움이 되지 않았다. 자가 호흡이 어려웠다.

"보호자도 살아야죠. 필요하면 이야기하세요."

첫째 딸에게 의사가 건넨 말이다. 마약계 진통제 처방을 암시했다. 아직은 괜찮다고 했다. 하지만, 곧 처방받을 것 같았다. 다른 질병으로 입원하더라도 마지막엔 폐 손상으로 사망하는 예가 많다. 엄마의 폐도 곧 멈출 준비를 하는 듯 숨소리가 힘겨웠다.

"나 빨리 가고 싶어."

고통이 심해지자 엄마는 또다시 생을 정리하고 싶어 했다.

"엄마, 어디에 가고 싶은데?"

둘째 딸이 물으면 허공을 가리켰다. 개똥밭에 굴러도 이승이 낫다는데 엄마는 아닌 것 같았다. 면역력이 떨어져 이제 혈색과 근육의 탄력성이 거의 없었다. 머리카락도 더 많이 빠졌다. 얼굴 곳곳에 검버섯이 피었다. 다리는 깡말랐고, 피부도 윤기를 잃었다. 시간이 흐를수록 엄마는 기운을 차리지 못했다. 꺼져가는 촛불 같았다.

살아 있는 동안 엄마는 꽃처럼 아름다움을 간직하고 싶어 했지만 그러지 못하고 있었다. 오히려 계속 하늘나라에만 소망을 두었다.

사람들은 사후에도 좋은 모습을 남기려고 장수 사진을 찍기도 한다. 장수 사진을 찍으면 오래 산다는 말까지 있다. 하지만 엄마는 이런 것을 준비할 생각도 하지 않았다.

장수 사진을 전문적으로 찍어 온 사진사가 부모의 장수 사진을 일부러 찍지 말라고 조언했다. 대신 평상시 자연스러운 모습을 많이 담으라고 했다. 영정 사진은 그중에서 가장 좋은 걸로 정하면 얼마든지 편집해 줄 수 있다고. 요즘엔 예전 같지 않아서 디지털카메라로 찍어 컴퓨터 보정을 쉽게 할 수 있다. 그래서 둘째 딸도 휴대전화기 셔터를 시간이 되면 자주 눌렀다. 이전에 찍어놓은 엄마의 사진과 현재 모습을 비교해 봐도 확연하게 생기가 줄었다. 건강할 때도 장수 사진 찍는 것을 원하지 않았던 엄마였다.

요즘엔 양로원이나 노인복지관에서 장수 사진 봉사를 하는 분들이 있다. 조금이라도 더 나은 사진을 얻기 위해 메이크업에 헤어, 코디까지 한다. 친할머니는 엄마보다 훨씬 젊었을 때 장수 사진을 찍었다. 삼베로 짠 수의도 미리 준비했다. 곱게 쪽 찐 머리와 한복까지 입은 사진으로 영정 사진을 만들었다. 미리 준비한 사진 덕분인지 정말 장수했다. 친할머니는 엄마 품에서 생을 마감했다. 살아 있을 땐 며느리 귀한 줄 몰랐다. 남아선호사상을 당연하게 받아들였던 시대의 시어머니답게 아버지만 귀하게 여겼다. 며느리인 엄마에게 종종 억울한 소리를 했다. 엄마 대신 첫째 딸이 친할머니에게 따진 적도 있었다. 아버지가 집에 있을 때와 그렇지 않을 때 친할머니는 다르게 대했다. 가짜 울음이 대표적이었다. 엄마가 충분히 억울할 만했다. 시집살이가 이런 것이었다면 엄마는 고된 시집살이를 했다. 그런 친할머니의 임종을 엄마가 지켰다. 장례도 엄마가 다녔던 교회에 부탁해서 치렀다. 친할머닌 교회에 다니지 않았다. 다행히 사망 직전 처음이자 마지막으로 엄마에게 미안하고 고맙다고 했다. 좀 더 일찍 했더라면 좋았을 텐데.

하루하루 버티는 엄마가 힘겨워 보였다. 가래 끓는 소리와 함께 새어 나오는 거친 숨소리조차 이젠 살아 있는 소리 같아서 감사했다. 엄마에게 주어진 시간이 얼마인지 알 수 없다. 그러나 긴 시간은 아닐 것이란 걸 가족들은 직감적으로 느꼈다. 119 버튼을 다시 누르게 되더라도 지금은 엄마를 볼 수 있어 다행이었다.

인간은 살려는 의지가 강하다. 그래서 의지를 담은 말을 하기 마련이다. 그러나 가끔은 역설법처럼 반대로 강한 의지를 담기도 한다. 속마음과 다른 말을 하는 사람들의 진심을 헤아릴 필요가 있다. 죽고 싶다는 사람들의 진심은 대부분 살고 싶다고 이해해야 한다. 즉, 잘 살고 싶지만 그럴 수 없어서 죽고 싶다고 말하는 것이다. 속마음과 다르게 표현하는 본질을 아는 게 훨씬 중요하다. 예를 들어, 고통스러운 질병으로 자주 죽고 싶다고 한다면 속마음은 반대다. 질병만 없으면 혹은 덜 고통스럽다면 살고 싶다는 뜻이다. 돈이 없어서 죽을 것 같다는 사람 역시 마찬가지다. 필요한 돈만 있으면 죽을 이유가 없다. 돈이 없어서 하고 싶은 것을 하지 못하는 상황에서 나온 말일 가능성이 크다. 이처럼 겉으로 드러나지 않는 사람들의 의도를 살피는 건 의미가 있다.

엄마도 마지막 시간을 향해 가자 겉과 속이 다른 말을 하곤 했다. 죽고 싶은 게 아니라 호흡하기 너무 힘든 상태를 말하고 있었다. 그래서 자꾸 떠나고 싶다고 말했다. 고통스러운 치매 환자의 삶을 엿볼 수 있었다.

치매 환자로 사는 엄마에겐 지금 이 순간이 어려운 시간이다. 어려움이 점점 극에 달하고 있었다. 그래서 자꾸만 돌아가신 부모를 떠올리며 그곳에 가고 싶다고 하는 것이다. 더 자주 그곳에 가고 싶다고 했다. 둘째 딸은 엄마의 이런 속마음을 이해했다. 그래서 엄마에게 아직 하늘에서 부르지 않는다고 말해주었다. 또한 엄마가 가족 곁에 아직 살아야 할 이유가 있다고 덧붙였다.

불의의 사고로 5세 때 부모를 동시에 잃은 동료 Y가 있었다. 그녀는 병원 수발로 자리를 비우는 둘째 딸을 부러워했다. 아버지와 통화할 때도 오히려 부를 수 있는 대상이 있어 좋겠다고 할 정도였다. 누군가에게 당연한 것이 다른 사람에겐 너무나 귀한 것이란 사실이 새삼 느껴졌다. Y는 결혼해서 시부모가 생기고 '어머니, 아버지'라고 부를 수 있어 제일 좋았다고도 했다. 부모가 없는 어린 시절에 대한 슬픔을 짐작할 수 있었다. 그래서인지 다른 동료보다 엄마의 건강에 관해 자주 물었다. 둘째 딸이 힘들어할 때 자주 위로했다. 사랑하는 사람이 떠난 빈자리에 대한 의미를 Y는 너무 일찍 깨달았다. 그래서 둘째 딸은 Y와 이야기를 하다 보면 삶에 대해 더 깊게 생각하곤 했다. 엄마와의 시간이 얼마 남아 있지 않은 것을 가족들도 어느 정도 예상하기 시작했다. 꺼져가는 불씨처럼 엄마가 점점 힘을 잃어가고 있었기 때문이다.

*

다가오는 임종 신호에 불안한 가족들

 엄마의 임종이 점점 가까워지고 있었다. 다급해질 상황을 위해 박 목사님께 전화했다. 엄마의 소원대로 기독교 장례를 준비하기 위해서였다. 그간의 상황을 전했다. 가족들이 다시 모이기로 한 토요일에 목사님이 방문하기로 약속했다. 이사 온 이듬해까진 교회 버스를 타고 엄마는 직접 예배를 드리러 갔다. 담당 목사님을 보면 반갑게 인사도 하면서. 느리지만 혼자 걷는 게 가능했다. 점점 더 걷기 힘들어진 후에는 코로나 팬데믹마저 닥쳤다. 가족들도 대면 예배를 드릴 수 없어 온라인 예배로 대체했다. 엄마도 TV와 연결한 화면 앞에서 자주 기도했다. 쇠약해진 몸으로 구하는 것들이 있는 것을 입술을 통해 알 수 있었다.

 "새벽 예배 드릴 때처럼 가고 싶어."

 엄마의 소원은 진심이었다. 믿음 좋은 어느 권사님이 예배 중에 기도하는 모습으로 소천했다는 이야기를 들은 후부터 엄마는 더 간절하게 그런 기도를 간구하고 있었다.

 "그렇게 되면 얼마나 좋니. 서로 고생도 안 하고. 자식도 좋고."

 엄마가 자주 했던 말 중 하나다. 죽음의 순간을 자신이 선택할 수만 있다면 그렇게 해드리고 싶었다. 엄마는 죽음의 신호가 올 때마다 이런 기도를 하는 듯 보였다. 박 목사님의 심방 약속은 엄마의 갑작스러운 응급상황으로 취소됐다. 응급실에서 바로 입원했기 때문이다. 바뀐 상황을 알렸더니 오히려 둘째 딸을 위로하고 기도까지 해 주었다. 둘째 딸은 엄마가 바라는 것처럼 편안한 죽음의 순간을 맞이하길 바랐다. 그래서 기도했다.

지난봄, 첫째와 둘째 딸은 함께 추모공원에 다녀왔다. 장례식부터 화장, 봉안묘까지 한곳에서 할 수 있는 곳이라고 해서 겸사겸사 찾았다. 엄마의 건강 상태로 봐서 올해를 넘기지 못할 것 같아서 미리 알아보기로 한 것이다. 아버지 고향인 충청도에 묫자리가 있었지만, 엄마가 원하지 않았다. 먼 거리에 묻히면 자식들이 고생해서 싫다고 했다. 추모공원은 높지 않은 산으로 둘러싸인 곳에 있었다. 이미 많은 사람이 묻혀 있었다. 고인들을 기억하는 표시들이 가득했다. 여러 유형의 묘와 비문을 보며 두 딸은 엄마 이야기를 하며 걸었다.

비문이란, 남겨진 누군가가 고인을 떠올리며 비석에 새긴 글이다. 고인이 어떻게 살아왔는지 무엇을 원했는지 알 수 있는 것도 그렇지 않은 것도 있었다. 내용은 다르지만, 추모하는 누군가가 있다는 사실은 같다. 가끔은 무연고 사망소식을 접한다. 이런 경우 정부에서 공영장례를 무료로 지원한다. 대상자는 의외로 독거 노인뿐 아니라 젊은 사람에 이르기까지 다양하다. 이들의 사연은 알 수 없으나 마지막 길에 애도자가 없는 것은 슬프다. 이전에 '화장터에서 버려지는 것은 아닌지?'라고 생각한 적이 있었다. 하지만 관련 정보를 알고나서 사회가 법으로 정한 인간의 최소한의 존엄을 지켜주고 있어 감사했다. 그래도 '무연고'란 말은 가슴 아프다. 누구라도 태어났으면 사는 동안 친밀하게 유지하는 인간관계가 한 명이라도 있었을 텐데 어떻게 떠나는 길엔 무연고였을까? 먹먹할 뿐이다. 슬픈 이야기 속에서 사회적 돌봄의 중요성을 다시 한 번 떠올렸다.

엄마가 묻힐 수도 있는 곳이라 생각하며 추모 공원 주변을 더 걸었다. 근처 장례식장에선 여러 명의 장례가 치러지는지 상복을 입은 사람들이 보였다. 화장터에도 고인을 기다리는 유족들이 있었다.

치매 환자의 삶을 마감하게 될 엄마를 떠올렸다. 훗날 엄마의 비문에 무어라 새길지도 잠시 생각해 보았다. 아직은 떠올리는 것만으로도 낯설었다. 다른 묘지 장소로 발걸음을 옮겼다. 소주잔을 기울이는 두 남자가 있었다. 지나가면서 들어보니 고인의 죽음에 억울함이 있었다. 연이어 소주잔을 채우는 그들이 아파 보였다. 가슴 아픈 사연으로 연신 소주로 목을 축이고, 눈물을 함께 훔쳤다.

코로나 상황 한복판에 시아버지의 장례를 치른 동료 B가 있었다. 면회 제한으로 가족들은 격리된 아버지를 원할 때 보지 못했다. 급기야 마지막 대면조차 하지 못했다. 죽음의 길로 향하는 아버지의 모습을 영상 속에서만 바라봐야 했다. 특수 의복을 입은 간호사를 통해 매일 생사를 확인했다고 들었다. 입원한 아버지를 위해 할 수 있는 게 전혀 없다고 생각한 B의 남편은 걷고 또 걸었다. 발에 물집이 잡힐 정도로 긴 시간을 걸으며 그가 어떤 마음이었는지 궁금했다. 아들에게 아버지는 의미 있는 존재였을 것이다. 계속 걸으며 오직 아버지 한 사람만 떠올리며 그는 마음의 글을 썼다. 마음의 다짐들이 어떤 것이었는지 짐작이 간다.

장례 후 가족들은 애도의 시간을 가졌다. 고인과의 추억을 떠올리며 서로 위로했다. B의 남편은 아버지로부터 받은 사랑을 훗날 자식에게도 보일 것이다. 둘째 딸은 B의 남편이 따뜻한 사람 같다고 B에게 말해주었다.

소중한 사람과의 사별은 아프다. 사랑하는 부부 사이였다면 두말할 필요도 없다. 엄마의 사후 빈자리를 실감하게 될 아버지를 떠올리면 안쓰럽고 슬프다. 아버지가 오열할 게 분명하다. 아버진 마음이 따뜻한 사람이다. 엄마도 아버지에게 따뜻함을 가지고 있었다. 자식들은 아버지와 엄마를 반반 닮았다. 엄마를 떠나보낼 때 자식들 역시 아버지만큼 따뜻한 마음으로 애도할 것이다. 세월이 약이라면 아주 긴 시간이 걸릴 것 같다.

딸들에게 친정엄마는 더 특별하다. 삶에서 삶으로 전수하는 사이다. 그래서 엄마를 닮은 딸들이 많다. 둘째 딸도 엄마로부터 전해받은 것이 많았다. 그런 엄마가 곁에 없는 시간이 다가오고 있다. 아픔의 깊이는 사랑에 비례한다. 더 많이 사랑하면 더 깊게 아프다. 또한 너무 오래 아프면 잊기 어려워진다. 갑작스러운 이별 역시 잊기 힘들다. 사랑하는 사람과의 이별이 때때로 뜻하지 않게 다가오기도 한다. 이런 일을 우리는 경험했다. 우리 사회의 깊은 슬픔으로 남은 참사 하나가 봄이면 떠오른다.

세월호 참사가 그랬다. 희생자에 대한 슬픔은 둘째 딸에게도 특별했다. 2014년 4월 16일, 제주도로 향하던 여객선이 진도 인근 해상에서 침몰했다. 대형 참사였다. 가장 많은 희생자는 수학여행을 위해 떠난 학생들이었다. 둘째 딸도 중학생 아들이 있었던 터라 당시 아픔이 깊게 전해졌다. 학부모 모임에서 그들을 위해 기도하며 많이 울었다. 침몰의 현장을 전 세계가 생중계로 보면서 속수무책 바라만 봤던 기억이 아직도 생생하다. 하물며 희생자의 부모나 생존자들은 어떠할까 싶다. 외상 후 스트레스에 관한 내용이 이후 세월호 생존자를 대상으로 여러 채널에 소개되었다.

외상 후 스트레스 장애(PTSD: Posttraumatic Stress Disorder)는 사람이 전쟁, 고문, 자연재해, 사고 등의 심각한 사건을 경험한 후 그 사건에 공포감을 느끼고 사건 후에도 계속 재경험을 통해 고통을 느끼며 거기서 벗어나기 위해 에너지를 소비하게 되는 정신과 질환이다.

한 다큐멘터리 TV에 출연한 당시 생존자들의 이야기가 생각난다. 세월호 참사 생존자 대부분은 배의 침몰로 인한 외상 후 스트레스를 경험했다. 물에 잠기는 장면이 떠오르거나 유사한 상황에서 극한 참사의 기억과 겹치어 아픔을 느꼈다. 그 중 인상적인 P가 있었다. P는 다른 장면에서 힘들어하고 있었다. 침몰의 상태보다 세월호의 기울어진 각도로 생긴 외상 후 스트레스를 보이고 있었다. P는 사고 후 일상 회복을 위해 운동을 시작했다. 매트리스 위에서 땀이 나도록 움직였다. 운동을 마치고 정리할 시간이 되면 트라우마가 나타났다. 커다란 매트리스를 벽에 세워서 보관하는 시점이었다. 매트리스는 무게 때문에 직각으로 세울 수가 없다. 당연히 비스듬히 세워야만 쓰러지지 않는다. 비스듬히 세워진 매트리스에서 세월호를 떠올렸다. 벽과 매트리스 사이에 생긴 좁은 공간은 삼각 형태가 된다. 이 장면을 보면서 생긴 불안이 P를 힘들게 했다. 결국 운동을 중단할 수밖에 없었다.

올해로 세월호 참사는 10년이 지났다. 이제 P는 20대 후반의 성인이 되었다. 하지만 기울어진 각도에 대한 강한 기억으로 여전히 힘들 것 같다. 이런 기억은 쉽게 지워지지 않는다. 어쩌면 남은 시간 동안 P를 따라다니며 힘들게 할 수도 있다. 생존자 또한 희생자만큼 고통스러운 삶을 살고 있을 가능성이 크다. 겪어보지 않으면 모르는 이들만의 아픔이 있다. 위로라고 표현하는 것 이상의 마음을 내어도 이들에게 위로가 되지 않을 것이다. 그래도 위로하고 이들을 기억에서 지우면 안 된다. 희생자와 유가족에게 가장 큰 아픔은 잊혀지는 것이기 때문이다. 잊혀지지 않도록 10년 간 세월호 참사 가족들은 매년 애도의 시간을 가졌을 것이다. 삶과 죽음의 기억이 공존하는 세월호여서 떠올리기만 해도 아픈 사람이 많다.

둘째 딸 역시 치매 엄마로 인해 삶과 죽음에 대한 의미가 점점 더 깊어지고 있다. 곧 둘째 딸의 가족도 유족이 되기에 상실의 아픔이 헤아려진다.

기쁨은 나누면 배가 되고, 슬픔은 나누면 반이 된다는 말을 들어봤을 것이다. 그래서 결혼식 참석은 못 해도 장례식장엔 꼭 가주라고 한다. 가까운 사이라면 더 그렇다. 슬픔은 꼭 나누어야 한다. 위로와 애도를 함께할 때 슬프지만 치유와 회복이 되는 경우가 많다. 엄마가 치매 진단을 받은 후 둘째 딸은 주변 사람들로부터 많은 위로를 받았다. 돌봄으로 지쳤을 때도 마찬가지였다. 지금도 그런 지인들이 많다. 엄마가 치매 환자라는 사실이 바뀌진 않는다. 그러나 이들의 관심이 둘째 딸을 엄마 곁에서 또 돌보게 했다. 진심은 정서적 힘의 원천이라고 봐도 좋다.

우리가 인간답다고 하는 말은 이런 정서와 연관이 있다. 누군가에게 사람이 참 좋다고 하는 것도 마찬가지다. 슬픔에 공감하지 못하면 정서적으로 메마른 사람이다. 그래서 극한 슬픔에 위로받지 못했을 때 상대에게 사람이 어떻게 그럴 수 있냐고 말한다. 사람이라면 도저히 그럴 수 없다는 뜻이다. 짐승만도 못한 사람이란 표현도 비슷한 의미다. 짐승도 그렇게는 하지 않는다는 뜻일 것이다. 동물은 주인의 고통이나 슬픔을 사람처럼 표현하진 못한다. 그래도 주인의 마음을 헤아리는 모습을 볼 수 있다. 위기의 순간에 주인을 구했다는 동물에 대한 뉴스가 드물지만 우리에게 전해진다. 하물며 슬픔에 빠진 사람에게 진심으로 다가서지 못한다면 얼마나 가슴 아픈 일인가?

4월이면 잊을 수 없는 세월호 참사의 희생자와 생존자를 우리 사회는 더 섬세하게 바라볼 필요가 있다. 시간이 지났다고 참담했던 기억이 사라지는 것은 아니기 때문이다. '우리 사회는 유가족에게 인간적인가?'라는 질문을 해 보았다. 어떤 말로도 위로가 되지 않는 슬픔이 있을 수 있다. 그럼에도 끝없이 위로와 공감의 말을 해야 하는 이유는 마음을 표현하는 가장 좋은 수단 역시 언어이기 때문이다. 상실해 본 경험이 없으면 알 수 없는 깊은 슬픔이 유족에겐 있다. 그 슬픔에 동참하는 길은 함께 울어주는 것이다. 눈물의 진심이 서로의 마음에 닿을 때 그나마 고통과 슬픔을 줄일 수 있다. 이것이 남은 자들의 최선이다. 인간이라면 누구나 인간답게 살다가 편안한 죽음을 맞이하고 싶다. 그래서 편안하지 못한 죽음에 더 깊은 애도가 필요하다. 죽음 앞에서 우리가 해야 할 일은 무엇인가? 깊은 성찰이 요구되는 주제이다.

엄마는 고통스러운 순간을 아직 버티고 있다. 곧 생명의 끝자락에 서게 될 것이다. 의사가 치매를 어린아이로 돌아가는 병이라고 했다. 그러니 엄마는 태어나기 이전의 어린아이로 되돌아갈 것이다.

둘째 딸은 엄마의 남은 시간이 다가오는 것을 더 많이 느끼기 시작했다. 하루하루 초조하고 불안한 마음이 커졌다. 하지만 엄마를 위해 결정해야 할 게 있었다. 엄마의 소원이기도 한 일이다. 엄마는 가족이 있는 곳에서 편안하게 이별을 맞이하고 싶다고 했다. 그 소원을 이룰 수 있게 돕는 것은 오직 가족뿐이다. 의사와 협의를 해야만 가능하다. 그 문제도 해결해야 한다. 둘째 딸은 신중하지만 깊은 생각에 잠겼다.

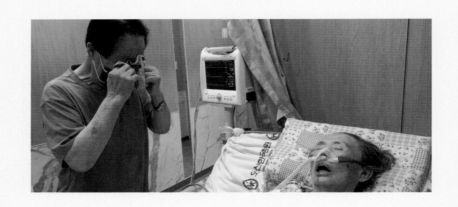

임종 면회에서 엄마를 바라보며 우는 아버지

"코로나 상황 속에서도 가족들은 엄마의 임종 면회를 순서대로 차분하게 했다.

아버지는 엄마를 보낼 수 없다며 연신 흐르는 눈물을 닦았다.

엄마는 의료 기기에 의해 겨우 입을 벌리고 숨을 쉬고 있었다."

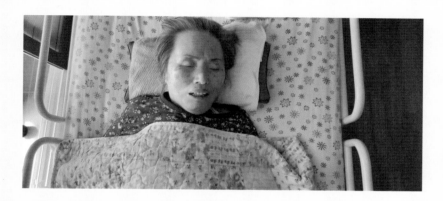

점점 쇠약해 가는 엄마

"사력을 다해 버티고 있는 엄마는 점점 기력을 잃어가고 있었다.

엄마의 얼굴에서 고통의 깊이가 느껴진다."

의사를 통해 엄마의 임종 가능성이 가족들에게 다시 전해졌다. 코로나 상황을 감안해 가족 면회를 위해 1인실로 옮겼다. 여러 명이 함께 있을 수 없어 두 사람씩 순서대로 엄마를 문안했다. 자식 넷과 손자녀들이 시차를 두고 병실을 찾았다. 저마다의 방법으로 엄마와 끝인사를 나누었다. 그동안 베풀었던 사랑을 고스란히 되돌려 받고 있었지만 엄마는 반응하지 못했다. 기계장치에 의지한 채 겨우 숨만 쉬고 있었다. 마지막 순간만큼은 가족들이 있는 곳에서 편안하게 떠나고 싶어 한 엄마의 모습이 애처롭다.

"엄마, 사랑해요."

둘째 딸도 마지막 인사라고 생각했다.

7월의 마지막 토요일 오전, 병원에서 엄마와 함께 있던 첫째 딸로부터 다시 전화하면 바로 오라고 연락이 왔다.

늦은 오후, 의사가 가족의 면회를 모두 허락했다. 봄부터 여러 번의 비슷한 경험이 있었다. 엄마가 고비를 넘길 때마다 가족들은 마음의 준비를 했다. 설마 오늘은 아닐 거로 생각하면서 엄마의 시간이 조금 더 연장되길 소망했다.

응급실을 찾았던 지난주에도 임종 가능성이 크다고 했다. 그때도 가족들이 모두 대기했었다. 그러나 열흘을 버티었다. 다시 가족들은 병원으로 하나둘 모였다. 아버지와 큰아들이 제일 앞서 엄마를 찾았다. 전과 다른 고용량 산소마스크를 한 엄마는 눈을 뜨지 못했다. 용량만큼 크게 울려 퍼지는 기계 소리가 병실에 가득했다. 서로 다른 색깔의 의료용 줄이 엄마의 몸과 연결되어 있었다. 엄마가 위태롭게 누워 있었다. 가족을 전혀 알아보지 못했다. 불러도 반응하지 않았다. 아버지를 시작으로 눈물 속에 작별 인사를 이어갔다. 코로나 상황 때문에 오래 머물 수가 없었다. 한 사람씩 짧게 말을 건네고 병실 밖으로 나가야 했다. 앞의 사람이 병원 밖으로 나오면 다른 가족이 엄마의 병실로 올라가는 식으로 면회를 했다. 눈물의 의미는 달랐지만, 자식들은 모두 엄마를 안으며 울고 또 울었다. 손자녀들도 각자의 방법으로 인사했다.

퉁퉁 부은 엄마의 손을 잡은 둘째 딸은 더 많은 눈물을 쏟으며 바라봤다. 핏줄마저 훤히 비치는 엄마의 하얀 팔다리는 이미 비쩍 말라 있었다. 짧은 시간 동안 엄마가 낳은 자식 넷이 이룬 일가족의 면회가 모두 끝났다.

그날 밤, 오랜 시간 병간호로 지친 첫째 딸을 대신해 둘째 딸이 병실을 지켰다. 엄마와 단둘이 있는 1인실은 더 쓸쓸해 보였다. 엄마의 몸 구석구석이 터질 듯이 탱탱하게 부어올라 있었다. 둘째 딸이 할 수 있는 건 지금 아무것도 없었다. 엄마를 위해 기도하는 것 말고. 어린아이에게 하듯 엄마의 볼을 어루만졌다. 마지막이라고 생각하니 자꾸 눈물이 흘렀다. 나지막이 엄마를 부르고 또 불렀다.

"엄마, 엄마, 엄마."

잠이 오지 않았다. 아니 잘 수가 없었다. 임종 면회라는 것을 이미 마쳤지만 아직은 엄마가 둘째 딸 곁에 있었다. 눈물이 방울방울 손등 위로 떨어졌다. 마지막까지 엄마의 얼굴을 보는 게 둘째 딸이 가질 수 있는 유일한 행복이었다. 임종 전 환자의 얼굴을 계속 들여다보았다.

그 순간, 갑자기 엄마의 하얀 눈동자가 보였다. 깜짝 놀란 둘째 딸의 몸이 반사적으로 뒤로 제쳐졌다.

"엄마! 눈 뜬 거야?"

그러나 엄마의 눈이 다시 감겼다.

"엄마! 엄마, 나 보여요?"

놀랍게도 엄마가 다시 반응했다. 동그랗게 눈을 다시 떴다. 매우 느리게 고개를 끄덕였다. 손가락도 꼼지락거렸다. 차가웠던 엄마의 손에 온기가 돌았다.

"엄마, 다시 살았네."

느리고 어눌한 목소리로 엄마가 대답했다.

"어~~~."

둘째 딸은 엄마가 알아보자 '기적이란 게 정말 일어나는구나!'라고 생각했다.

자정이 가까운 시간이었다. 혹시라도 엄마가 다시 눈을 감을까 봐 둘째 딸은 잠을 이루지 못했다. 새벽 4시가 넘도록 엄마 곁을 꼬박 지켰다.

"무~~우울."

엄마가 감았던 눈을 뜨고 물을 찾았다. 임종 면회 후 입원 물품을 첫째 딸이 모두 집으로 가져간 상태였다. 병실엔 둘째 딸이 마시기 위해 남겨둔 생수 한 병만 있었다. 컵이나 숟가락도 없었다. 엄마는 콧줄을 낀 상태였다.

"엄마, 물 달라고?"

한번 더 확인하자 정확하게 소리를 냈다.

"무~~울."

둘째 딸은 급한 대로 휴지 한 장을 뽑아 생수를 찍어 끝에서 떨어지는 물을 엄마 입술에 닿도록 했다. 물방울이 엄마의 목을 타고 들어갔는지 목젖이 움직였다. 엄마에게 기적이 일어났다. 새로운 날을 다시 시작하고 있었다.

"할렐루야!"

둘째 딸이 저절로 소리쳤다. 의사의 예견과 달리 엄마는 다시 깨어났다.

"엄마, 엄마!"

둘째 딸은 기적에 대한 놀라움으로 엄마를 자꾸만 불렀다.

"엄마."

엄마도 자기 엄마를 찾았다.

"누구 엄마?"

둘째 딸이 묻자 엄마가 대답했다.

"우리 엄마."

외할머니를 엄마가 찾았다.

"엄마가 어딨는데?"

눈동자로 천정을 바라보며 대답했다.

"저기!"

손짓하지 않아도 이미 고인이 된 외할머니를 찾는다는 것을 둘째 딸도 알았다. 엄마의 임종 면회를 모두 마친 상태였다. 하지만 짧은 대화를 나

눌 정도로 엄마가 의식을 되찾았다. 기적이 일어났다.

기적으로 맞이한 다음 날 아침, 첫째 딸에게 간밤의 일을 전화로 알렸다. 가족들에게도 전달했다. 간호사실에도 상황을 알렸다.

서둘러 온 첫째 딸을 엄마가 먼저 알아봤다. 엄마 상태를 확인하러 온 간호사들도 모두 깜짝 놀랐다. 간호사 한 명이 엄마 곁을 지나가자 손끝으로 엄마가 살짝 잡아당겼다. 간호사가 더 놀라 돌아봤다.

"엄마, 간호사님 손도 잡아 주는 거야. 수고했다고?"

둘째 딸의 말에 엄마가 어눌하지만 분명하게 반응했다.

"어~~."

기쁜 마음으로 첫째 딸이 다시 밥숟가락에 물을 가득 담아 엄마의 입속으로 천천히 넣어주었다. 엄마가 아주 달게 삼켰다.

"우리 엄마 진짜 살았네."

흥분한 첫째 딸을 엄마가 쳐다봤다.

"엄마, 이젠 밥도 먹겠다. 빨리 좋아져서 걸어 나가자."

이어진 둘째 딸의 말에도 반응하고 싶어 했다. 하지만 알아들을 수가 없었다. 목소리가 들릴 만큼 나오지 않았다.

"엄마도 같이 이야기하고 싶다고?"

엄마의 입술이 살짝 열렸다가 닫혔다. 둘째 딸은 마음대로 해석했다. 엄마가 아까 질문에 '어~~'라고 반응한 것을 들었기 때문에 똑같이 대답했을 것으로 간주했다.

일요일이라 의사의 회진은 없었다. 당번 간호사들이 교대로 들어와 한 마디씩 건넸다.

"어, 할머니 눈 떴네."

"김○자 환자분. 이제 대답도 하시네요."

"정말 눈이 또렷해졌어요."

맥박도 괜찮고 열도 없다는 간호사의 말이 이어졌다. 엄마가 또 한 번의 고비를 넘긴 것이 분명했다. 여전히 많은 가래로 탁한 소리를 냈지만, 엄마가 다시 호흡하고 있었다. 그렇게 3일이 지났다. 의사가 고용량 산소마스크를 벗고 일반 산소를 콧줄에 연결하라고 처방을 바꾸었다. 이전보다 편안해진 상태로 엄마가 호흡했다. 섬망 증상이 다시 나타났다. 하지만, 엄마가 목소리를 냈다. 자가 호흡이 가능했다. 또 일주일이 흘렀다. 의료용 콧줄에 의지했지만 분명하게 엄마는 살아 있었다. 입으로 딸들이 주는 물을 받아 목으로 삼켰다. 의사 표현도 명확했다.

"오줌 마렵고 똥도 마려워!"

입원 전처럼 엄마는 당신의 변비를 호소했다.

"기저귀에 싸도 돼. 다 싸면 치워줄게."

딸들이 말했지만, 기저귀에 변을 보지 않았다. 수면 상태에서 깨면 같은 말을 반복했다. 변비 때문에 치매 기간 내내 힘들어했다. 배변에 대한 욕구를 해결하지 못해 자주 변비약을 먹었다. 그래도 나오지 않으면 관장을 했다. 병세가 깊어지면서 거의 움직이지 못했다. 변비는 따라오는 증상이었다. 쾌변은 생각하기 어려웠다. 입원 기간엔 장운동이 원활하지 않았다. 변비가 개선되지 않아 엄마는 계속 힘들어했다. 기적으로 얻은 시간이었지만 고통은 여전했다. 먹는 것도 없는데 자꾸만 배설하고 싶어했다. 임종을 여러 차례 지켜본 간병인이 말했다.

"어르신들은 떠나기 전에 꼭 변을 보시더라고요."

간병인은 첫째 딸에게 자신의 경험을 이야기했다. 아마도 오래 살지 못할 것 같다고. 경험으로 터득한 지식 같았다. 엄마는 계속 소리쳤다.

"똥 마려워."

떠나기 전에 정말로 해결해야 할 숙제 같았다. 의사에게 알렸다. 변비약과 관장 처방이 내려졌다. 그날부터 두 딸은 기저귀를 열심히 갈아야만 했다. 변비약이 배변을 도왔다. 움직이는 게 가장 좋은 장운동이었지만 엄마의 상태로는 불가능했다. 물이라도 많이 마시도록 계속 삼다수를 입에 넣어주었다. 다시 호흡하고 물을 마시고 배변까지 했다. 묻는 말에 가끔 대답하는 것을 보니 엄마는 분명히 살아난 게 맞다. 마치 부활한 것 같아 기적이 믿어졌다.

약하게 켜진 조명 사이로 엄마의 심장 박동 표시가 보였다. 산소포화도 숫자도 눈에 선명했다. 모든 그래프가 안정적이었다. 하트 표시 심장 마크도 쉬지 않고 깜박였다. 초록색 긴 선이 낮은 파장을 일으키며 움직였다. 노란색 선도 일정한 높이를 유지하며 제 속도로 달리고 있었다. 인명은 재천이라더니 엄마를 아직 하늘에서 부르지 않았다. 가족들에게 기적처럼 엄마와 보낼 시간이 추가로 주어졌다. 또 한 번 감사할 따름이다.

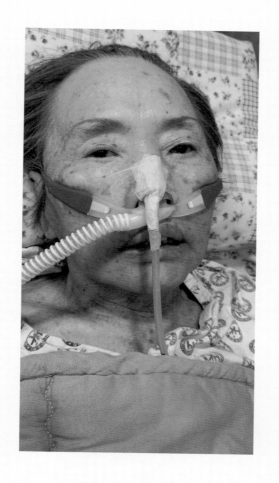

기적처럼 갑자기 눈을 뜬 엄마

"임종 면회까지 마친 그날 자정 무렵,

엄마는 둘째 딸이 부르자 기적처럼 눈을 번쩍 떴다.

부활한 사람처럼 말도 했다. 다시 물까지 찾았다."

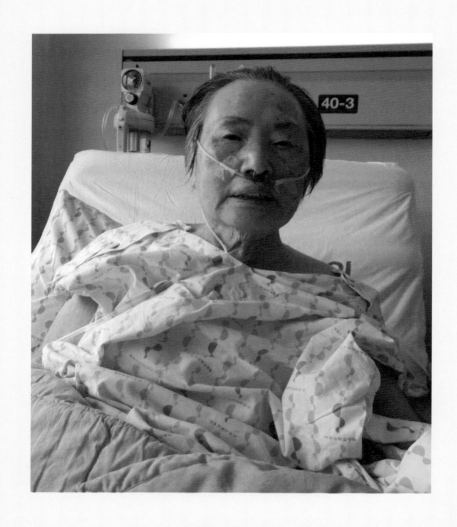

기적으로 다시 의식을 회복한 첫날 병원에서 엄마

"부활하듯이 엄마는 우리 곁으로 다시 살아 돌아오셨다.

할렐루야를 외친 새로운 아침이 열렸다."

사랑하는 엄마가 치매였을 때

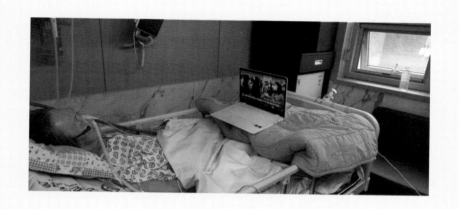

병원에서 온라인 예배 중인 엄마

"둘째 딸은 기적으로 되찾은 주일 오전,
엄마와 함께 온라인 영상 예배를 드렸다. 엄마의 마지막 소원을 위해 기도하며."

의사의 말 한마디와 마지막 퇴원

둘째 딸은 엄마가 조금이라도 호전되어 집으로 가는 상상을 했다. 가족들 곁에서 임종하길 바라는 엄마의 소원 때문이다. 욕창으로 생긴 검은 피부 반점과 퉁퉁 부어오른 팔 사이에서 진물이 나오기 시작했다. 퇴원은 기대하기 어려워 보였다. 하지만 병실의 탁한 공기와 비좁은 침대 사이에서 엄마와 마지막 시간을 보내는 것도 최선은 아니었다. 기적으로 새롭게 부여받은 소중한 시간이 흐르고 있었다. 시간의 가치가 이렇게 소중했던 적이 또 있었을까? 매 순간이 보너스 타임이었다. 단 하루라도 의료용 장치에 의지하지 않고 자가 호흡만 할 수 있다면 얼마나 좋을까? 엄마의 소원대로 해 드리고 싶었다. 고민하며 하루하루를 보냈다.

기적의 시간으로 맞이한 첫 주말이 지나고 있었다. 첫째 딸 대신 엄마 곁을 지키는 내내 둘째 딸의 고민은 깊어만 갔다. 결단해야 했다. 누군가는 해야 할 일이었다. 병실 교대를 위해 다시 온 첫째 딸에게 둘째 딸이 생각을 말했다. 다시 찾은 엄마의 기억이 희미해지기 전에 서둘러 퇴원 여부를 결정하자고 했다. 엄마도 의식이 있을 때마다 당신 집에 가고 싶다고 말했다. 전날엔 똘똘이까지 보고 싶다고 할 정도로 분명했다. 환자의 뜻을 주치의에게 전달하기로 했다.

다음 날, 의사와 협의했다. 자가 호흡 상태로 퇴원할 수 있도록 방법을 찾아 달라고 부탁했다. 환자 스스로 편안한 생을 마감하고 싶어 하니 퇴원이 최선이라고 전했다. 가능한 빨리 집으로 가는 방법이 있는지 물었다. 여전히 코로나 상황이어서 요양병원으로 옮기면 엄마를 다시 볼 수 없을 것 같았다. 그 선택만은 이미 하지 않기로 가족들과 약속했었다. 환자와 가족들의 결정을 의사에게 정확하게 전달했다. 콧줄과 산소마스크를 한 상태로 퇴원할 수는 없었다. 존엄한 죽음을 바라는 환자와 가족의 뜻을 전해도 의사의 도움이 없다면 퇴원할 수 없다. 마지막 심정으로 간청했다.

"그게 맞는 것 같습니다."
여러 번 고심한 의사가 한마디를 했다. 어떤 처방보다 따뜻하게 들렸다.

이튿날, 주치의가 엄마의 콧줄을 제거했다. 이후 느리지만, 서서히 자가 호흡을 유지했다. 월요일이 되었다. 이번엔 몸에 부착한 의료용 줄을 모두 제거했다. 호흡 상태를 조금 더 지켜보고 나쁘지 않으면 사흘 후 퇴원하는 것을 고려해 보자고 했다. 퇴원했을 때 생길 수 있는 위험에 관한 내용을 의사는 미리 딸들에게 알렸다. 이미 임종 면회를 한 가족들은 퇴원 길에 사망할 수 있다는 의사의 말에도 결정을 번복하지 않기로 했다. 의사는 집에 가더라도 일주일을 넘기긴 어려울 것이라고 덧붙였다. 이말 역시 가족들은 이해했다. 환자에게 필요한 것은 지금부터 가족과 함께 있는 시간이었다. 주어진 시간이 많지 않다면 더 값지게 써야 했다.
목요일 이른 아침, 퇴원을 돕기로 한 첫째 딸이 둘째 딸에게 전화했다.

엄마의 호흡이 새벽부터 다시 거칠어지고 있다고. 겁이 나서 도저히 퇴원하지 못하겠다며 주말까지 더 있어야 하는 게 아니냐며 망설였다. 갑자기 나빠진 엄마의 상태를 본 첫째 딸이 두려워하고 있었다. 반면, 집에선 아버지가 엄마를 맞이할 준비를 하고 있었다. 입원을 더 유지하면 환자의 의지와 상관없이 연명의료의 순간이 올 것이다. 누워만 있는 그 시간을 엄마는 원하지 않았다. 예정대로 퇴원해서 집에서 보자고 둘째 딸이 첫째 딸에게 전했다. 둘째 딸은 이미 엄마가 가족이 있는 곳에서 편안한 죽음(Well-dying)을 하기로 선택한 사실을 상기시켰다. 진심으로 엄마의 결정을 들어주고 싶었다. 그래서 결정의 번복은 하지 말자고 첫째 딸에게 말했다.

웰다잉(Well-dying)은 생애 말기에 삶을 의미 없이 연장하기보다 인간으로서 '가치 있고 의미 있게, 존엄하게 마무리하는 것'을 말한다.

엄마는 치매와 파킨슨병으로 이미 웰빙(Well-being)으로부터 멀어졌다. 마지막 시간만이라도 웰다잉할 수 있도록 돕는 것이 자식으로서 최선이라고 생각했다. 엄마 자신도 존엄사에 대해 말한 이상 환자의 선택을 존중할 필요가 있었다. 회생 가능성이 없다면 더욱 집으로 가야 했다. 만에 하나 의사가 예견한 일이 오는 길에 생기더라도 가족 모두 첫째 딸의 책임이 아니라고 말했다. 예약한 사설 구급차가 이미 병원 주차장에 도착해 있었다. 친절한 중년의 운전기사 배려로 엄마는 무사히 귀가했다. 아버지는 엄마가 오자 환하게 웃었다. 엄마 역시 아버지를 보고 좋아하며 웃었다. 연신 집에 와서 너무 좋다는 말도 내뱉었다. 아버지가 엄마의 곁을 끝까지 지키기로 했다. 집으로 온 엄마는 의사의 말대로 폐가 제대로 기능하지 못하는지 거칠게 호흡했다. 그런 와중에도 엄마는 가족을 보며 즐거워했다. 즐거워하는 엄마 모습을 보는 가족도 기분이 좋았다. 모처럼 아버지와 엄마가 함께 웃었다. 빈 엄마의 침대도 다시 주인을 만나서 밝게 빛났다. 똘똘이도 반가운지 엄마가 누운 침대 곁을 맴돌며 꼬리를 연신 흔들었다. 온 집안이 엄마로 생긴 온기로 가득 차고 있었다.

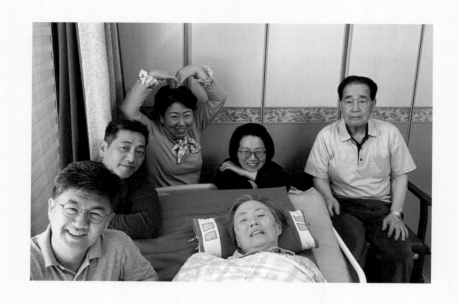

집으로 돌아온 엄마를 반기는 가족들

"기적으로 연장된 시간을 집에서 보내기로 결단한 엄마와

가족들은 슬프지만, 엄마를 위해 더 많이 웃었다. 아버지만 빼고."

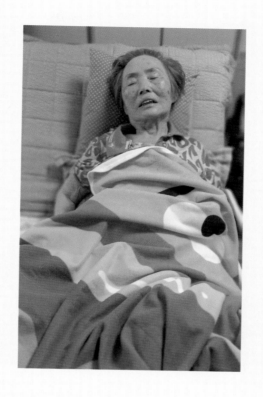

마지막 순간까지 가족이 있는 집에서 보내길 원했던 엄마

"엄마는 마지막 순간을 가족과 보내기 위해 퇴원 후 집으로 왔다.

손자녀들이 덮었던 담요를 덮은 엄마는 어린아이처럼 작고 말랐다.

미력이라도 있으면 희미하게 눈을 뜨고 집이라서 좋다고 했다."

가족과 함께 웰다잉 소원을 이룬 엄마

엄마가 집에 온 지 나흘이 지났다. 주일 아침, 온라인 예배를 준비했다. 엄마가 잘 볼 수 있는 위치에 노트북을 올렸다. 둘째 딸이 엄마 곁에서 예배를 드렸다. 이틀간 엄마가 있는 안방에서 잤다. 거친 숨소리를 들으며. 어젠 아버지가 아내 곁을 지켰다. 엄마는 예배 중에 눈을 전혀 뜨지 못했다. 하지만, 성가대 찬양 소리에 그렁그렁 소리로 반응했다. 익숙한 목사님의 축도가 끝나자 입술이 살짝 달그락거렸다. '아멘!'이라고 한 것도 같다. 여전히 눈을 뜨지 못했다. 이후 엄마의 목에서 쌕쌕거리는 가래 소리가 줄었다. 둘째 딸이 숟가락에 가래약을 타서 입속으로 넣었다. 반쯤 흘러나왔다. 다시 밀어 넣었지만 헛수고였다. 엄마가 더 이상 입을 벌리지 못했다. 그렇게 정오가 지났다. 오전보다 호흡이 더 거칠어졌다. 그러다 엄마의 소리가 고요해졌다. 잠을 자는 것처럼. 눈은 여전히 감은 채.

엄마의 입술이 조개껍데기처럼 가볍게 벌어졌다. 아주 작게 열린 입술 사이로 침이 섞인 탁한 액체가 새어 나왔다. 둘째 딸은 마지막 신호라는 것을 직감적으로 알아챘다. 엄마의 거친 숨소리로 간밤에 잠을 설쳤다며 거실 소파에서 잠시 쉬는 아버지를 불렀다. 이후로 엄마 곁을 뜨지 말라고 당부했다. 둘째 딸은 잠시 풀어두었던 가방을 챙겼다. 임종 면회 때 장례식장에 가져가기 위해 챙겨둔 짐이었다. 아버지가 다급하게 둘째 딸을 불렀다.

"얼른 와 봐. 엄마가 이상해."

엄마는 아주 짧은 호흡을 내뱉고 있었다. 아버지가 있는 왼쪽으로 고개를 떨구었다. 초점이 빠르게 사라졌다. 둘째 딸이 휴대전화기 키패드로 119 버튼을 눌렀다. 큰아들도 아버지 소리에 놀라 건넌방에서 달려왔다. 엄마의 코에 검지를 댔다 뗀 큰아들이 울컥해서 말했다.

"엄마, 돌아가신 것 같아."

하지만 수화기 너머 구조사는 심폐소생술을 지시했다. 구조사가 도착할 때까지 큰아들과 둘째 딸은 연신 엄마의 가슴을 압박했다. 그러나 엄마의 반응은 없었다. 경찰관 두 명이 구조사와 함께 들어왔다. 연명의료 의향이 없다는 환자의 평소 생각을 전하자 구조사들은 지금 자신들이 해야 할 일이 없다며 돌아갔다.

경찰관들이 가족에게 몇 가지 질문을 했다. 침대 위에 조용히 누운 엄마의 사망 사실을 확인해 주었다. 기다리면 또 다른 경찰관과 검안의가 올 것이라고 알려주었다. 이후 장례 준비를 하라고 말했다. 아버지는 경찰관의 말에 엄마 앞에서 오열했다. 둘째 딸 역시 엄마를 부둥켜안았다. 세 사람의 눈에서 눈물이 계속 흘렀다.

"엄마 돌아가셨다. 그래도 편안하게."

큰아들이 울면서 엄마의 임종을 한 번 더 확인했다. 팔을 뻗어 뜨겁게 엄마를 포옹한 큰아들이 아버지처럼 더 크게 울기 시작했다. 엄마의 얼굴이 창백해졌다.

"엄마!"

둘째 딸이 한 번 더 엄마를 불렀다. 대답 없는 엄마의 몸이 식어가고 있었다. 잠시 집으로 돌아갔던 첫째 딸과 막내아들에게도 알렸다. 창밖이 갑자기 어두워졌다. 하늘에 구멍이 뚫린 듯 멈췄던 여름비가 폭포수처럼 퍼부었다. 슬픔 속에서도 해야 할 일이 있었다. 둘째 딸은 가장 먼저 빈소를 예약했다. 엄마의 뜻에 따라 집에서 편안하게 돌아가셨지만 처리할 절차가 있었다. 엄마의 얼굴은 편안해 보였다.

장례식장으로 떠나기 전, 과학수사 복장의 사람들과 수사관이 들어왔다. 엄마의 평소 진료기록과 복용 약을 확인한 뒤 안방으로 들어갔다. 문을 닫고 그들만의 업무를 진행했다. 새로 온 경찰관 두 명이 큰아들과 치매 환자에 관한 이야기를 나누었다. 10년간의 치매 환자였던 엄마의 생활을 큰아들이 짧게 전했다. 경찰관도 우리 시대가 겪는 일이라며 공감에 위로를 더했다.

몇 분 뒤, 닫혔던 안방 문이 열렸다. 커다란 카메라를 든 남자가 침대 위에서 환자였던 엄마를 내려다보는 각도로 마지막 사진을 찍었다. 모든 작업을 마쳤다. 병사가 맞는지 검안의가 최종적으로 확인하는 일만 남았다.

제일 늦게 도착한 검안의도 엄마의 병에 대해 자세히 물었다. 특히, 복용 중이던 약에 관해서 살펴봤다. 치매 환자였던 엄마에 대해 들은 후 바로 노트북을 펼쳤다. 시체 검안서를 발급해 주면 유족이 장례 준비를 할 수 있다고 설명했다. 빠르게 서류를 작성했다. 원본은 다음 날 빈소로 전달하겠다고 말했다. 퀵서비스 비용을 포함한 안내문 한 장을 전해주었다. 검안의마저 떠났다. 억수같이 쏟아지는 빗소리로 창밖은 요란했다.

일주일 전, 엄마는 내내 불편했던 변비를 해결했다. 두 딸은 그렇게 많은 양을 한꺼번에 보는 사람은 엄마가 처음이라며 뒤처리를 함께했다. 시원하게 장도 비웠으니 가벼운 상태로 떠났을 것이다. 엄마는 그렇게 오랜 바람 하나를 더 이루었다.

　떠나기 전, 3일 동안 아버지와 둘째 딸은 욕창과 부은 사지로 힘들어하는 엄마를 위해 최선을 다했다. 베개와 쿠션을 팔다리에 끼우고 자세를 바꿔 붓기를 완화했다. 머리부터 발끝까지 자주 마사지도 했다. 6개월간 돌봄을 함께한 부녀는 손발이 척척 맞았다. 기저귀 갈기, 옷 갈아입히기, 환자식과 약 챙기기 등등 난청인 아버지와 둘째 딸은 엄마를 함께 돌봤다. 아버지의 난청으로 둘째 딸이 큰 소리로 말하면 엄마가 희미해진 눈으로 부녀를 쳐다봤다. 병색으로 짙은 눈이었지만 아버지와 둘째 딸을 자주 보며 웃기도 했다. 가족들은 곧 떠나갈 엄마를 위해 기적으로 연장한 시간 동안 슬퍼도 웃고, 아파도 웃었다. 쉴 때도 웃고 움직일 때도 웃었다. 그러나 정작 마지막 순간에는 웃지 못했다. 사망 사실을 확인해 주는 검안의의 말을 들은 후 가족들은 눈물만 흘렸다. 슬픔이 깊어 모든 웃음을 가로막았다.

　봄부터 마음의 준비를 했었다. 하지만, 둘째 딸은 엄마의 상실이 현실이 되자 휘청거렸다. 그래도 해야 할 일은 또 기다리고 있었다. 막내아들이 지난번 보내준 엄마의 사진을 장례식장 담당자에게 전송했다. 장례식장 상담직원은 운구차를 보내준다며 장례식장에 도착해서 할 일을 미리 알려주었다. 운구차를 기다리는 동안 담당 목사님께 연락했다. 엄마를 위한 장례 예식을 상의했다. 예고 없이 거친 소나기가 내렸다. 장례식장으로 가는 동안 비는 그칠 줄 몰랐다. 단시간에 그렇게 많은 비가 내리는 것도 드물었다. 가족들의 눈물 역시 단시간에 넘치도록 흘렀다.

2022년 8월 14일, 오후 4시, 흡인성 폐렴으로 엄마는 고인이, 가족들은 유족이 되었다. 둘째 딸의 머릿속에 10년간의 기억이 빠르게 지나갔다. 아픈 기억 속에 엄마는 이미 어린아이가 되어 있었다.

3일간 엄마는 소원대로 사랑했던 가족들의 흐느낌 속에서 고이 잠들어 있었다. 83년 인생의 막을 모두 내렸다. 엄마의 기록은 앞으로 하나둘 지워질 것이다. 그러나 함께 보낸 시간만큼 가족들은 엄마를 각자의 이야기로 기억할 것이다. 치매 환자였던 엄마의 인생 후반전의 시간은 지울 수 없는 기억이 될 것이다. 둘째 딸 역시 '사랑, 희생, 치매, 고통, 편안한 죽음, 그리운 엄마'란 단어로 엄마를 저장했다.

엄마를 위한 마지막 선택은 최선이었다. 그래서 가족은 한번 더 엄마와 보낼 시간을 얻었다. 둘째 딸도 마지막 인사를 다시 한 번 엄마에게 전했다.

'잘 가요. 어린아이로 돌아간 사랑하는 내 엄마. 안녕.'

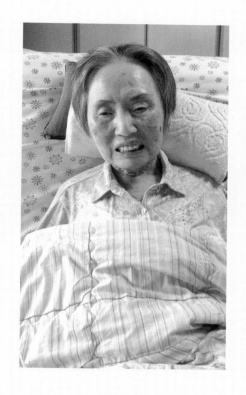

마지막을 준비하며 집에서 힘겨워하는 엄마

"가족이 있는 곳에서 존엄한 죽음을 맞이하길 원하는

엄마를 위해 가족들은 끝까지 함께했다."

엄마의 빈소

"엄마는 83세 이 땅에서 주어진 시간을 마쳤다.

가족들은 엄마가 소망한 대로 찬양과 기도가 있는

기독교 예식으로 장례를 치르고 마음으로 떠나보냈다.

3일간 엄마는 가정에서 보낸 임종 때처럼 편안하게 잠들어 있었다."

　사랑하는 엄마가 치매였을 때

엄마에게 보내는 못다 한 이야기, 넷

아버지랑 사진첩을 꺼내 봤어요. 낡은 비닐 속에 엄마와 우리 가족들의 모습이 고스란히 담겨 있더군요. 사라진 제2의 고향 같은 그 동네 사진도 있었답니다. 삼촌들과 손수레로 여러 번 이삿짐을 옮겼던 기억이 어렴풋이 났네요. 물난리로 연탄이 와르르 무너져 슬퍼했던 엄마의 모습도 떠오르고. 엄마가 치매 환자가 된 이후 직접 사 온 욕조를 며칠씩 설치했던 큰아들 모습을 기억하나요? 우리가 공주님 욕조라고 했는데. 사진을 보니 엄마는 저보다 훨씬 젊었을 때부터 엄마로 살았더라고요. 고생 많았을 것 같아요. 아버지 옆에서 수줍게 서 있는 엄마의 약혼식과 결혼식 사진도 봤네요.

"울 엄마 이때 참 젊었네. 아버지도."

그 말에 아버지가 또 우셨어요. 치매란 불청객으로 힘들었지만 10년의 세월 동안 엄마는 잘 견디셨어요. 마지막 엄마의 가치 있는 선택으로 아름다운 죽음이 뭔지 되새길 수 있었습니다.

천상병 시인처럼 엄마도 이젠 아름다운 소풍 끝내고 하늘로 돌아가신 거 맞죠? 저도 언젠가 사랑하는 사람 곁에서 소풍 길 끝내고 싶습니다.

사랑하는 엄마, 그곳에서 영원히 웰리빙Well Hiving 하세요.

엄마는 아프지만 사랑받는 치매 환자였다

임종 직전 나흘과 사흘간의 장례식은 가족들에게 오래 기억될 것이다. 거칠게 숨을 몰아쉬면서도 의사에게 집으로 보내 달라고 말했던 엄마는 당신의 소원을 이루고 떠났다.

빈 몸으로 태어난 엄마는 수의 딱 한 벌만 입고 가셨다. 생전에 당신의 죽음을 위해 옷 한 벌조차 따로 준비하지 말라고 했었다. 당신 옷 중에서 가장 깨끗한 것이면 족하다고 했다. 한복을 곱게 보관했던 이유도 여기에 있었다. 그러나 장례식장의 절차란 것이 고인이나 유족의 뜻을 오롯이 따르게 하진 못했다. 그래도 엄마의 뜻을 고려해 과하지 않는 범위에서 수의를 결정했다. 장례식장의 입장도 고려한 선택이었다. 지금껏 엄마가 입었던 옷 중에선 가장 고가였을 것이다. 마지막 순간까지 가족들은 엄마의 뜻을 헤아리려고 애썼다.

가족관계증명서에 사망이란 글씨가 박혔다. 엄마는 서류에선 망자였지만 가족들 가슴 속에는 여전히 살아 있었다.

장례 후 열흘 뒤에 찾아온 엄마의 생신과 9월 추석은 존재의 빈자리를 실감하게 했다. 애도 기간 가졌던 유품 정리 시간은 검소한 엄마의 삶만 재확인했다. 너무 빨리 끝나 버려서 안쓰러울 정도였다. 엄마의 손때 묻은 물건을 발견했다. 성경 통독 선물로 받은 후 얼마나 많이 읽었는지 겉표지가 다 해진 큰글자 성경책 한 권이 있었다. 엄마가 삶의 표본으로 삼은 것이었다. 세상의 지식은 부족했지만 누구보다 지혜롭게 살았던 비결이 그 속에 있었다. 화장대 서랍 안에서 찾은 두 번째 물건도 있었다. 70세 때, 교회에서 권사 은퇴 기념으로 받은 작은 손목 시계였다. 엄마처럼 수명을 다하고 이미 멈춰 있었다. 두 가지 모두 엄마의 청빈한 삶이 드러났다. 작은 손가방 안에 넣었다. 그 가방 역시 엄마의 것이 아니었다. 둘째 딸이 들었던 것이다. 당신 성경책을 넣기에 딱 좋은 크기라고 해서 몇 년 전 둘째 딸이 건넨 것이었다. 둘째 딸은 손때 묻은 엄마의 물건을 보며 한 번 더 감사하며 애도했다.

추모공원에 장례 후 가족들이 다시 모였다. 아내를 부르며 아버지가 제일 먼저 울었다. 곁에서 함께 우는 둘째 딸을 동행했던 손자가 꼭 안아주며 위로했다. 장례식처럼 가족들은 한번 더 소리 내 울며 엄마를 그리워했다.

"아버지, 엄마한테 잘하셨어요. 엄마도 아실 거예요."

손수건으로 연신 눈물을 닦는 아버지를 둘째 딸이 위로했다.

집으로 돌아온 아버지는 곧장 아내의 영정 사진 앞으로 갔다.

"여보, 이거 잘 보이지? 당신 꽃 참 좋아했는데…."

봄부터 갑자기 피기 시작한 연분홍 호접란의 자리를 다시 잡았다. 평소처럼 엄마가 아버지와 꽃을 번갈아 보며 활짝 웃었다. 그리고 사랑의 메시지를 전했다.

"꽃아, 사랑하는 꽃들아! 그리고 사랑하는 내 가족들아, 나도 사랑한다."

묘비석이 설치되었다고 해서 가족들은 다시 추모공원을 찾았다. 엄마가 생전에 가장 많이 암송했던 구절이 새겨져 있었다.

"여호와는 나의 목자시니 내게 부족함이 없으리로다."

(시편 23편 1절)

엄마가 치매였던 건 슬프지만, 함께했던 추억은 소중했다. 기억의 엄마 폴더에서 둘째 딸은 '엄마는 아팠지만 사랑받는 치매 환자였다.'라는 내용을 열었다.

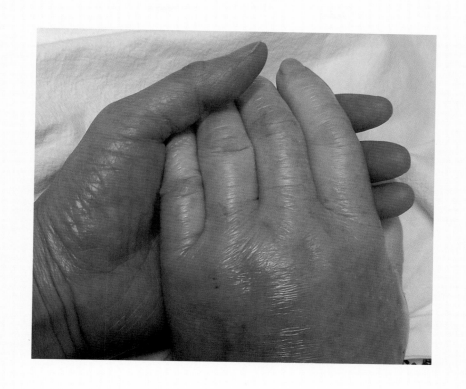

마주 잡은 둘째 딸과 엄마의 손

"둘째 딸은 마지막 임종 순간까지 엄마의 따뜻한 손을 맞잡았다."

장례식을 마치고 돌아온 아버지를 애도하는 똘똘이

"아버지를 안타깝게 바라보며 위로의 눈빛으로 함께 울었던 똘똘이도

엄마의 죽음을 슬퍼했다. 10년 넘게 엄마와 살아온 똘똘이가 이 정도라면

60년지기 아버지의 심정은 어땠을지 생각하게 하는 날이었다."

장례 후, 추모 공원 첫 방문에서 아버지와 둘째 딸

"엄마를 마지막 순간까지 함께 돌봤던 아버지와 둘째 딸은

10년 간의 시간을 회상하며 서로를 위로했다.

그리고 함께 긴 시간 고인을 애도했다."

사랑하는 엄마가 치매였을 때